Constanze Scheib

Keine schöne Leich

Die gnä' Frau ermittelt

Roman

Oktopus

Für den Blick hinter die Verlagskulissen:
www.kampaverlag.ch/newsletter

Am Ende des Buches befindet sich ein Glossar.

Ein Oktopus Buch bei Kampa

Alle Rechte vorbehalten
Copyright © 2022 by Kampa Verlag AG, Zürich
www.kampaverlag.ch
www.oktopusverlag.ch
Satz: Tristan Walkhoefer, Leipzig
Gesetzt aus der Stempel Garamond LT / 220140
Druck und Bindung: Friedrich Pustet, Regensburg
Auch als E-Book erhältlich
ISBN 978 3 311 30027 4

Holmes hat eine Schwäche. Seine unersättliche Neugier.
Wenn Sie die wecken, folgt er Ihnen überallhin.

Sherlock Holmes: Die Frau in Grün
(1945, Regie: Roy William Neill)

I

Marode Laune

Schaun'S halt, dass Sie keine wilden Sachen mit Ihrem Allerwertesten anstellen, gnä' Frau.«

Maries Miene war betont ernst, doch Frau Ehrenstein konnte ein unterdrücktes Lachen in ihrer Stimme hören. Die gnä' Frau bemühte sich, die Situation ebenfalls witzig zu finden. Eine Dreiviertelstunde verbrachten sie nun schon im Ankleidezimmer der Villa Ehrenstein. Es war unerträglich heiß. Durch die geöffnete Balkontür strömte keine frische Luft aus dem 13. Bezirk herein, nur der intensive Geruch der Fliederbüsche. Sie schwitzte, und ihr lief die Zeit davon.

»Glauben'S etwa, dass ich auf der Beerdigung einen Twist hinlegen werde?«

Sie hatte ebenfalls lustig klingen wollen, doch stattdessen hatte ihr Ton etwas Keifendes gehabt. Dieser Tag war wie verhext.

»Tut mir leid, Marie. Meine Laune ist heut so was von marod!«

Marie erhob sich aus der Hocke und lächelte Frau Ehrenstein im großen Spiegel zuversichtlich an. »Es wird scho werd'n, gnä' Frau. Machen'S Ihnen keine Sorgen!«

Die Dame war froh, die junge Frau an ihrer Seite zu haben. Marie war nicht nur ein hervorragendes Dienstmädchen, sie war auch zu Frau Ehrensteins heimlicher Vertrauten geworden. Als sich die gnä' Frau vor ein paar Monaten in den Kopf gesetzt hatte, einen Raubmörder

7

dingfest zu machen, der sein Unwesen in ihrer Nachbarschaft trieb, hatte Marie sie tatkräftig unterstützt. Eine vermögende Dame aus dem Nobelviertel Hietzing konnte schlecht im Verbrechermilieu ermitteln, deshalb hatte ihr Dienstmädchen diese Aufgabe übernommen. Unter Einsatz ihres Lebens hatten die beiden den berüchtigten »Würger von Hietzing« überführen können. So eine Kleinigkeit, wie eine passende Garderobe für eine Beerdigung zu finden, sollte die Dame demnach nicht aus dem Gleichgewicht bringen.

Weit gefehlt! Seit der Früh hatte sie verzweifelt ihre Schränke durchsucht. Hätte sie früher Bescheid gewusst, hätte sie sich noch ein schwarzes Ensemble kaufen können. Doch ihr war erst am Vortag mitgeteilt worden, dass sie heute auf diesem Begräbnis erscheinen sollte. Erscheinen musste. Früher wäre das kein Problem gewesen, denn selbstverständlich besaß sie eine Handvoll Röcke und Kleider, die dem Anlass angemessen waren. Doch unglücklicherweise passte sie mittlerweile in viele nicht mehr rein. Ihr war durchaus bewusst, dass sie in den vergangenen Monaten Gewicht zugelegt hatte. Bei dem seligen Gedanken an Tafelspitz, Krapfen und Schinkensemmeln bereute sie kein Gramm davon. Doch nun hatte ihre neue Kleidergröße sie in Bedrängnis gebracht, insbesondere weil sie bald abgeholt werden würde.

Schließlich hatte sie einen eleganten schwarzen Rock gefunden, den sie nur um ein Euzerl nicht schließen konnte. Marie hatte sich der desperaten Dame angenommen und sie kurz entschlossen mit ein paar Nadelstichen eingenäht. Die gnä' Frau konnte sich jetzt zwar nicht mehr so gut bewegen, aber es hielt und sah annehmbar aus. Wenn ihr keiner so genau auf den Allerwertesten blickte …

»Marie, welche soll ich nehmen?«

Frau Ehrenstein schlüpfte in zwei unterschiedlich hohe Pumps und betrachtete sich nachdenklich im Spiegel.

»Die linken. Marandjosef, da steht die Luft! Ma mag gar net glaub'n, dass des Fenster offen is.«

»Aber die rechten machen einen schlankeren Fuß! Die sind höher.«

»Eben. Am Zentralfriedhof muss ma immer so viel hatschen. Da kriegen'S sonst Blasen.«

Die Dame schlüpfte in die flacheren Stöckelschuhe und zupfte am Bund ihres Rockes. Er war schrecklich eng. Außerdem kratzte der Stoff.

»Ich bekomme die Bluse nicht mehr in den Rock. Ich werde einen Blazer drüberziehen müssen.«

»Sie werd'n davonschwimmen in der Hitz! Lassen'S die Bluse afoch raushängen. Heutzutag is das eh Mode.«

»Aber nicht in dieser Gesellschaft! Die werden mich ohnehin alle anstarren, als wär ich ein … ein kommunistischer Usurpator, und da kann ich nicht noch ausschauen wie ein vermaledeiter Hippie!«

Frau Ehrenstein war laut geworden. Vermutlich hatte das ganze Haus sie gehört. Sie richtete ihre Perlenkette gerade und betastete ihre Frisur.

»Entschuldigung, Marie.«

»I waaß, Ihre Laune is marod. Machen'S Ihnen keine Gedanken.«

Seit der Schmierenreporter Otto Prenz vor ein paar Wochen einen unsäglichen Zeitungsartikel über sie veröffentlicht hatte, graute es Frau Ehrenstein davor, sich in die gehobene Gesellschaft zu begeben. Zwar gehörte das *Wiener Telegramm* nicht zur regelmäßigen Lektüre im großbürgerlichen Milieu – und noch weniger glaubten gebildete Leute, was darin stand –, dennoch spürte Frau Ehrenstein ständig Blicke auf sich. Sie war überzeugt, dass jedes Getuschel ihr galt. Immerhin wurde nicht jeden Tag eine feine Dame bezichtigt, sich mit linksradikalen Hippies herumzutreiben.

Am liebsten würde sie sich mit Marie hier in ihrem Zimmer verbarrikadieren, bis die unleidige G'schicht vorbei war. Sie schätzte, dass sie den großen Schrank gemeinsam vor die Tür schieben könnten. Doch das war ein absurder Gedanke.

»Es hilft alles nichts.«

»Gnä' Frau, jetzt bringen'S den Tag hinter sich, und am Abend sitzen'S wieder bei Ihrem Whisky. Des is doch was, oder?«

Trotz ihrer Anspannung musste die Dame lächeln. War sie so leicht zu durchschauen, oder hatte Marie einfach ein Talent dafür, ihre Gedanken zu lesen?

Zartes Glockenläuten klang durch die Villa. Die Türklingel. Frau Ehrensteins Lächeln erstarb.

»Da sind sie«, sagte sie mit Grabesstimme.

2

Konferieren mit Toten

Frau Ehrenstein entschied sich mit mulmigem Gefühl gegen die Clutch, denn Portemonnaie, Puderdose, Kamm und Zigaretten passten nur in eine größere Tasche. Dass die in Kombination mit dem schicken Blazer etwas plump wirkte, musste sie in Kauf nehmen. Als sie angemessen majestätisch die breite Treppe in den Vorraum hinunterging, warteten ihre Eltern dort schon ungeduldig.

»Hach, Leni, da bist du ja! Ich hab gedacht, du kommst gar nicht mehr!«

Frau Ehrensteins Mutter eilte ihr mit trippelnden Schritten und sorgenvoller Miene entgegen. Veilchenduft und Kaffeeatem umwehten sie, als sie nach den Händen ihrer Tochter griff und ihr zwei Bussis auf die Wangen hauchte.

»Wieso sind deine Hände so kalt? Bist du krank?«

»Nein, Mama, ich …«

»Dein Vater hat ja gestern schrecklich gehustet!«

»Ich hab mich nur verkutzt!« Der Ton von Frau Ehrensteins Vater legte die Vermutung nahe, dass er diese Aussage heute nicht zum ersten Mal tätigte.

Frau Ehrensteins Mutter wedelte seine Bemerkung mit einer Handbewegung fort und fasste ihre Tochter am Ellbogen. »Geht es dir eh gut? Fühlst du dich kräftig genug?«

Frau Ehrenstein erwog für einen Moment, mit Nein zu antworten, allein, um die Reaktion ihrer Mutter zu erleben. Doch sie wusste, dass es keinen Zweck hatte, jetzt noch zu widersprechen, und begnügte sich wie immer mit einem simplen: »Ja, Mama.«

»Ist der Oskar da? Ich wollte ihn noch was fragen! Und wo ist eigentlich mein entzückender Enkel?« Die Stimme ihres Vaters war tief und rau, was wohl seinem jahrzehntelangen Pfeifenkonsum zuzuschreiben war. Jedes Mal, wenn er die Ehrenstein'sche Villa betrat, begutachtete er alles durch seine eckige Brille, als wäre er noch nie hier gewesen.

»Nein, Papa, der Oskar ist in der Arbeit und der Willi in der Schule. Woll' ma jetzt vielleicht …?«

»Hach, Sie sind die Neue, nicht wahr? Lilli, hab ich recht?« Frau Ehrensteins Mutter betrachtete Marie mit zusammengekniffenen Augen.

»Nein, Mama. Das ist Marie. Marie Muskat. Und neu ist sie auch nicht, du kennst sie schon. Sie ist seit ein paar Monaten bei uns.«

»Ein paar Monate? Und du willst mir erzählen, das wär nicht neu?«

Tatsächlich hatte es im letzten Jahr in der Villa Ehrenstein eine ungewöhnlich hohe Fluktuation bei der Dienerschaft gegeben, und im Allgemeinen warf das kein gutes Licht auf die Haushaltsführung. Marie hatte den Posten eines Dienstmädchens übernommen, das schwanger geworden war. Dann hatte die gnä' Frau ein anderes Dienstmädchen entlassen müssen, weil sie sich als Diebin entpuppt hatte, was Frau Ehrenstein bei ihren Ermittlungen zum Würger von Hietzing aufgedeckt hatte. 1972 war bisher ein großartig ereignisreiches und fürchterlich unruhiges Jahr gewesen. Sie hatte sich vorgenommen, die zweite Hälfte etwas gemächlicher angehen zu lassen.

»Hach, jetzt hamma aber genug getrödelt!«, rief Frau Ehrensteins Mutter. »Das wär eine Blamage, wenn ma zu spät kommen. Geh, Anton, jetzt lass doch die Vase! Leni, warum stehst denn da noch rum?«

Marie zwinkerte der Dame aufmunternd zu, während diese von ihrer werten Frau Mama unsanft aus der Tür geschoben wurde.

Es machte keinen Unterschied, dass sie mit ihren zweiunddreißig Jahren schon längst erwachsen war – wenn Frau Ehrenstein auf der Rückbank vom Mercedes ihres Vaters saß, fühlte sie sich wie ein kleines Mädchen. Ihre Eltern thronten wieder auf den Vordersitzen wie auf einem Kutschbock und redeten miteinander, als wäre ihre Tochter gar nicht anwesend. Nur ab und zu warfen sie einen Blick nach hinten, wie um sicherzugehen, dass sie sich auch brav benahm. Wie oft hatte sie als Kind durch das Fenster die vorbeihuschenden Menschen und Häuser betrachtet, während sie sich vorstellte, was sich in ihren Köpfen wohl abspielte, welche Geheimnisse hinter den Fenstern der Gebäude verborgen sein mochten.

Ihr Vater lachte einmal kurz auf, ihre Mutter gab ihm einen Klaps auf die Hand, die auf dem Schaltknüppel lag, und kicherte. Was auch immer der Witz gewesen sein mochte, die gnä' Frau hatte ihn verpasst.

Man roch immer noch den süßlichen Pfeifengeruch, der sich in der Polsterung eingenistet hatte, obwohl Frau Ehrensteins Mutter vor Jahren das Rauchen im Auto verboten hatte. Sie hatte sich nicht unbedingt um die Gesundheit ihres Mannes gesorgt, war aber zunehmend nervöser geworden, wenn er während der Fahrt mit der Pfeife hantiert hatte. Zahllose kleine Brandlöcher rund um den Vordersitz trugen Zeugnis davon. Die Ausdünstungen in Kombination mit dem scharfen Aftershave ihres Vaters ergaben den typischen Muff der elterlichen Karosserie, der Frau Ehrenstein fast den Atem nahm. Insbesondere weil die Luft hier drinnen diverse Dekagramm schwerer wirkte.

»Leni, ich bitt dich, mach doch den Mund zu. Du schaust aus wie ein Karpfen!«

»Könnten wir vielleicht ein Fenster aufmachen, Mama?«

»Bist du denn wahnsinnig? Dein Vater hat gestern gehustet!«

»Ich hab mich verkutzt!«

»Ist schon gut, Mama.«

Frau Ehrenstein rutschte mit ihrem Hintern ein wenig zur Seite, in der Hoffnung, eine etwas bequemere Position zu finden. Der Erfolg war überschaubar. Durch den zugenähten Rock musste sie den Rücken durchdrücken und die Beine schräg halten.

Sehnsüchtig betrachtete sie ihre Tasche auf dem Nebensitz. Ihre Mutter würde der Schlag treffen, wenn sich Frau Ehrenstein jetzt eine Zigarette anzündete. Das wäre viel zu undamenhaft und verrucht. Wenn ihre Mutter ahnte, dass Frau Ehrenstein vor nicht allzu langer Zeit mit ein paar Hippies einen Joint geteilt hatte, würde sie vermutlich auch nach Luft schnappen wie ein Karpfen.

»Was kuderst denn so, Leni?«

»Ach, nichts, Mama.«

Frau Ehrenstein fächelte sich mit der Hand etwas Luft zu. Dadurch verlagerte sich die dicke, schwere Luft zwar nur von einer Seite zur anderen, doch wenigstens wehte so ein leichter Hauch über ihre aufgeheizte Haut.

Bis zu ihrer Erlösung würde es eine Weile dauern. Eine elendslange Autofahrt von Hietzing bis nach Simmering hatte sie vor sich, schief liegend am Hintersitz, in einem hitzeversiegelten Auto und mit Eltern, die darauf erpicht waren, das gesellschaftliche Ansehen ihrer Tochter wiederherzustellen.

Am Vortag hatte ihre Mutter sie wie jeden Dienstag angerufen. Frau Ehrenstein bildete sich ein, sie schon am durchdringenden Schrillen des Telefons erkennen zu können. Wie immer hatte sie mit sich gerungen und einige Sekunden lang überlegt, ob sie einfach nicht abheben oder eine ihrer Bediensteten bitten sollte, sie zu verleugnen. Besonders in den letzten Wochen war ihr bei diesen Telefonaten immer ein Knödel im Hals gelegen. Der Zeitungsartikel war stets in der Leitung geschwebt wie ein Geist, den man einfach nicht austreiben konnte. Doch beim gestrigen Gespräch hatte Frau Ehrensteins Mutter diese Themen ausgespart und ihrer Tochter unumwunden erklärt, dass sie am nächsten Tag zum Begräbnis einer wichtigen Persönlichkeit erscheinen müsse.

Die »schöne Leich« war tief ins kulturelle Bewusstsein der Wiener eingebrannt. Beerdigungen wurden mitunter zu gesellschaftlichen Ereignissen, teilweise schon lange zuvor von den Verstorbenen geplant, um einen glorreichen Abgang von Erden zu gewährleisten. Es gab Menschen – Frau Ehrensteins Eltern zählten dazu –, die die Todesanzeigen durchforsteten wie den Ballkalender.

Frau Ehrenstein hatte ihrer Mutter nachdrücklich mitgeteilt, dass sie mit Sicherheit nicht mitgehen werde. Das Letzte, wonach ihr momentan der Sinn stand, war, auf ein Begräbnis zu gehen, noch dazu von einer Person, die sie nicht einmal gekannt hatte. Sie hatte viel Vergnügen gewünscht und ihre Vorfreude auf ein baldiges Wiedersehen bei anderer Gelegenheit ausgedrückt.

Ihre Mutter hatte ihrer Tochter freundlich, aber bestimmt mitgeteilt, dass sie am nächsten Tag um Punkt neun vor ihrer Tür stehen werde.

Der Mercedes fuhr rumpelnd über ein Schlagloch.

»Außerdem kennst du ihn.«

Frau Ehrenstein schreckte aus ihren Gedanken hoch und blinzelte ihre Mutter verständnislos an.

»Wen?«

»Hach, den Verstorbenen, selbstverständlich. Es ist der Cousin dritten Grades von der Frau Kommerzialrat Wiesinger.«

Frau Ehrenstein schloss für einen Moment die Augen und rang um Beherrschung, ehe sie antwortete: »Mama, das sagt mir gar nichts.«

Ihre Mutter seufzte theatralisch und warf einen Blick zu ihrem Gatten, der aber weiterhin stoisch auf die Straße starrte.

»Die Frau Kommerzialrat hast du bei der Wohltätigkeitsveranstaltung für die Erdbebenopfer in Jugoslawien kennengelernt. Vor zwei Jahren. Im Palais Auersperg. Du hast das blaue Abendkleid mit den Rüschen angehabt. Viel zu viele Rüschen!«

»Mama, ich erinnere mich an den Abend und das Kleid, aber nicht an eine Frau Wiesinger.«

»Frau Kommerzialrat«, erwiderte ihr Vater emotionslos, während er den Blinker betätigte.

Ein dicker Schweißtropfen rann zwischen Frau Ehrensteins Schulterblättern hindurch ihre Wirbelsäule entlang. Um ihren Fingern etwas zu tun zu geben und nicht in Versuchung zu geraten, ihre Eltern anzuschreien, griff sie in ihre Tasche und holte ihre Puderdose hervor. Ihr Gesicht glänzte unansehnlich, doch wenigstens hielten die Wimperntusche und der Lidstrich. Sie presste die Puderquaste auf Nase, Wangen und Kinn und packte sie wieder weg.

»In Ordnung. Nehmen wir an, ich kenne die Frau … Kommerzialrat. Kenne ich denn auch den dahingegangenen Cousin?«

Ihre Mutter zuckte mit den Schultern und studierte ein dickes bedrucktes Papier, das vermutlich die Parte war. »Hach, das ist doch im Grunde nebensächlich, weil *sie* da sein wird und *er* nicht.«

»No, ja …«, sagte ihr Vater gedehnt.

»Ja, eh, er wird schon *da* sein. Nur reden wirst halt nicht mit ihm können.«

Frau Ehrenstein biss sich auf die Unterlippe. Sie wusste, ihre Eltern meinten es gut. Das taten sie immer. Aber sie schwitzte, und ihr Nacken war von dieser unnatürlichen Haltung schon ganz verspannt. Außerdem war sie nervös, weil sie vor einen Haufen fremder Menschen treten musste, die vermutlich zu tuscheln begannen, sobald sie ihnen den Rücken zuwandte. Kurz gesagt war sie nicht in bester Verfassung, und die Tatsache, dass ihre Eltern jetzt Schmähs über das Konferieren mit Toten machten, brachte ihre Beherrschung an den Rand einer Klippe.

Sie schloss die Augen und spielte in ihrem Kopf »Cecilia« von Simon and Garfunkel ab. Die fröhliche Melodie half ein wenig, ihre Stimmung zu heben.

»Leni, du summst schon wieder.«

»Entschuldige, Mama.«

»Es geht mir auch eher um die Witwe. Und ich mein nicht nur, weil sie so überaus wohlhabend ist und einen guten Stand hat, Leni. Wirklich nicht. Ich hab kurz mit der Frau Kommerzialrat telefoniert, und die war auch der Meinung, dass ihr euch mal treffen solltet. Sie soll ja eine außergewöhnliche Frau sein.«

»Die Frau Kommerzialrat?«, fragte Frau Ehrenstein müde. Sie hatte nicht die leiseste Ahnung, worauf ihre Mutter hinauswollte.

»Nein, die Witwe! Ihr könntet euch gut verstehen, tät ich mir vorstellen. Vielleicht könntet ihr einander, ich weiß nicht, beistehen vielleicht. Wegen eurer Gemeinsamkeiten.«

Frau Ehrenstein massierte mit den Fingerspitzen ihre Schläfen. Ihre Mutter konnte von Glück reden, dass die Dame in ihren Rock eng eingenäht worden war, sonst wäre sie längst nach vorne gesprungen und hätte verhältnismäßige Gewalt angewandt.

»In welcher Hinsicht sollten die Witwe und ich etwas gemeinsam haben?«

Ihre Eltern wechselten einen Blick, der Frau Ehrenstein alarmierte. Es war die Art von Blick, die ihr klarmachte, dass man sie in ein Auto verfrachtet und eine halbe Stunde von zu Hause weggebracht hatte, ohne ihr den wahren Grund ihres Ausflugs zu nennen. Als die gnä' Frau ein Kind war, hatte ihre Mutter denselben Trick angewandt. Damals waren sie schon längst im Auto gesessen, als ihre Mutter ihr eröffnet hatte: »Oh, übrigens: Bevor wir ins Spielzeuggeschäft gehen, musst du zum Zahnarzt.«

Frau Ehrenstein ärgerte sich, mit zweiunddreißig Jahren immer noch so von ihren Eltern vorgeführt zu werden. Ehe sie fragen konnte, was das alles zu bedeuten hatte, räusperte sich ihre Mutter und drückte ihre Frisur zurecht.

»Hach, nun ja, sie soll ihren Mann umgebracht haben, weißt du?«

3

Keine schöne Leich

Sie bogen von der Simmeringer Hauptstraße zum Tor 2 des Zentralfriedhofs ab. Das Auto stoppte beim Eingang zwischen den beiden mächtigen Steinsäulen mit den eingemeißelten Verzierungen. Ihr Vater bezahlte den Portier und wechselte ein paar Worte mit ihm, die jedoch nicht zu Frau Ehrenstein durchdrangen. In ihrem Hirn ratterte es auf Hochtouren. War etwas in dem Artikel gestanden, was auf ihre Detektivarbeit hingewiesen hatte? Sie hatte dieses Schundwerk im *Wiener Telegramm* so oft gelesen, dass sie es schon beinahe auswendig kannte. Jetzt aber, in diesem Moment der Panik, war sie sich nicht mehr sicher, ob sie nicht vielleicht doch etwas übersehen hatte. Dem Reporter Otto Prenz war es darum gegangen, sie bloßzustellen, um eine größere Auflage zu bekommen. Er hatte reißerisch über ihren Ausflug in eine Kommune in der Josefstadt geschrieben, wo sie aufregender Musik und leidenschaftlichen Reden gegen das Establishment gelauscht hatte. Doch dass sie das nur getan hatte, um dem Würger von Hietzing auf die Spur zu kommen, konnte Prenz nicht wissen und war dementsprechend nirgends erwähnt worden.

Hatte sie sich ihren Eltern gegenüber verplappert und eine Bemerkung über ihre Mörderjagd fallen lassen? Frische Luft wehte über ihr heißes Gesicht, als ihre Mutter endlich die Autotür öffnete.

»Brauchst du Hilfe beim Aussteigen, Leni?«

Frau Ehrenstein stammelte eine Verneinung und schob

sich umständlich von der Rückbank. Die Sonne strahlte unbarmherzig auf den Parkplatz herunter, und sie kniff die Augen zusammen, während sie ihren Blazer auslüftete. Es herrschte reges Treiben. Eine Handvoll Autos strebte zu den breiten Alleen, ein Friedhofsgärtner mit einer riesigen Korbtasche an seinem Fahrrad radelte gemütlich an ihnen vorbei, und einige Pompfüneberer standen rauchend neben einer Aufbahrungshalle. Darüber hinaus gab es zahlreiche Besucher, teils Trauernde, teils Spaziergänger, die den schönen Tag in der Natur zwischen Gräbern verbringen wollten.

»Mama, bitte erklär's mir: Inwiefern haben wir was gemeinsam, die Witwe und ich?«

Ihre Mutter zog ein paar Haarnadeln aus Frau Ehrensteins Frisur heraus, steckte sie so fest wieder hinein, dass die Kopfhaut spannte, und ruckelte ein paarmal grob an ihrem Blazer.

»Hach, findst nicht, dass die Tasche ein bissl plump ist?«

»Ja, Mama. Aber was hat der Mord an dem Cousin dritten Grades der Frau Kommerzialrat jetzt mit mir zu tun?«

Ihre Mutter durchbohrte die gnä' Frau mit einem harten Blick aus ihren eisblauen Augen und flüsterte: »Sag dieses Wort nicht. Ich hab nicht gesagt, dass sie's getan hat, nur, dass es Leut gibt, die das behaupten.«

»Aber …«

»Pssscht, da ist der Herr Ingenieur, den musst du kennenlernen!«

»Das war aber kurz.« Frau Ehrensteins Mutter war die Enttäuschung anzuhören.

»Die haben die Segnungen und den ganzen Schmafu nur im Kreis der Familie gemacht. Drüben, im Krematorium!«, erläuterte ihr Mann.

»Hach, ich hätt so gern amal gesehn, wie's wen verbrennen! Bissl enttäuschend, dass ma nur die Urne sehen, nicht wahr, Anton?«

»No, ja, eh. Kann ma halt nix machen!«, antwortete Frau Ehrensteins Vater schulterzuckend und klopfte seine Jacketttaschen ab. Frau Ehrenstein wusste, dass er nach seiner Pfeife suchte. Es erinnerte sie daran, wie sehr sie sich nach einer Zigarette sehnte.

Die Angehörigen des Verstorbenen befanden sich mit dem Urnenträger und dem Priester an der Spitze der Prozession und schritten die breite Hauptallee entlang. Die restlichen Trauergäste folgten in gemächlichem Tempo.

Frau Ehrensteins Eltern nahmen sie in ihre Mitte, wie um zu verhindern, dass sie sich absetzen konnte, und erzählten von dem beeindruckenden Begräbnis einer Opernsängerin im vorigen Monat. Selbstverständlich nicht vergleichbar mit der staatstragenden Beerdigung vom Bundespräsidenten Adolf Schärf vor ein paar Jahren, aber immer noch interessanter als die des Industriellen, dessen Namen keiner aussprechen konnte.

»Hach, und das heut, das war halt schon ein bissl unbefriedigend.«

»No, ich hab mir auch mehr erwartet«, sagte Frau Ehrensteins Vater. »Bei so einer Urne fehlt einem einfach der Prunk.«

»Und die Leiche. So was passiert eben, wenn ma sich nicht selber um sein Vermächtnis kümmert!«

Beide nickten betroffen.

»Dann war's nicht der Wunsch des Verstorbenen, verbrannt zu werden?«, erkundigte sich Frau Ehrenstein.

Ihre Neugier war geweckt. Mittlerweile fand sie ihre Verschleppung auf diese Beerdigung nicht mehr ganz so unangenehm. In ihrem Bauch prickelte es. Es war die Erregung, die sie zuletzt bei der Jagd auf den Würger empfunden hatte. Allerdings hatte sie sich felsenfest vorgenommen, keinen Abenteuern mehr hinterherzujagen. Das letzte Mal waren Marie und sie nur um ein Haar mit dem Leben davongekommen.

»Selbstverständlich nicht!« Ihre Mutter schien von dem Gedanken empört. »Er war ein guter Katholik!«

Frau Ehrenstein, die zwar auf dem Papier katholisch war, sich aber nicht als »gute Katholikin« beschrieben hätte, wusste mit dieser Aussage nichts anzufangen.

»No, ja«, wandte Frau Ehrensteins Vater ein. »Sicher, man kann sich streiten, ob's schicklich ist, sich verbrennen z'lassen. Aber offiziell ist das keine Blasphemie mehr. Sagt der Papst jedenfalls.« Er paffte zufrieden seine Pfeife, und die gnä' Frau reckte die Nase in die Höhe, um wenigstens ein wenig von dem Rauch abzubekommen. Dabei konnte sie die Schönheit der Luegerkirche genießen, die sie gerade passierten. Nach dem Krieg war sie zwar wiederaufgebaut worden, doch offensichtlich setzte ihr die Witterung zu. Beeindruckend war die massige Kirche nichtsdestotrotz. Mit ihrer grünen Kupferkuppel, den Säulen und den zahlreichen Verzierungen auf ihrer runden Fassade wirkte sie eher wie ein kleiner Palast als wie ein Gotteshaus.

»Also hat sie ihn verbrennen lassen, um die Beweise zu vernichten?«, fragte die gnä' Frau, den Blick noch immer auf die Kirche gerichtet.

»Hach, ich bitt dich, Leni, so was kannst du doch nicht laut sagen! Jedenfalls nicht so laut. Das schickt sich nicht auf einer Beerdigung! Ma, die biegen schon ab. Beeilt's euch, sonst krieg ma vorn keinen Platz mehr. Ich will doch sehen, wie das Ding unter die Erde kommt!«

»Ich bitt dich, Mama! Du erzählst mir von einem möglichen Mord, und ich soll nicht nachfragen?«

Frau Ehrensteins Mutter sah sich verstohlen um. »Na, ich würd's so machen, du etwa nicht? Wenn ich mich der verräterischen Leiche meines Gatten entledigen wollte?«

»Ich tu einfach so, als würd ich euch nicht zuhören«, sagte Frau Ehrensteins Vater und paffte weiter seine Pfeife.

»Nun, ja, natürlich!«, antwortete die gnä' Frau, wobei sie kurz an Oskar denken musste. »Aber, wie soll ich sagen … ist es nicht ein wenig zu offensichtlich?«

»Hach, also, ich glaub ja nicht, dass sie's getan hat, Leni. Aber so rein hypothetisch könnte man sagen, dass Leute von ihrem Schlag vermutlich grundsätzlich nicht davon ausgehen, für etwas behelligt zu werden.«

Sie waren in einen der zahlreichen Seitenarme der Hauptallee abgebogen, und der Trauerzug kam zum Stillstand. Frau Ehrensteins Eltern beschleunigten ihre Schritte, und die gnä' Frau musste sich beeilen, nicht den Anschluss zu verlieren.

»Was meinst du mit: Leute von ihrem Schlag?« Keuchend hielt sie ihre herumschlackernde Tasche fest.

Ihr Vater griff sie am Oberarm und drückte sie durch die stehende Menge, während er ihr ins Ohr flüsterte: »No, ja, Helene. Die Witwe ist eine Gräfin, weißt? Eine Adelige.«

Ein Sänger hatte bereits begonnen, mit schrecklich übertriebenem Vibrato »My Way« vorzutragen. Mit beeindruckender Unverfrorenheit drängten sich ihre Eltern mit Frau Ehrenstein im Schlepptau nach vorne, bis sie in der zweiten Reihe vor der offenen Grube standen. Eine Urnenbestattung war für die regelmäßigen Friedhofsbesucher eine Novität, und so wurde im Umkreis tuschelnd spekuliert, wie das Gefäß wohl nach unten gelangen sollte. Erst als die restlichen Trauergäste aufgeschlossen hatten und der Priester zu sprechen begann, kamen alle wieder zur Ruhe. Doch Frau Ehrenstein hörte den Segnungen nur mit halbem Ohr zu. Sie suchte die beste Position, um zwischen zwei Köpfen einen guten Blick auf die Angehörigen zu haben.

Eine Gräfin also. Seit vielen Jahren waren die Adelstitel in Österreich abgeschafft, offiziell jedenfalls. Die Bevölkerung allerdings interessierte das wenig. Immer wieder stolperte man über Grafen oder Barone, denen man die angestammte Ehrerbietung entgegenbrachte, samt Ansprache mit vollem Titel, selbst wenn sie komplett verarmt waren.

Der engste Familienkreis des Grafen bestand offenbar aus einer jungen Frau, einem Mann, der etwas älter aussah als Frau Ehrenstein, und einer alten Dame im Rollstuhl. Sie scharten sich um die Urne, die auf einem Sockel am Kopf des aufgeschütteten Grabes thronte. In der Kapelle war sich Frau Ehrenstein nicht sicher gewesen, ob vielleicht die junge Frau in den modischen Schlaghosen die Witwe wäre. Eine attraktive Frau brachte ihren reichen Mann um die Ecke, um an dessen Vermögen zu kommen … Vielleicht war da auch noch ein junger Liebhaber im Spiel, so wie Anthony Quinn in *Das Geheimnis der Dame in Schwarz*. Für die gnä' Frau war das naheliegend.

Doch nun erschien es ihr wahrscheinlicher, dass die alte Frau im Rollstuhl die Witwe war. Sie trug teuren Schmuck, und durch den spitzenversetzten Schleier konnte man ihren eisernen Blick auf die Urne erkennen. Sie hatte etwas Majestätisches. Ab und zu tätschelten ihr der Mann oder die junge Frau die Schulter, doch die Gräfin reagierte nicht darauf. Blaue Venen traten aus ihren knorrigen Händen hervor, während sie ihre kleine Stofftasche umklammerte. Frau Ehrenstein versuchte, in der Miene der Witwe zu lesen. War da Trauer oder Schmerz? Zufriedenheit oder Angst? Irgendetwas, das sie verraten könnte? Wie hatte sie es wohl angestellt? Hatte sie ihn erstochen, erschossen oder erwürgt? Hatte sie es wie einen Raubmord aussehen lassen? Und hatte sie ihn dann eingeäschert, damit ihr keiner auf die Schliche kommen konnte? Doch Frau Ehrenstein konnte keinerlei Regung hinter dem Schleier erkennen.

Umso bewegter war die junge Frau, die neben der Witwe stand. Die Tränen liefen ihr über die Wangen, und sie tupfte ganz vorsichtig ihre feuchte Haut ab, so als wollte sie verhindern, dass ihre Schminke verschmierte. Ihr Haar war schulterlang und durchgestuft, ein fransiger Pony reichte über die Augenbrauen. Die Frisur ähnelte der von Jane Fonda aus dem Film *Klute*. Sie wirkte ungefähr so alt wie die gnä' Frau, und jetzt wurde Frau Ehrenstein auch klar, weshalb sie sie für die Witwe gehalten hatte. Was Alter, Modegeschmack und Sinn für Accessoires betraf, hatte sie mit ihr eindeutig mehr Ähnlichkeit als mit der alten Dame im Rollstuhl. Was zum Kuckuck hatte ihre Mutter also damit gemeint, sie und die Witwe könnten einander beistehen, weil sie so viele Gemeinsamkeiten hatten?

Das Hinunterlassen der Urne war wenig spektakulär, und man spürte die Enttäuschung der Zuschauer. Die Zeremonie zog sich noch eine Weile hin, weil alle dem Verstorbenen und seinen Hinterbliebenen die letzte Ehre erwiesen, doch dann konnte Frau Ehrenstein das allgemeine Aufatmen hören, und gedämpfte Gespräche wurden wieder aufgenommen. In losen Gruppen entfernte sich die Menge vom Grab.

Frau Ehrensteins Bluse klebte unangenehm an ihrem Rücken und ihrem Bauch. Es wäre pietätlos gewesen, am offenen Grab ihr Parfum herauszuholen, um sich einzudufteln, doch jetzt holte sie das im Gehen nach.

»Ich bitt dich, Leni, muss das unbedingt jetzt sein? Noch dazu mit so einem vulgären Duft!«

»Mama, das ist Chanel N° 5!«

»Sag ich ja. So was tragen nur leichte Mädchen, Leni.«

Frau Ehrenstein unterdrückte das Verlangen, auch ihrer Mutter einen Sprühstoß aus dem Fläschchen zu versetzen, und fragte ihren Vater, was als Nächstes geplant sei.

»No, ich hab mir gedacht, vielleicht magst noch die neuen Ehrengräber anschauen? Die vom Wegrostek, dem Schauspieler, und von einem, wie heißt das … ja, Grafiker, Joseph Binder hat er g'heißen, sind ganz frisch dazugekommen!«

»Ich bitt dich, jetzt versuch sie nicht immer abzulenken! Das können wir ein andermal machen, heut müssen wir uns um ihre Zukunft kümmern!«

»Mama …« Sie seufzte und sah zur Turmuhr der Luegerkirche, die sie gerade wieder passierten. Statt Zahlen standen Buchstaben auf dem Ziffernlatt. *Tempus fugit* – die Zeit flieht. Nun, momentan kam es ihr nicht so vor.

»Mama, inwieweit soll mir die Bekanntschaft mit einer mutmaßlichen Mörderin gesellschaftlich oder sonst wie helfen?«

»Hach, jetzt verdreh doch nicht immer so die Augen, Leni. Irgendwann werden sie noch stecken bleiben! Also, es ist doch ganz offensichtlich: Es ist vollkommen egal, ob sie eine Mörderin ist, was sie natürlich nicht ist, und hör gefälligst auf, das ständig hinauszuposaunen. Der Punkt ist: Eine Gräfin mit einem derartigen Stammbaum würde sich nie mit einer Kommunistin abgeben.«

»Was du natürlich nicht bist, Leni«, sagte ihr Vater.

»Selbstverständlich ist sie das nicht.«

Danach entstand eine Pause. Es war eindeutig eine Pause und nicht das Ende eines Gesprächs, weil da förmlich greifbar noch eine Frage in der Luft schwebte. Frau Ehrenstein beschloss, so zu tun, als würde sie das gar nicht merken.

4

Zwei Rüden vorm Gasthaus

Die Fahrt zum Leichenschmaus war kurz, aber das Auto hatte sich in der prallen Sonne dermaßen aufgeheizt, dass Frau Ehrenstein kaum atmen konnte. Abgesehen davon lag noch die ungestellte Frage in der Luft. »Bist du eventuell eine Kommunistin, Leni?« Selbstverständlich hatte sie ihren Eltern schon vor Wochen versichert, dass dem nicht so war. Doch anscheinend musste sie sich immer und immer wieder verteidigen. Ihr war klar, dass sie durch ihre ausgeprägte Vorliebe für Krimis, Whisky und Abenteuer anders war als die gleichaltrigen Frauen in ihrem Umfeld. Doch das war keine Entschuldigung dafür, dass ihre Eltern den Schmierereien von Otto Prenz mehr Glauben schenkten als ihrer Tochter.

Die fünfminütige Fahrt im Mercedes kam ihr vor wie fünf Stunden, und sie hielt es keine weitere Sekunde ohne Zigarette aus. Vor dem Eingang zum Gasthaus, wo der Leichenschmaus stattfand, wurden ihre Eltern in ein Gespräch verwickelt, und Frau Ehrenstein entschuldigte sich mit den Worten, sie habe etwas im Auto vergessen.

Sie eilte ums Eck der Gaststätte, wo sie hinterm Efeu gut versteckt war, und zündete sich eine Zigarette an.

Den ersten Teil hatte sie hinter sich gebracht, doch jetzt würde die Plauderei folgen. Sie fürchtete, dass die Trauergäste jede Gelegenheit nutzen würden, um auf ihre unfreiwillige Berühmtheit anzuspielen. Und dann würde sie noch der Frau Kommerzialrat und der Witwe vorgestellt werden und müsste sich von ihrer besten Seite zeigen. Das alles konnte sie überstehen, wenn nicht sogar meistern, so wie sie es immer tat. Aber vorher brauchte sie diese paar Minuten mit einer Zigarette.

»Na, das ist eine Überraschung. Mit Ihnen hätt ich nämlich nicht g'rechnet!«

Frau Ehrenstein erstarrte. Sie erkannte die Stimme sofort. Ihr wurde übel und schwindlig. Ein Schwall Beleidigungen und Beschimpfungen kam ihr in den Sinn, doch sie behielt sie für sich. Immerhin war sie eine Dame. Sie ließ die halb gerauchte Zigarette auf den Boden fallen, drückte die Wirbelsäule durch und wandte sich mit betont ausdrucksloser Miene ganz langsam um.

Die langen Haare und Koteletten des Reporters klebten ihm an den Wangen, seine Halbglatze glänzte feucht in der Sonne. Frau Ehrenstein hätte ihm am liebsten sein schleimiges Lächeln aus dem Gesicht geschlagen, aber das hätte geheißen, diese Hyäne berühren zu müssen. Neben ihm stand ein schlaksiger Mann mit einem Fotoapparat um den Hals, den gelangweilten Blick an Frau Ehrenstein vorbei gerichtet.

»Frau Ehrenstein, Frau Ehrenstein. Das is aber eine Freud, Sie wiederzusehen!«

Otto Prenz musterte sie von oben bis unten. Als sie den Reporter des *Wiener Telegramm* vor einigen Monaten in seinem Büro aufgesucht hatte, war sie nur auf mehr Informationen über den Würger von Hietzing aus gewesen. Dass sie so sein Interesse geweckt und er daraufhin Nachforschungen über sie angestellt hatte, war ihr erst klar geworden, nachdem er seinen reißerischen Artikel veröffentlicht hatte, in dem er behauptete, sie würde in Kommunistenkreisen verkehren. In Wahrheit hatte sie bei ihren Ermittlungen einen Nachmittag in einer Hippiekommune verbracht, aber die Wahrheit interessierte diesen Menschen nicht.

»Die Freude, kann ich Ihnen versichern, beruht nicht auf Gegenseitigkeit, Herr Prenz«, erwiderte sie kühl. Er stand gut zwei Meter von ihr entfernt, dennoch schwebte eine ekelerregende Geruchsmelange aus Leberkäse und Schweiß zu ihr herüber.

»Na gehn'S, Frau Ehrenstein. Sie wer'n mir nämlich nicht immer noch bös wegen meinem Artikel sein? Sie waren also bekannt mit dem unglücklich Verstorbenen? In welcher Beziehung standen Sie zu ihm?«

Frau Ehrenstein hatte sich in den letzten Wochen oft ausgemalt, wie es wohl wäre, Prenz zu begegnen. Sie war nachts wach gelegen und hatte die möglichen Dialoge durchgespielt, hatte sich zurechtgelegt, welche umwerfend intelligenten Sätze sie ihm an den Kopf werfen würde. Und nun stand sie da wie ein Reh im Scheinwerferlicht, und alles, was ihr in den Sinn kam, war:

»Wie meinen?«

Der Reporter räusperte sich und sprach jedes Wort gedehnt langsam aus, wie um ein begriffsstutziges Kind zu belehren.

»Na, das is ein Leichenschmaus hier, falls es Ihnen net aufg'falln is. Sie schau'n nämlich ganz so aus, als waraten Sie grad auf einer Beerdigung g'wesen, stimmt's oder hab ich recht?«

»Um Himmels willen, haben Sie mich hierher verfolgt? Das ist eine Trauerfeier, und alles, woran Sie denken, ist, sich eine neue hanebüchene Geschichte aus den Fingern zu saugen? Was sind Sie, ein Leichenfledderer?«

»Ich sag Ihnen was, *gnädige Frau.* Meine Artikel sind gut recherchiert. Ihr Mann und seine Anwälte können mir so vü drohen, wie's woll'n, das ham scho ganz andere versucht! Ich mach meine Arbeit weiter, da können'S sich auf den Kopf stell'n!«

»Warten'S, mein … Er hat *was*?«

»Sie und Ihresgleichen«, dabei machte er eine Kopfbewegung zum Gasthaus, »glauben immer, Sie können sich aufführen, wie's Ihnen g'fallt, und die Konsequenzen tragt a anderer. Oba ich bin derjenige, der Ihnen auf die Finger schaut. Ich bin da, damit'S ja net vergess'n, dass Sie net besser san als wir.«

»Ich halt mich für nichts Besseres«, erklärte Frau Ehrenstein mit fester Stimme. »Aber ehrlich gesagt ist es mir egal, was Sie von mir denken. Hier wird um einen geliebten Menschen getrauert, und Sie haben hier nichts verloren!«

Prenz leckte sich über die wulstigen Lippen und kratzte sich an den langen Koteletten. »Sagen'S bloß, Frau Ehrenstein. Und in welchem Verhältnis standen'S zu dem Verstorbenen? Oder seinen Angehörigen?«

Hinter dem Journalisten konnte Frau Ehrenstein eine Bewegung ausmachen. Die Hände des Fotografen wanderten zu seiner Kamera, die Finger legten sich bereits auf den Auslöser, während er sie mit wachen Augen fixierte.

Instinktiv trat sie einen Schritt zurück und stieß gegen eine Barriere. Eine große, weiche Barriere. Kräftige Hände griffen an ihre Schulter und versuchten sie beiseitezuschieben. Doch Frau Ehrenstein stemmte die Füße in den Boden und versteifte ihren Körper. Ihr war egal, ob hinter ihr ein weiterer Gegner lauerte oder ihr ein Ritter in strahlender Rüstung zu Hilfe kam – sie weigerte sich, von irgendjemandem beiseitegeschoben zu werden.

Sie hörte ein ungeduldiges Grunzen, dann trat ein großer Mann in einem schwarzen Anzug neben sie und baute sich vor dem Journalisten auf. Dessen Augen wurden

groß, doch seine Miene spiegelte eher Verzückung als Ver-
schüchterung wider.

»Ich hab Ihnen gesagt, ich lasse Sie von der Polizei ab-
führen, wenn Sie hier auftauchen.«

Die Stimme des Mannes war tief und dunkel. Sie wirkte
bedrohlich. Die Tatsache, dass sie bebte, während er
sprach, verstärkte diesen Eindruck nur.

»Und ich habe Ihnen g'sagt, dass Sie des net können. Außerdem ham'S g'sagt, ich darf net zum Friedhof kommen,
vom Gasthaus hab ich nämlich nix g'hört!«

Die ohnehin hohe Stimme des Journalisten kletterte
noch einen Halbton nach oben, er musste den Kopf in den
Nacken legen, um in die Augen des Fremden blicken zu
können.

»Verschwinden Sie, Prenz. Sonst kann ich für nichts ga-
rantieren.«

Jetzt knurrte er förmlich. Es fehlte bloß noch, dass die
beiden Männer ihr Fell aufstellten und die Zähne fletsch-
ten.

Während die beiden Rüden sich weiter beflegelten, fiel
Frau Ehrensteins Blick auf den Fotografen, der betont
langsam einen Schritt nach vorn machte und sich neben
Prenz stellte. Seine Hände lagen auf der Kamera, sein
Fokus hatte sich eindeutig auf den Neuankömmling ver-
schoben.

»Wissen'S, vielleicht hab ich einfach nur a bissl an Durst
verspürt und wollt in eine Gaststätte einkehren. Des is
nämlich kein Verbrechen. Aber guat, wenn'S mich so
dringend loswerden woll'n – geben'S ma ein ausführliches
Interview, und ich schleich mich!«

»Sie glauben doch nicht ernsthaft …«

»Fang' ma an mit Ihrer Bekanntschaft zur werten Frau
Ehrenstein hier.«

Der Fremde sah Frau Ehrenstein zum ersten Mal an. Seine Augenbrauen zogen sich zusammen, offenbar konnte er sie nicht einordnen. Sie war kurz davor, ihm die Hand zu reichen und sich förmlich vorzustellen, doch der Reporter war noch nicht fertig.

»Und enden wir mit Ihrer *delikaten* Beziehung zur frischgebackenen Witwe.«

Prenz' unappetitliches Grinsen wurde so breit, dass man einen seiner goldenen Backenzähne hervorblitzen sah. Daraufhin geschahen zwei Dinge gleichzeitig: Der Fremde ballte seine Hand zur Faust, und der schlaksige Mann hob die Kamera vors Gesicht. Ehe Frau Ehrenstein wusste, was sie tat, schlug sie mit ihrer viel zu plumpen Handtasche auf die Schulter des Fotografen.

Er taumelte gegen Prenz, der vor Wut schäumte und fürchterlich fluchte. Der Fotograf untersuchte besorgt seine Kamera, und der große Fremde sah verwirrt von einem zum anderen, als hätte man ihn gerade aus einem Traum geweckt. Frau Ehrenstein wusste eine günstige Gelegenheit zu nutzen. Sie machte auf dem Absatz kehrt, fragte dabei den Mann neben ihr, ob er sie ins Gasthaus begleiten wolle, und stolzierte, ohne zurückzublicken, um die Ecke. Mit zitternden Fingern ordnete sie ihre Perlenkette, wobei sie versuchte, ihren ungleichmäßigen Atem zu beruhigen. Vor der Eingangstür holte sie der Fremde gerade noch rechtzeitig ein, um sie ihr aufzuhalten. Er beugte sich etwas zu ihr herunter und flüsterte mit einem schüchternen Lächeln: »Danke.«

5

A blede G'schicht

Der Geruch von Fett, Fisch und Fleisch umhüllte sie, als sie den Vorraum des Gasthauses betraten.

»Es tut mir schrecklich leid!«, sagte der Unbekannte. »Nicht nur mein ungezügeltes Verhalten da draußen, sondern auch, dass ich mich nicht vorgestellt habe. Ich bin Eduard Klerger.«

»Helene Ehrenstein.«

Sie reichte ihm die Hand, und er deutete einen Handkuss an. Den meisten Menschen wäre das im Jahr 1972 antiquiert erschienen, doch in Frau Ehrensteins Kreisen war diese Form der Begrüßung noch Sitte. Sie schloss daraus, dass er aus gehobenem Milieu stammte und sie auch als dazugehörend erkannte.

»Ich weiß.« Er sagte das so glatt und emotionslos, dass sich eine Vielzahl an Interpretationsmöglichkeiten ergab. »Ich habe gehört, wie Sie diesen ... diese Kanaille verscheuchen wollten. So etwas Pietätloses! Aber eigentlich sollte mich sein Verhalten nicht überraschen, nach allem, was er bereits ...«

Seine Stimme war lauter geworden, und er unterbrach sich mit einem Kopfschütteln. Jetzt verfluchte sich die Dame dafür, dass sie in den letzten Wochen die Finger von dem Schmierblatt *Wiener Telegramm* gelassen hatte. Prenz musste auch diesem Klerger in irgendeiner Weise Schaden zugefügt haben.

»Dieser Prenz ist ein armseliger Kretin, wenn Sie mich

fragen«, sagte sie. »Aber eigentlich sollte ich mich entschuldigen! Ich hätte nicht handgreiflich werden dürfen.«
Zwar bereute Frau Ehrenstein ihr Vorgehen überhaupt
nicht, aber ihr war klar, dass es sich nicht schickte.

»Ich bitte Sie, Frau Ehrenstein! Ihr Verhalten war unglaublich …«

»Undamenhaft?«

Für einen Moment sah er sie überrascht an, dann zuckten seine Mundwinkel. »Mutig, wollte ich sagen. Und klug.
Sie hätten auch tatenlos danebenstehen können, stattdessen haben Sie sich entschieden, einzugreifen. Diesem …
Kerl hätte nichts Besseres passieren können, als ein Foto
von mir zu bekommen, wie ich ihn schlage. Damit hätte er
eine reißerische Titelstory gehabt, und die Familie müsste
einen weiteren Skandal ertragen.«

»Zugegeben, ich hätte es nur zu gern gesehen.« Bei der
Vorstellung konnte sie ein Lächeln nicht unterdrücken.
Zwar hätte sie es sehr genossen, dem Reporter selber eine
aufzulegen statt nur dem Fotografen. Doch der Zwei-
Meter-Mann neben ihr wäre in der Lage gewesen, erheb-
licheren Schaden anzurichten.

»Hach, da bist du ja! Ich hab mich schon gewundert,
wo'st bleibst!«

Frau Ehrensteins Mutter trippelte mit einem zwischen
Besorgnis und Verärgerung schwankenden Gesichtsausdruck auf sie zu. Sie warf einen Blick auf Eduard und
verlangsamte ihren Schritt. Die gnä' Frau löschte das
unpassende Lächeln aus ihrem Gesicht, um ihrer Pflicht
nachzugehen und die beiden einander vorzustellen.

»Noch einmal: mein Beileid, Herr Klerger!«

Frau Ehrenstein beeilte sich, ebenfalls zu kondolieren, auch wenn sie noch immer nicht genau wusste, in
welchem Verhältnis Eduard zum Verstorbenen stand.

Oder zu dessen Witwe. Denn sosehr sie Prenz und seine Schmierereien auch verachtete, neugierig war sie bei Prenz' Andeutungen schon geworden. Was hatte er mit »delikate Beziehung zur frischgebackenen Witwe« gemeint?

»Es war eine so bewegende Zeremonie! Findest du nicht, Leni? Aber wir wollen Sie gar nicht länger aufhalten. Sie haben heute sicher genug zu tun!« Ihre Mutter sagte dies mit charmantem Lächeln, aber in ihrer Stimme lag eine gewisse Strenge. Es war unüberhörbar, dass sie es nicht billigte, ihre Tochter in ein Gespräch mit einem Fremden vertieft zu sehen.

»Natürlich. Vielen Dank! Wir … ich bin mir sicher, wir sehen uns noch später!« Dann deutete er eine Verbeugung an und verschwand in der Küche.

»Was treibst du denn schon wieder, Leni?«

Die Frage ihrer Mutter klang, als hätte sie Frau Ehrenstein und Eduard Klerger dabei erwischt, wie sie sich nackt auf den Fliesen wälzten. Frau Ehrenstein erwog erst gar nicht, ihr die Wahrheit zu erzählen. Dass draußen der schmierige Reporter lauerte, hätte sie zu sehr aufgeregt. Glücklicherweise schien ihre Mutter gar keine Antwort zu erwarten.

»Hach, jetzt haben sich schon alle zum Essen hingesetzt. Wir müssen warten, bis sie fertig sind!«

Als Frau Ehrenstein mit ihrer Mutter den Gastraum betrat, musste sie blinzeln. Für einen Moment war ihr, als wäre sie vom Wirtshaus im Spessart direkt ins Yellow Submarine der Beatles befördert worden. Dieses Etablissement wirkte auf den ersten Blick wie ein gutbürgerliches Gasthaus, das man in Wien und auf dem Land zuhauf vorfand. Ein Steinbau, mit Efeu bewachsen, im Vorraum Fliesen und helles Holz. Doch sobald man den Speisesaal betrat, fühlte man sich regelrecht geblendet.

Die Wände und die Vorhänge waren in modernen Rot- und Orangetönen gehalten, der Boden war weiß-braun gekachelt, die Stühle waren halbrunde Plastikschalen. Anstelle der üblichen rechteckigen, massiven Holztische gab es hier welche in Ellipsenform, ebenfalls aus Plastik. Frau Ehrenstein frohlockte. Das Interieur hätte genau so in einer der Zeitschriften abgebildet sein können, die Frau Ehrenstein so liebte: *Architektur und Wohnen* oder *Zuhause*. So oft hatte sie Oskar angefleht, auch ihr Haus den Siebzigern anzupassen. Oder wenigstens den Sechzigern.

Frau Ehrensteins Mutter schubste sie zu einem Tisch, wo ihr Vater bereits russische Eier aß.

»Grässlich, oder? Na, das Interieur! Hach, der Sohn hat die Wirtschaft übernommen, und das ist dabei rauskommen!«

Das Gemotschker ihrer Mutter wurde vom Ober unterbrochen, der sich nach Getränkewünschen erkundigte und ihnen mit allerlei Köstlichkeiten gefüllte Teller auf die Plätze stellte: Als Vorspeise servierte er neben den russischen Eiern Lachsröllchen und eine Zwiebelsuppe, dann folgte ein Pariser Schnitzel.

Frau Ehrenstein genoss das exquisite Essen, während sie den Gesprächen um sich herum lauschte. Besonders der Tisch hinter ihr eignete sich bestens dafür. Die gnä' Frau sah die drei Männer nicht, die dort sitzen mussten, ihre dröhnend lauten Stimmen hörte sie umso besser. Leider erfuhr sie nichts über den Verstorbenen oder die Umstände seines Todes. Dafür wurde viel über die Räumlichkeiten, das Essen und das Aussehen der anderen Trauergäste gelästert. Die Herren waren der Meinung, dass die Menüauswahl erbärmlich war, und sie hatten gehört, dass all das Geld der Familie dahin sei.

»Nana, das Geld ist schon noch da, nur sind die Konten eingefroren. Von der Staatsanwaltschaft. Wegen … na, weißt eh schon!«

»Geh, ich bitt dich! Ich hab gehört, die alte Gräfin ist einfach zu sierig und will alles für sich behalten!«

»Ich hab's aus sicherer Quelle: Das Geld ist futsch, und die Polizei wird die Alte bald kassieren. Es heißt, sie sei selbstmordgefährdet, stellt's euch vor!«

Als das Menü beendet war, wurde Frau Ehrenstein klar, dass sie zu viel gegessen hatte. Es fühlte sich an, als ob ihr Rock sie in der Mitte durchschneiden würde. Sie saß so aufrecht da, als steckte ein Metallstab in ihrer Wirbelsäule, mit dem Po auf der Kante des Plastiksessels – im Grunde eine Haltung wie aus einem Benimmbuch für Damen.

Frau Ehrensteins Mutter rutschte ungeduldig hin und her und reckte immer wieder den Kopf, um sich suchend im Saal umzusehen. Zweifellos wartete sie auf den geeigneten Zeitpunkt, um ihren Angriff auf die wehrlose Witwe zu starten. Der aufsteigende Zigaretten- und Pfeifenrauch ließ darauf schließen, dass die meisten bereits aufgegessen hatten. Auch die Geräusche im Saal hatten sich verändert. Statt gedämpfter Stimmen und Besteckgeklapper war jetzt sogar Gelächter zu hören. Es war, als hätte das Essen den traurigen Teil des Tages beendet, sodass man nun zu einer ausgelassenen Feier übergehen konnte.

»Jetzt!«, verkündete Frau Ehrensteins Mutter triumphierend. Frau Ehrensteins Vater drückte sich gemächlich auf die Beine, seine Pfeife zwischen die Lippen geklemmt, und bedeutete seiner Tochter, ihm zu folgen.

Am Tisch der Witwe saßen noch Eduard Klerger, die Frau mit der Jane-Fonda-Frisur und ein ältliches Ehepaar. Der Zustrom der Kondolierenden ebbte gerade ab, und ihre Mutter hatte die Gunst der Stunde erkannt. Beim

Hindurchschlängeln zwischen den Tischen wurde sie allerdings – so knapp vor ihrem Ziel, dass sie es beinahe schon greifen konnte – von Freunden, die sie begrüßen wollten, aufgehalten. Die Frustration darüber konnte man nur in ihren Augen ablesen, und auch das nur, wenn man sie gut kannte. Sie lächelte, gab freundliche Antworten, stellte selbst Fragen und blieb lange genug, um nicht als unhöflich zu gelten. Schließlich erreichten die drei ihr Ziel, und für eine Zehntelsekunde entgleisten Frau Ehrensteins Mutter die Gesichtszüge. Die Witwe und ihr Rollstuhl waren nur noch von hinten zu sehen, sie schob sich gerade aus dem Raum hinaus. Die junge Frau mit der Jane-Fonda-Frisur stand unschlüssig neben ihrem Sessel.

»Setz dich einfach, Martha!«, sagte Eduard gleichmütig, den Blick auf das Kaffeehäferl vor sich gerichtet.

»Aber … aber …«

Die Röte in ihrem Gesicht war mittlerweile nicht mehr nur ihrem Rouge geschuldet. Ihr Körper lehnte sich in Richtung Ausgang, so als wäre sie kurz davor, loszurennen, ihre Füße aber wären noch festgeklebt.

»Martha, setz dich. Sie hat gesagt, sie schafft das alleine, also schafft sie das alleine. Frau Ehrenstein! Frau … Berger, nicht wahr?« Klerger machte Anstalten aufzustehen, doch sowohl Frau Ehrenstein als auch ihre Mutter bestanden darauf, dass er sitzen blieb und sich nicht von seinem Kaffee abhalten ließ. Frau Ehrensteins Vater schaffte es gerade noch, sich vorzustellen, ehe sich die ältliche Frau, die mit ihrem Mann ebenfalls am Tisch saß, mit säuerlicher Miene zu Wort meldete.

»Da bist ja, Josephine! Ich hab schon angenommen, man sieht sich gar nicht mehr g'scheit!« Sie hatte einen strengen Zug um ihre Mundpartie und tiefe senkrechte Falten zwischen den Augen. Jeder Satz, der aus ihrem Mund kam, wirkte wie eine Anklage. Aus der Nähe wirkte sie gar nicht mehr so alt. Höchstens um die fünfzig.

»Hach, ich weiß ja, ich weiß ja. Aber besser spät als nie, oder? Leni, du erinnerst dich doch an die Frau Kommerzialrat? Und ihren Gatten, den Herrn Kommerzialrat?«

Frau Ehrenstein erinnerte sich nicht im Entferntesten.

»Selbstverständlich erinnere ich mich, Frau Kommerzialrat! Sie sind um keinen Tag gealtert, wie machen Sie das?«

Der deutlich ältere Herr Kommerzialrat schaufelte ungerührt ein Stück Malakofftorte in sich hinein.

»Das ist mein Mann, der hört nichts«, verkündete die Frau Kommerzialrat knapp und wies gereizt darauf hin, dass sie, wenn sie früher an den Tisch gekommen wären, die Gräfin nicht verpasst hätten. Frau Ehrensteins Mutter entschuldigte sich ausführlich, ihr Vater machte eine Bemerkung über den reichlichen Blumenschmuck, und schon waren die drei in ein angeregtes Gespräch über Grabbeigaben verfallen.

Die junge Frau namens Martha hatte sich inzwischen wieder hingesetzt, sah aber immer noch unglücklich zur Stelle, wo die Witwe den Raum verlassen hatte. Sie hatte die Hände vor sich auf den Tisch gelegt und drehte die ganze Zeit an ihrem glänzenden Armreif.

»Ich glaube, Sie kennen einander noch nicht.«

Eduard Klergers Bass drang ohne Schwierigkeiten durch, obwohl ihre Eltern und die Frau Kommerzialrat durchaus laut zugange waren.

»Darf ich Ihnen Martha Stelic vorstellen? Sie ist die Großnichte der Gräfin und kümmert sich mit großer Hingabe um sie. Martha, das ist Frau Ehrenstein.«

Der Blick der jungen Frau schoss blitzartig zu der gnä' Frau. Ihre Miene verriet mehr als bloßes Interesse an einem Neuankömmling. Sie begutachtete Frau Ehrenstein mit unverhohlener Neugier.

Die Dame bemühte sich, gleichmäßig weiterzuatmen. Martha Stelics Gesichtsausdruck traf sie wie ein Schlag in die Magengrube. Vermutlich kamen jetzt unangenehme Fragen, Andeutungen oder sogar Anschuldigungen, dass die gnä' Frau eine kommunistische Spionin sei.

»Sind Sie nicht … ja, das sind Sie, oder? Frau Ehrenstein, ja genau, Sie sind's! Aber, ich mein, in Natura schaun'S viel fescher aus! Und jünger!«

»Danke!«, murmelte die Dame mechanisch und zwang sich, nicht zu Boden zu blicken. Noch vor ein paar Monaten hatte sie jeden Raum mit Grandezza und überbordendem Selbstbewusstsein betreten und mit größter Selbstverständlichkeit Komplimente entgegengenommen. Die Unsicherheit, die sie jetzt in Gesellschaft empfand, war ihr neu, und sie musste erst lernen, damit zurechtzukommen.

Martha stieß Eduard mit dem Ellbogen an. »Eddie, weißt eh, die Frau Ehrenstein ist die aus der Zeitung. Mit dem …, na weißt eh, Eddie! Ich mein, ich will ja nicht aufdringlich sein, aber was ich schon immer wissen wollte, ist es wahr, dass der …«

»Martha!« Der anklagende Ton der säuerlichen Frau Kommerzialrat ließ die junge Frau verstummen. »Jetzt sei doch nicht so patschert und rutsch endlich rüber! Das ist ja nicht g'scheit, wenn meine Freunde die ganze Zeit herumstehen müssen.«

Die Plastiksessel quietschten am Boden, als sie zusammenrückten und weitere Stühle an den Tisch gestellt wurden. Um die Naht am Rock nicht überzustrapazieren, ließ sich Frau Ehrenstein vorsichtig auf die Sesselkante sinken. Ihr Vater begann über sie hinweg eine Unterhaltung mit Eduard Klerger. Offensichtlich war er mit der Familie

Bárány zwar nicht verwandt, aber ein Protegé des Verstorbenen und wurde beinahe schon als Ziehkind des kinderlosen Ehepaars angesehen. Martha lauschte den Männern, doch ihr Blick blieb immer wieder an Frau Ehrenstein hängen. Sie machte einen entzückten, ungeduldigen Eindruck. Vermutlich wartete sie nur auf eine geeignete Gesprächspause, um mit ihrer Inquisition fortzufahren, und die Dame betete, dass die anderen nie aufhören würden zu reden.

»Sag ma's, wie's is, a blede G'schicht! Fürchterlich unpassend!« Die Frau Kommerzialrat schlug einmal mit ihrer Faust auf den Tisch, während ihr Mann laut schmatzend weiter die Torte hinunterschlang.

»Hach, du hast ja recht«, antwortete Frau Ehrensteins Mutter. »Ganz fürchterlich. Ich hoff nur, dass das keine dumme Idee war.«

»Geh, red nicht so einen Topfen, Josephine! Selbstverständlich war die Idee gut. War ja meine!«

»Die Zeit in Frankfurt war schon schön. Ist aber halt nicht Wien.« Der vibrierende Bass von Eduard Klerger übertönte die kleinlaute Antwort, die Frau Ehrensteins Mutter gab.

»No ja, wenn ma Wien gewohnt is, kommt Frankfurt wie ein Schock, nehm ich an«, antwortete ihr Vater, während er sich gemächlich die Brille putzte. »Triest ist da schon ein bissl angenehmer! Aber halt auch nicht Wien.«

»Impertinent, hab ich g'sagt, und recht hab ich behalten!«, sagte die Frau Kommerzialrat und bumperte erneut auf den Tisch, dass das Besteck klirrte. »Aber sie hat nicht hören wollen! So sind's, die Adeligen! Woll'n nie hören!«

»Wobei ich mit Basel doch mehr hab anfangen können. Dagegen fand ich Bern ein bissl …«, sagte Eduard und verzog das Gesicht.

Frau Ehrensteins Vater nickte heftig. »No, ich weiß genau, was Sie meinen! Wobei ich dann sag: Warum nicht gleich München?«

»Hach, über Affären hat er geschrieben? Ich les ja diesen Schund nicht!«, sagte Frau Ehrensteins Mutter, griff sich an die Wange und schnalzte mit der Zunge.

»No, ja, Salzburg ist Salzburg. Aber halt auch nicht Wien! Und fangen'S ma gar nicht mit Innsbruck an, sonst verlass ich den Tisch!«, antwortete Frau Ehrensteins Vater.

Frau Ehrenstein hätte mit ihm am liebsten den Platz getauscht, da das Gespräch zwischen der Frau Kommerzialrat und ihrer Mutter um einiges spannender klang und sie immer nur Satzfetzen zu hören bekam. Doch das wäre unhöflich gewesen, also schwieg sie.

Sie beugte sich vor, um der Unterhaltung zwischen den beiden Frauen besser folgen zu können. Die ihr gegenübersitzende Martha musste das als Aufforderung verstanden haben, denn sie tat es ihr gleich und begann in verschwörerischem Flüsterton zu sprechen: »Frau Ehrenstein, die Kommune, wo Sie waren … Was ich fragen wollte, ich mein, war die recht … freizügig?«

Frau Ehrenstein schüttelte den Kopf und lauschte noch angestrengter.

»Jetzt isses ein Skandal g'wordn, die blede G'schicht. Ich sag's, wie's is, ich mach ma schon bissl Sorgen um sie. Die Gräfin ist ganz verändert die letzten Tag!«

Frau Ehrenstein hörte den fragenden Ton in Marthas letztem Satz und wackelte ein paarmal unbestimmt mit dem Kopf, sodass ihre Antwort sowohl als Ja als auch als Nein durchgehen konnte.

»Selbstverständlich hab ich mi'm Hofrat telefoniert! Was glaubst denn, Josephine? Wenn die schon von Polizei zu red'n anfangen!«

»Die Geschäftsreisen dorthin sind schwieriger geworden. Der Prager Frühling war diesbezüglich nicht unbedingt hilfreich, wenn Sie verstehen, was ich meine?«, sagte
Eduard Klerger, und ihr Vater schüttelte den Kopf. »No,
ja, ärgerlich, net wahr? Ärgerlich! Gott sei Dank bin ich
schon in Pension!«

Frau Ehrenstein hätte am liebsten gebrüllt, dass alle jetzt
verdammt noch mal den Mund halten sollten. Sie biss sich
in die Wange, damit keines der bunten Schimpfwörter in
ihren Gedanken ihren Mund verlassen konnte.

Ihre Mutter und die Frau Kommerzialrat steckten die
Köpfe näher zusammen, was vermuten ließ, dass das
Thema saftiger wurde. Frau Ehrenstein lehnte sich noch
weiter nach vorne und nahm einen tiefen Atemzug, um
ihre Frustration zu besänftigen. Das darauffolgende Geräusch ließ ihr das Blut in den Adern gefrieren.

6

Ein Pinguin in Simmering

Das *Ratsch* klang in den Ohren der gnä' Frau so durchdringend, dass sie erwartete, von allen angestarrt zu werden. Ein kühlendes Lüftchen an ihrem Po ließ keinen Zweifel am Ausmaß der Tragödie.

»Alles in Ordnung, Frau Ehrenstein? Sie sind auf einmal so blass.«

Sie konnte kein Amüsement aus Eduard Klergers Frage heraushören, nur aufrichtiges Interesse. Sie bejahte erleichtert, und als sich Martha bei ihm beschwerte, dass er ihr die Gesprächspartnerin abspenstig mache, tastete Frau Ehrenstein so unauffällig wie möglich an ihren Allerwertesten.

Der Riss war da, keine Frage, doch es schien, als würde ihr Blazer das Malheur vorerst verdecken. Ihre Gedanken begannen zu rasen. Was sollte sie jetzt machen?

Ihr Vater beschwerte sich über die unerträgliche Hitze und entledigte sich seines Jacketts, woraufhin Eduard Klerger es ihm gleichtat. Frau Ehrenstein wischte sich ein paar Schweißtropfen von der Schläfe und stellte betroppezt fest, dass Martha wieder begonnen hatte, auf sie einzureden. Die Dame schielte zum Ausgang und versuchte abzuschätzen, wie viele Schritte sie wohl bräuchte, um vom Tisch dorthin zu gelangen.

Ein junger Mann in einem braunen Veloursanzug und mit Haaren, die ihm bis über die Schulter reichten, trat an den Tisch und fragte, ob alles zur Zufriedenheit der Anwesenden sei.

»Ah, der Juniorchef!«, erklärte die Frau Kommerzialrat und stellte Frau Ehrenstein und ihre Eltern vor.

»Küss die Hand, meine Herrschaften!« Der junge Chef klang etwas zu vergnügt, wenn man die Umstände der Feierlichkeiten in Betracht zog. Er fragte, wie ihnen die Umgestaltung des Gastraums gefalle, denn er sei persönlich dafür verantwortlich gewesen.

»Entzückend! So frisch und … modern!«, rief Frau Ehrensteins Mutter mit übertriebenem Eifer.

Da sich alle auf den vor jugendlichem Charme platzenden Juniorchef des Hauses konzentrierten, gelang es Frau Ehrenstein, eine Entschuldigung zu murmeln und sich vorsichtig von ihrem Sessel zu erheben. Im Gehen presste sie die Hände auf ihre Oberschenkel, um den Rock zu halten. Sie bemühte sich um eine gleichgültige Miene, aber die Situation war ihr unendlich peinlich. Mit ihrer schwarzen Kleidung und dem unnatürlichen Gang sah sie vermutlich aus wie ein Pinguin.

Vor der Damentoilette war eine lange Schlange, und vorm Eingang lauerte womöglich noch Prenz, also eilte Frau Ehrenstein durch die betriebsame Küche und stahl sich durch den Seiteneingang hinaus.

Sie war überrascht, als sie dort eine Gstetten vorfand. Ein schmaler Trampelpfad führte zu einem hohen Buschwerk. Ein Küchenjunge, der auf eine Zigarette herausgekommen war, erklärte ihr, dass sich dahinter der Fischteich des Seniorchefs befand. Ihr blieb nichts anderes übrig, als sich, um ihren Rock wieder in Ordnung zu bringen, irgendwo hier ein Dickicht zu suchen. Als sie hinter dem dichten Blattwuchs Deckung gefunden hatte, atmete sie erleichtert auf. Das schattige Plätzchen verschaffte ihr das erste Mal an diesem Tag richtige Abkühlung, und der angenehme Duft von Erde und Blättern legte sich langsam über den

Gestank des Gasthausabfalls. Sie hielt ihren Rock jetzt nur noch lose mit einer Hand und lockerte ihre Glieder. Endlich war sie allein und konnte sich sammeln. Mit einem kühlen Kopf würde sie besser darüber nachdenken können, wie es weitergehen sollte.

Frau Ehrenstein stockte. Das lag nicht nur an dem malerischen Fischteich, der hinter einer Biegung des Pfads zu erkennen war. Eher an dem herrenlosen Rollstuhl, der just an dieser Biegung stand. Vielmehr ein damenloser. Vorsichtig näherte sie sich dem Gefährt, als handelte es sich um eine scharfe Bombe. Frau Ehrenstein war eine äußerst aufmerksame Person, der kein Detail entging, und sie war sich sicher, dass es sich hier um den Rollstuhl der Witwe handelte. Suchend blickte sie sich um. Neben dem Gewässer befand sich eine hohe Mauer, dahinter waren Motorengeräusche zu hören. Noch weiter hinten konnte Frau Ehrenstein die rauchenden Schornsteine des Elektrizitätswerks emporragen sehen. Am Rand des Teiches gab es eine reiche Vegetation, ein kleiner Holzsteg diente dem Seniorchef wohl als Angelstelle.

Frau Ehrenstein nahm eine Bewegung im Wasser wahr. Mit einem Mal schlug ihr Herz doppelt so schnell, und sie rannte zu dem Steg. Der kleine See war trübe und hatte eine grünbräunliche Farbe. Es war unmöglich, tiefer als zehn Zentimeter hineinzusehen.

Die lauten Herren beim Leichenschmaus hatten von Selbstmord gesprochen, die Frau Kommerzialrat hatte erwähnt, dass die Gräfin in letzter Zeit nicht mehr sie selbst war.

Was, wenn es der alten Witwe zu viel geworden war? Wenn der Tod ihres Mannes und die Beschuldigungen von Prenz sie in die Verzweiflung getrieben hatten?

Eine Wolke schob sich vor die Sonne, und der Lichteinfall änderte sich. Frau Ehrenstein sah am Boden des Teiches etwas glitzern. Ein Schmuckstück vielleicht? Sie musste an die schöne Brosche denken, die die Gräfin auf ihrem Spitzenkleid getragen hatte.

Die Unruhe in ihrem Herzen steigerte sich zu einem Tornado, schrille Sirenen dröhnten in ihrem Kopf. Jede Sekunde zählte. Wenn sie Hilfe holte, konnte es schon zu spät sein. Frau Ehrenstein machte sich ungern die Finger schmutzig, doch sie wollte vermaledeit sein, wenn ihre Besorgnis um ihr Aussehen ein Menschenleben kostete.

Frau Ehrenstein schlüpfte aus ihren Pumps und ließ den Rock zu Boden gleiten. Sie trat an den Rand der Bretter, hielt sich die Nase zu und schloss die Augen.

»Ich bitte Sie, lassen'S das doch.«

7

Frau Ehrenstein kuscht nicht

Frau Ehrensteins erster Impuls war, mit den Händen ihren Unterleib zu bedecken. Selbst wenn die Stimme weiblich und gelangweilt klang. Auf einem Bänkchen, das bisher hinter dem Schilf verborgen gewesen war, erkannte sie eine Gestalt. Sie saß kerzengerade mit einem Stofftaschentuch in der Hand, und ihre Miene war unerbittlich. Die adelige Witwe.

»Vielleicht wollen Sie sich wieder bekleiden.«

Sie klang streng, wenn auch nicht so säuerlich wie die Frau Kommerzialrat. In ihrem hochgeschlossenen Spitzenkleid erinnerte sie Frau Ehrenstein ein wenig an die alte Tante Martha Brewster aus *Arsen und Spitzenhäubchen*. Deren Hobby war es gewesen, alte Männer zu vergiften, dennoch hatte sie dabei fröhlich und freundlich gewirkt. Die Witwe mochte ihr äußerlich ähneln, machte aber sonst einen strengen und abweisenden Eindruck.

Frau Ehrenstein suchte ihren Rock und ihre Schuhe zusammen. Ihr Adrenalinspiegel verarbeitete die neue Information nur langsam, und so bumperte ihr Herz immer noch panisch. Zitternd hielt sie den Rock um ihre Hüfte, während sie sich der Gräfin unsicher näherte. Frau Ehrenstein hatte schon einige Male Bekanntschaft mit echtem Adel gemacht und wusste, wie sie sich zu verhalten hatte. Sie machte einen Knicks, und die alte Frau nickte ihr erhaben zu.

»Haben Sie Schwierigkeiten mit Ihrer Garderobe?«

Die gnä' Frau hatte sich geirrt. Die Stimme klang weniger streng als hart. Wie bei jemand, dem das Leben schon einiges abverlangt hatte.

»Ja.«

»Aha. Wollen Sie mir auch Ihr närrisches Verhalten erklären?«

»Ich ... Also um ehrlich zu sein, hatte ich befürchtet, Sie hätten sich etwas angetan. Und ... ich wollte Sie retten.«

Die Miene der Witwe blieb ungerührt. Frau Ehrenstein war sich bewusst, wie lächerlich das jetzt klang. Gerade noch vor zwei Minuten war sie in Alarmbereitschaft versetzt worden, weil sie dachte, ein Leben stünde auf dem Spiel. Sie tastete nach ihrer Frisur, die ein wenig aus dem Lot gekommen war. Ihre Mutter würde der Schlag treffen, wenn sie sie so sehen würde. Wenigstens hatte die gnä' Frau ihre Pflicht erfüllt und sich der Gräfin vorgestellt. Da fiel ihr ein ... das hatte sie ja noch gar nicht.

»Verzeihung, wie unhöflich von mir: Mein Name ist Helene Ehrenstein. Hocherfreut, Sie kennenzulernen.«

Bei der Erwähnung des Namens regte sich etwas im Gesicht der Witwe. Der Hauch einer gehobenen Augenbraue, der Ansatz eines zuckenden Mundwinkels. Frau Ehrenstein fühlte sich wie ein Schulmädchen, das zur Direktorin zitiert worden war.

»Das ist ja köstlich.«

Der Ernst, mit dem die Gräfin diese Worte aussprach, strafte ihre Aussage Lügen. »Ich bin Adele Bárány. Lebten wir noch in der guten alten Zeit, wäre ich eine Gräfin.«

Mit einer Geste lud sie die gnä' Frau auf den Platz neben sich ein, und diese folgte mit einem dankbaren Lächeln. Ursprünglich war Frau Ehrenstein nervös gewesen, der Adeligen vorgestellt zu werden. Jetzt hatte sie das – wenn auch auf denkbar peinliche Weise – hinter sich gebracht. Ursprünglich war sie auch ausgesprochen genervt von diesem ihr aufgedrängten Ausflug gewesen. Inzwischen konnte sie auch die positive Seite sehen: Es war wenigstens nicht langweilig, und sie würde Marie so einiges zu erzählen haben.

Für eine Weile saßen beide schweigend da und betrachteten den Teich. Wenn einem nicht das Blut in den Ohren rauschte, konnte man noch andere Geräusche neben dem Motorenlärm hinter der Mauer wahrnehmen. Ein leichtes Rascheln im Schilf, zirpende Insekten, zwitschernde Vögel. Das Schnattern der Menschen auf der Terrasse des Gasthauses klang weit entfernt.

»Es ist köstlich, weil ich dasselbe von Ihnen gedacht habe«, sagte die Gräfin schließlich.

»Wie meinen Sie das, wenn ich fragen darf?«

»Ich dachte, Sie wollten Ihrem Leben ein Ende setzen, indem Sie sich in den stinkenden Tümpel werfen. Die Tatsache, dass Sie Ihre Schuhe verschonen wollten, fand ich beinahe rührend.«

Frau Ehrenstein betrachtete die Gräfin von der Seite, auf der Suche nach einem Hinweis auf Humor. Doch deren Miene war wie ihre Stimme ungerührt.

»Ich hatte nichts dergleichen im Sinn. Ich wollte lediglich … etwas Luft schnappen und bin dann zufällig hier gelandet.« Frau Ehrenstein hatte eigentlich keinen Grund, sich zu erklären, doch sie fühlte sich von der Gräfin eingeschüchtert. »Ich möchte Ihnen mein Beileid aussprechen. Die Beerdigung war sehr bewegend und der Leichenschmaus überaus geschmackvoll.«

»Finden Sie? Unter normalen Umständen wäre der Zentralfriedhof übergequollen von Gästen und Kränzen. Unter normalen Umständen hätte der Leichenschmaus in einem Palais mit Hunderten von Menschen stattfinden müssen. Nicht in so einer … Gaststätte.«

Es war weniger Verbitterung oder Trauer, die Frau Ehrenstein hier heraushörte. Es war unterdrückte Wut. Sie wusste genau, was die Witwe damit sagen wollte. Der Verstorbene war ein wohlhabender und angesehener Mann aus bester Gesellschaft gewesen. Die Gräfin hätte es für angebracht gehalten, »die schöne Leich« mit ausreichend Pomp zu zelebrieren. Die Trauerfeier, die sie heute erlebt hatten, nun, die hatte doch eher etwas Bürgerliches gehabt und war für einen Grafen wohl wirklich nicht angemessen. Dennoch fragte Frau Ehrenstein nach. Anfangs hatte sie nicht einmal die Bekanntschaft der Gräfin machen wollen. Doch ihre Neugier wuchs. Sie wollte dem Rätsel von dem Tod des Grafen auf die Spur kommen und versuchte deswegen, die alte Frau zum Reden zu bringen.

»Unter normalen Umständen?«

»Selbstverständlich haben sie alle nicht den wahren Grund angegeben. Die mit ein wenig Anstand waren angeblich verhindert und untröstlich. Die anderen haben sich tot gestellt. Und meine Familie, falls man sie so nennen kann, bestand darauf, eine bescheidene Feier abzuhalten, um nicht so viel Aufmerksamkeit zu erregen. Jezusom!«

»Das tut mir aufrichtig leid, Gräfin!«

»Aber das ist noch lange kein Grund, eine Todsünde zu begehen. Noch dazu hier! Ich habe zwei Kriege und zwei Ehemänner überlebt, dagegen ist eine armselige Trauerfeier eine Lappalie!«

»Selbstverständlich!«

»Haben die Sie mir nachgeschickt? Um zu verhindern, dass ich eine Dummheit begehe? Halten die mich für unmündig? Brauch ich etwa ein Kindermädchen?«

»Selbstverständlich nicht!«

»Zuerst zwingen sie mir diesen Rollstuhl auf, als ob ich nicht in der Lage wäre zu gehen! Und dann hetzen sie mir noch so eine Person auf den Hals. Ich weiß, wer Sie sind!«

Frau Ehrenstein wusste mitunter nicht einmal selbst, wer sie war. Sie fühlte sich in eine Ecke gedrängt, und das gefiel ihr ganz und gar nicht. Vor allem weil so viele immer annahmen, genau zu wissen, wer sie war. Adelige hin oder her, sie ließ sich hier nicht zur Marionette degradieren.

»Das wage ich stark zu bezweifeln, Gräfin. Wenn Sie Ihr Wissen über mich aus dem *Wiener Telegramm* bezogen haben, ist Ihnen nicht mehr zu helfen. Außerdem bin ich keine Handlangerin, die Befehle von Ihrer Familie entgegennimmt. Mir ist ein Malheur mit meinem Rock passiert, und das ist der einzige Grund, warum ich hier bin!«

Furchtlos hielt sie dem eisblauen Blick der Gräfin stand.

»Soso. Nun, wenn das so ist, bleibt mir nur noch eins.«

Frau Ehrenstein hielt die Luft an. In ihrer Vorstellung hörte sie bereits das Gezeter ihrer Mutter, die ihr vorwarf, sich in Gesellschaft nicht angemessen aufzuführen.

»Mich zu entschuldigen. Einerseits habe ich mich gehen lassen. Das schon ist unentschuldbar. Andererseits hätte ich Sie nicht beschuldigen dürfen. Meine Nerven sind angegriffen, dennoch ist das kein angebrachtes Verhalten.«

Frau Ehrenstein fiel ein Stein vom Herzen. Wie es in einer derartigen Situation angemessen war, entschuldigte sie sich ebenfalls und versicherte der Witwe, dass sie ihr nicht grollte.

»Dennoch muss ich festhalten, Frau Ehrenstein, dass Ihr Name mir geläufig ist, weil meine Bekannte, die Frau Kommerzialrat, ihn heute schon häufig erwähnt hat. Nie und nimmer würde ich dieses Schundblatt, dessen Namen ich nicht einmal in den Mund nehme, lesen!«

Frau Ehrenstein beschloss, die Anwesenheit des Schmierenreporters zu verschweigen, wenn die alte Frau schon die Erwähnung der Zeitung so aufbrachte. Vermutlich würde Eduard Klerger ohnehin dafür sorgen, dass Prenz verschwunden war, ehe die Witwe den Leichenschmaus verließ.

»Sehen Sie, junge Dame, anscheinend wollte man Sie mir vorstellen, damit ich neue Bekanntschaften mache. Da ich in letzter Zeit so viele meiner alten verloren habe. Gewöhnlich kann ich es nicht leiden, wenn man mir Personen aufdrängen möchte. Das war auch ein Grund, warum ich mich von diesem erbärmlichen Leichenschmaus verabschiedet habe.«

»Das kann ich gut verstehen, Gräfin.«

»Sie kuschen wenigstens nicht, Frau Ehrenstein. Dieses ewige Buckeln widert mich an. Dennoch hätte ich da noch zwei Fragen, ehe wir unser Gespräch so angeregt weiterführen. Erstens: Sind Sie Kommunistin?«

Frau Ehrenstein holte tief Luft, ehe sie antwortete. Sie bemühte sich, ihre Frustration nicht anklingen zu lassen. Dennoch wirkte ihr »Nein!« viel zu laut und vehement.

»Gut, und um das gleich vorwegzunehmen: Ich bin auch keine Mörderin«, antwortete die Gräfin.

In Frau Ehrensteins Bauch fing es wieder an zu kribbeln. Auf Anhieb fielen ihr mindestens zehn Fragen ein, die sie zu den Todesumständen des Grafen und dem ominösen Zeitungsartikel stellen wollte. Doch dies war weder die Zeit noch der geeignete Ort dafür.

»Und die zweite Frage?«

»Was, in Gottes Namen, ist mit Ihrem Rock geschehen? Vielleicht können wir gemeinsam eine Lösung finden!«

8

Audienz beim Adel

Das Cottageviertel im 19. Wiener Gemeindebezirk gehörte zu den feinsten Gegenden der Bundeshauptstadt. Dort gab es prächtige Grundstücke, die aufgrund der großzügigen Fläche und des Reichtums der Bewohner noch mehr Platz für Garten und Parkanlagen boten als in Hietzing. Nicht nur deshalb hatte man das Gefühl, gar nicht mehr in Wien zu sein, sondern schon auf dem Land. Auch die Tatsache, dass es sich um einen Randbezirk handelte und die Weinberge nur einen Fußmarsch entfernt waren, verstärkte diesen Eindruck.

Frau Ehrenstein bezeichnete sich selbst als Stadtkind. Der Gedanke, zu weit von urbanen Annehmlichkeiten wie feinen Restaurants, Theatern oder Kinos entfernt zu sein, war ihr zuwider. Dennoch genoss sie diesen Hauch von Landfrische, den sie hier in Döbling vorfand. Mit der Gewissheit, immer noch innerhalb der Grenzen ihrer geliebten Stadt zu sein.

Das Taxi fuhr zum hohen schmiedeeisernen Tor, und Frau Ehrenstein meldete sich beim Pförtner an, ehe der Wagen sie die kurze Auffahrt zum Eingang der Villa brachte. Das Haus war beeindruckend. An den Seiten des Hauptgebäudes prangten zwei schmale Türmchen mit spitzen Ziegeldächern, im ersten Stock gab es einen großen und einen kleinen Balkon. Frau Ehrenstein stieg an zwei steinernen Löwenköpfen vorbei die breite Steintreppe hinauf, und noch ehe sie die letzte Stufe genommen hatte, wurde die Eingangstür geöffnet. Ein weißhaariger Butler in grauem Anzug begrüßte die Dame mit Namen, bat sie höflich herein und führte sie in die Bibliothek.

Häufig rochen derartige Räume in alten Häusern wegen der vielen Teppiche und des in die Jahre gekommenen Interieurs eher muffig. Doch hier duftete es frisch, als ob gerade gelüftet worden war. Ein bunter Blumenstrauß aus Hortensien und Gladiolen verströmte eine unaufdringliche Süße und verlieh dem in dunklen Tönen gehaltenen Raum eine heitere Atmosphäre. Vor einer hohen Fensterfront stand ein kleiner Tisch mit einer altmodischen Schreibmaschine, davor befand sich ein einfacher Holzsessel mit durchgesessenem Sitzpolster. Die gnä' Frau hätte gerne die Finger über die Tasten gleiten lassen und sich dabei vorgestellt, was wohl alles schon darauf geschrieben worden war. Doch der Butler geleitete sie zu einem weit eleganteren Fauteuil und ließ sie dann allein.

Von ihrem Platz aus studierte Frau Ehrenstein die hohen Bücherwände aus dunklem Holz. Es mussten Hunderte Bücher sein, die meisten in Leder gebunden und mit goldenen Lettern. Einige waren in Fremdsprachen, Frau Ehrenstein konnte welche in Französisch, Englisch, Italienisch und Latein erkennen, ein paar hatten auch kyrillische Titel. Sie bezweifelte, dass es hier die Krimis von Agatha Christie oder Dorothy Sayers gab, die zu ihrer favorisierten Lektüre gehörten. Trotzdem hatte sie große Lust, in diesen altehrwürdigen Wälzern zu schmökern und dabei den Duft von alten Büchern einzuatmen. Die große Pendeluhr machte einen scheppernden Gong. Noch ehe er verhallt war, wurde die schwere Holztür aufgezogen, und die Gräfin Bárány betrat den Raum. Frau Ehrenstein erhob sich, machte einen Knicks und drückte vorsichtig die blasse Hand der alten Frau. Erst als die beiden saßen, schloss der Butler von außen die Tür.

»Ich freue mich, Sie so bald wiederzusehen, Frau Ehrenstein!«

»Vielen Dank für die freundliche Einladung! Und, ehe ich es vergesse, vielen Dank für die großzügige Leihgabe zur Rettung meiner Ehre.«

Frau Ehrenstein holte aus ihrer Tasche eine kleine Schachtel aus Samt heraus und öffnete sie, um der Gräfin den Inhalt zu präsentieren. Zunächst hatte sie sich geweigert, die kostbare Brosche anzunehmen, doch die Witwe hatte darauf bestanden. Jedenfalls hatte das Schmuckstück seinen Zweck erfüllt und den gerissenen Rock zusammengehalten.

»Ach, dieses alte Ding! Ich bin froh, dass es Ihnen dienlich sein konnte. Ich will Ihnen auch gleich meine Dankbarkeit aussprechen, mein Kind. Ich muss einen erbärmlichen ersten Eindruck abgegeben haben. Sie waren schrecklich nachsichtig, mir so freundlich zuzuhören, als ich in Selbstmitleid versunken war. Vor allem aber kann ich Ihnen nicht genug dafür danken, dass Sie mir geholfen haben, vor meiner Familie das Gesicht zu wahren.«

Nachdem die Gräfin Frau Ehrensteins Rock zusammengesteckt hatte und die Reparatur weitestgehend mit dem Blazer abgedeckt worden war, hatten sie noch ein wenig geplaudert. Es war der Dame so vorgekommen, als wollte die alte Frau über alles reden, nur nicht über ihren toten Mann. Also hatte sie den Ausführungen über die gute alte Zeit gelauscht und interessierte Zwischenfragen gestellt. Die Härte war dabei vollkommen aus der Stimme der Witwe verflogen.

Ihre Augen hatten zu leuchten begonnen, als sie von ihrer Heimat erzählte. Die Gräfin stammte aus Ungarn, der Familienbesitz befand sich außerhalb von Göd, einer Stadt, die am linken Donauufer in der Nähe von Budapest lag. Auf dem Anwesen befand sich, neben mehreren Ställen und Gesindehäusern, das stattliche Herrenhaus.

»Dort hatte ich eigene Räumlichkeiten nur für meine Garderobe, das müssen Sie sich vorstellen. So breit wie der Teich hier. Alles voller Kleider, Schuhe, Hüte. Und die Pelze erst!«

Sie erzählte von ihren Dienern und Knechten, den Hausmädchen und den Köchen. Etwas schwer ums Herz wurde ihr, als sie von ihren vielen Haustieren sprach. Pferde, Hunde und Vögel. Die wenigen, die den Zweiten Weltkrieg überlebt hatten, hatte sie bei ihrer Emigration nach Österreich zurücklassen müssen.

Dann waren sie ins Gasthaus zurückgekehrt, wo Frau Ehrenstein sich in aller Form entschuldigte, dass sie die Gräfin so lange von ihren Gästen ferngehalten hatte. Sie hatte die Schuld auf sich genommen, und die alte Frau war nicht in Verlegenheit gekommen zu erklären, warum sie so lange vom Leichenschmaus ihres Mannes verschwunden war. Es war der gnä' Frau nicht schwergefallen. Ihr Unwohlsein über den Zustand ihrer Garderobe und die Sorge über die im Raum schwebenden Vorwürfe des Klatschreporters waren verflogen, als ihr klar wurde, dass die Witwe ihre Hilfe brauchte. Außerdem schien die alte Frau es darauf anzulegen, von allen im Raum gehört zu werden, als sie verkündete, welch vortreffliche Person Frau Ehrenstein doch sei. Als sich die Blicke dieses Mal in die gnä' Frau bohrten, hatte sie es zum ersten Mal seit Langem wieder in vollen Zügen genossen.

»Gräfin Bárány, ich versichere Ihnen, das war das Mindeste, was ich tun konnte, nachdem Sie so freundlich waren, nicht nur mein Missgeschick mit dem Rock zu richten, sondern auch Ihre kostbaren Erinnerungen mit mir zu teilen!«

»Ach, Kind, ich bin mir im Klaren, dass ich geschwafelt habe, und Sie waren so höflich, mich nicht zu unterbrechen. Nein, nein, leugnen Sie es nicht. Sie sind eine anständige Person mit einem großen Herzen, das habe ich sofort bemerkt!«

Frau Ehrenstein spürte Hitze in ihre Wangen steigen. Sie war es gewohnt, Komplimente zu ihrem Aussehen oder ihren Besitztümern, wie der Villa, ihrer Garderobe oder ihren Schmuckstücken, zu bekommen. Doch dass jemand etwas Gutes über ihren Charakter, geschweige denn ihr großes Herz, zu sagen hatte, kam selten vor. Bei Marie oder ihrer Freundin Sybille war das anders, aber die meisten Menschen sahen Frau Ehrenstein und ihr luxuriöses Leben und nahmen an, dass sich dahinter nicht mehr verbergen könnte. Sie wusste nicht recht mit den freundlichen Worten der Gräfin umzugehen, also wechselte sie rasch das Thema.

»Ihre Bibliothek ist wirklich hinreißend! Bei so einer Vielzahl an Büchern fühlt man sich gleich geborgen, nicht wahr? Allein das Wissen, dass einem nicht langweilig werden kann!«

»Ach, es ist eine Wohltat, jemandem zu begegnen, der auch Freude am Lesen hat! Ja, Sie haben vollkommen recht. Selbst in den dunkelsten Stunden kann man sich in ein Buch flüchten.«

»Allerdings fürchte ich, dass meine Fremdsprachenkenntnisse gerade mal für Bücher in Englisch, vielleicht auch noch ansatzweise in Französisch reichen. Gehören die Bücher in all den Sprachen Ihnen oder Ihrem verstorbenen Mann?«

Frau Ehrenstein hatte sich nicht bremsen können. Natürlich war ihr klar, dass die Adelige sie zu einem Plauderstündchen eingeladen hatte und nicht zu einem Verhör. Doch ihre Neugier, mehr über den Toten zu erfahren, siegte über ihre Benimmregeln.

Die Witwe lachte trocken. »Mein Mann? Oh, Kindchen, nein. Das sind meine. Dem war schon Zeitunglesen zu viel. Unglücklicherweise haben seine Eltern keinen besonderen Wert auf seine Bildung gelegt. Eine Schande, wahrlich. Hingegen mein erster Mann Tamas, Gott hab ihn selig, beherrschte sage und schreibe zehn Sprachen! Können Sie sich das heutzutage noch vorstellen?«

Frau Ehrenstein erinnerte sich, dass die Witwe beim Fischteich davon geredet hatte, bereits zwei Ehemänner überlebt zu haben.

»Das ist tatsächlich außergewöhnlich, Gräfin. Sich mit so vielen verschiedenen Sprachen zu befassen zeugt von Disziplin und Hingabe. Dem Namen entnehme ich, dass Ihr erster Mann Ungar war?«

Die Witwe lächelte versonnen, und ihre Augen begannen zu leuchten. Ihr erster Mann war ihr Cousin zweiten Grades gewesen, was bei Adelsgeschlechtern nicht ungewöhnlich sei, wie sie betonte. Sie hatte ihn mit neunzehn geheiratet, und obwohl die Ehe arrangiert war, seien sie sehr verliebt und glücklich gewesen. Ihr gemeinsames Hobby war das Reiten. Auf ihrem Gut hatten sie einen ansehnlichen Stall mit einer Reihe Tiere besten Blutes besessen.

»Allerdings musste ich ihm die Jagd abgewöhnen. Scheußliche Angewohnheit. Hilflose Füchse und Hirsche zu ermorden ist kein Sport, hab ich ihm gesagt. Und er hat auf mich gehört, der Gute!«

Sie hatten Geld und Land, dennoch waren die Zeiten nicht einfach, nach dem Ersten Weltkrieg und der Spa-

nischen Grippe. Gemeinsam hatten sie sich aber durch-
gekämpft. Bis dann der Zweite Weltkrieg auch vor ihrer
Idylle nicht haltgemacht hatte.

»In Russland ist er dann gefallen, mein Tamas. Aber wissen Sie, Frau Ehrenstein, ich will nicht in Wehmut zurück-
blicken. Das liegt mir nicht. Wenn ich an ihn denke, dann
an alles Schöne.«

»Das ist eine bewundernswerte Einstellung, Gräfin. Insbesondere nach allem, was Sie schon erlebt haben!«

»*Istenem!* Wo sind meine Manieren? Sie haben noch
nichts zu trinken, und ich komme aus dem Reden gar
nicht mehr heraus – schon wieder! Was ist das nur mit Ihnen, Kind, dass ich mich Ihnen sofort anvertrauen muss?«

Sie läutete eine silberne Glocke, die neben ihr auf einem
niedrigen Tischchen stand.

»Ich versichere Ihnen, Gräfin, ich genieße es, Ihren
interessanten Geschichten zu lauschen!«

Das stimmte. Doch abgesehen von dem Inhalt war Frau
Ehrenstein fasziniert von der Verve, mit der die Witwe
über ihre Vergangenheit in Ungarn redete. Die alte Frau
wurde dabei richtiggehend feurig und schien sich kaum
noch auf dem Sessel halten zu können. Obwohl sie erst
einen Bruchteil ihres Lebens in Österreich lebte, sprach
sie akzentfreies Deutsch und hatte die typisch wienerische
Tendenz dazu, den Wörtern einen französischen Klang
einzuverleiben. Die Giraffe etwa war hier ganz selbstverständlich die *Schiraffe*, und das Cottageviertel, wo sie
sich befanden, wurde nicht englisch ausgesprochen, sondern mit einem klingenden *Sch*. Einzig wenn die Gräfin
»Bárány« sagte, konnte man ihre ungarische Herkunft
heraushören. Das á klang bei ihr wie eine Mischung aus
a und o.

Ein Dienstmädchen betrat schweigend den Raum und

stellte ein Silbertablett vor den beiden Frauen ab. Sie trug eine weiße Schürze mit Rüschen, die hinter ihrem Rücken und Nacken zusammengebunden war, darunter ein schwarzes Kleid aus schwerem Stoff und auf dem Kopf ein Häubchen. Frau Ehrenstein hatte immer gedacht, die Kleidervorschriften in ihrem Haus wären antiquiert, doch diese Uniform wirkte tatsächlich wie von vor hundert Jahren. Sie stellte sich Marie darin vor und verkniff sich ein Lächeln.

Sowohl das Milchkännchen als auch die Zuckerdose, aus der eine kleine silberne Zange ragte, waren mit dem gleichen Rosenmuster bemalt wie die Tassen und die Kanne. Wenn Frau Ehrenstein als Kind Teeparty gespielt hatte, hatte sie sich genau so ein Service vorgestellt. Der anregende Duft des Kaffees erfüllte den Raum.

Frau Ehrenstein fühlte sich wohl hier. Sie hätte auch nicht damit gerechnet, dass die Gräfin so unbekümmert und frei mit ihr plaudern würde. Von anderen Treffen mit Adeligen hatte sie steife Gespräche über das Wetter oder das allgemeine Befinden in Erinnerung. Die Gräfin Bárány war warmherzig und offen. Vor allen Dingen gab sie der Dame nicht das Gefühl, minderwertig zu sein.

Doch Frau Ehrensteins Neugier war noch unbefriedigt. Bevor sie hierhergekommen war, hatte sie sich ein wenig umgehört. Der Graf war alt und lange krank gewesen. Dennoch hielt sich hartnäckig das Gerücht, dass seine Frau bei seinem Tod nachgeholfen hätte. Frau Ehrenstein würde nur zu gern erfahren, woran das lag. Im Allgemeinen wurde dem Ehepaar Bárány kein besonders liebevolles Verhältnis nachgesagt. Allerdings wusste Frau Ehrenstein, dass das nicht viel hieß. Gerade Personen aus konservativem Umfeld zeigten ihre Zuneigung selten öffentlich.

»Hatte ihr zweiter Mann andere Hobbys? Wenn er an Büchern keine Freude hatte?«

»Ach, nicht wirklich.«

»Dann ist er ganz in seiner Arbeit aufgegangen, nehme ich an. Mein Gatte ist da ähnlich. Womit hat er denn sein Geld verdient?«

»Er hatte eine Handvoll Stahlwerke. Aber dafür habe ich mich nie besonders interessiert.«

Es entging Frau Ehrenstein nicht, dass die Gräfin kaum ein Wort für ihren kürzlich verstorbenen Gatten übrig hatte, während sie über ihren ersten Mann feurige Vorträge halten konnte. Die Dame wusste nur nicht, ob das an der noch zu frischen Wunde lag oder an tatsächlichem Desinteresse an seiner Person.

»Ja, ich kann mir vorstellen, dass das ein etwas trockenes Metier ist. Meiner hat früher bei Tisch immer schrecklich viel über seine Arbeit geredet. War das bei Ihrem Mann ähnlich?«

»Nun …«

Die beiden Damen zuckten zusammen, als die Tür schwungvoll aufgerissen wurde:

»Hab ich's mir doch gedacht, dass ich die Stimme kenn!«

9

Eine Muse aus der Schublade

Die junge Frau mit der Jane-Fonda-Frisur, die die Gräfin zur Beerdigung begleitet hatte, betrat beschwingt den Raum. Sie trug hohe braune Stiefel, einen skandalös kurzen Raulederrock in Burgunderrot und eine Bluse mit weiten Piratenärmeln. Frau Ehrenstein brauchte einen Moment, ehe sie sich an den Namen erinnerte. Eduard Klerger hatte sie vorgestellt: Martha Stelic, die Großnichte der Gräfin.

»Tante Adele, warum hast denn nicht g'sagt, dass die Frau Ehrenstein zu Besuch kommt? Ich mein, ich war schon sehr enttäuscht, dass ma unser Gespräch nicht haben weiterführen können!« Nonchalant ließ sie sich neben die Witwe auf das kleine Sofa plumpsen.

»Martha, Liebes, soll ich nach einer Tasse für dich läuten? Erzähl uns doch ein wenig. Was hast du heute vor, was treibt die Jugend an so einem schönen Tag? Wissen Sie, Frau Ehrenstein, meine Martha ist meine Verbindung zu der Welt da draußen. Sie hält mich jung, nicht wahr?«

Die Großnichte hauchte der Gräfin ein Bussi auf die Wange. »Dank dir, du Liebe, ich kann aber nur kurz bleiben. Wir arbeiten heut am Cobenzl.«

Der korrekte Name dieser Erhöhung im 19. Bezirk war eigentlich Reisenberg, aber die Wiener nannten sie seit jeher Cobenzl, nach dem Grafen, der ihn vor zweihundert Jahren erworben hatte. Der Berg war ein wunderschönes Ausflugsziel mit einem atemberaubenden Ausblick auf die

Stadt, umgeben von Wiesen, Wäldern und einer Handvoll Weinreben.

Die Gräfin läutete das Glöckchen. »Wissen Sie, Frau Ehrenstein, meine Martha studiert Kunst an der Universität. Sie und ihre Kommilitonen erforschen die Natur, um sie zu malen und zu fotografieren, nicht wahr, meine Liebe?«

»Aber sicher, Tantchen! Ma, wenn ich das nur g'wusst hätt, dass Sie da sind, Frau Ehrenstein! Sie sind die aufregendste Person, die mir seit Langem unter'kommen ist. Ich sterbe, wenn wir uns nicht noch amal in Ruhe treffen könnten! Versprechen'S es mir? Mmmmh?«

Derart in die Ecke gedrängt, konnte Frau Ehrenstein gar nicht anders, als es zu versprechen. Das würde, gelinde gesagt, anstrengend werden, denn Martha schien grundsätzlich eine aufgedrehte Person zu sein und hatte unglückseligerweise eine äußerst quietschige Stimme. Abgesehen davon würde sie vermutlich nur über Prenz' Schmähartikel und die freizügigen Hippies sprechen wollen. Andererseits könnte die gnä' Frau so womöglich noch ein paar Hintergründe zu den Mordanschuldigungen erfahren. Die Großnichte wirkte nicht gerade diskret.

Ein Dienstmädchen stellte Tasse samt Untertasse vor Martha ab und verschwand so geräuschlos, wie sie aufgetaucht war.

»Und ist das Studium interessant, Frau Stelic?«

»Um Himmels willen, nennen'S mich bitte Martha, Frau Ehrenstein. Sonst komm ich mir noch alt vor! Natürlich ist die Kunst interessant, aber ich studiere das Leben, verstehn'S? Ich bin Muse, Modell, Studentin, Malerin und Genießerin. Ich mein, hätten wir mehr Zeit, würd ich noch mehr aufzählen. Aber ich passe eben nicht in eine Schublade!«

Frau Ehrenstein steckte schon sehr lange in der Schublade: reiche Ehefrau mit teurer Garderobe und sonst keine Interessen. Das langweilte sie zu Tode. Umso mehr hatte sie das Abenteuer auf der Jagd nach dem Würger von Hietzing genossen. Ihr gefiel der Gedanke, dass die junge Frau sich einfach aussuchte, wer sie sein wollte, ohne sich zu sorgen, was andere davon hielten. Das war herrlich unkonventionell. Allerdings hatte sie ihre Freundschaft mit Marie gelehrt, dass diese Form von Extravaganz leicht auszuleben war, wenn man über genügend Mittel verfügte und kein Geld verdienen musste, um zu leben.

»Meine Martha ist ein Freigeist. Die Jugend von heute probiert sich gern aus. Diese Möglichkeiten hatte unsereins natürlich nicht. Die Verpflichtungen, die mit einem Titel einhergehen, erlaubten das nicht.«

»Ja, ja, die verstaubte alte Zeit, Tantchen. Ich kenn die Geschichten. Ich mein, jetzt ham die Siebziger begonnen, es wird Zeit für was Neues. Finden Sie nicht auch, Frau Ehrenstein? Ich mein, unsere Generation tanzt halt keinen Walzer mehr und hat auch keine Angst vor Farben.«

Unwillkürlich strich Frau Ehrenstein ihr Kleid über ihren Oberschenkeln glatt und richtete ihre Perlenkette. Wegen der sommerlichen Temperaturen trug sie ein ärmelloses Etuikleid in einem hellen Pfirsichton, das knapp über dem Knie endete. Sie hatte sich gefragt, ob diese Garderobe konservativ genug war für den Empfang bei einer Gräfin. Doch jetzt, wo sie sah, wie Martha hier im Hause herumlief, wurde ihr klar, dass sie sich umsonst den Kopf zerbrochen hatte.

»Nun, ich denke, es spricht nichts dagegen, sowohl Walzer als auch Twist zu tanzen«, erörterte Frau Ehrenstein. Tatsächlich hatte sie das auf manchen Bällen bereits getan. »Und nur weil die Fotografien von früher alle schwarz-weiß sind, heißt das nicht, dass niemand Farben getragen hat.«

Die Gräfin brach in ein solches Gelächter aus, dass ihre hochgesteckten weißen Löckchen bebten.

»Sehr diplomatisch, meine Liebe. Und durchaus durchdacht!«

Frau Ehrenstein machte sich in Wahrheit nicht viel aus der guten alten Zeit. Viele der Traditionen, wie sie ihre Eltern oder ihr Mann hochhielten, gingen ihr auf die Nerven. Wie zum Beispiel das klassische Rollenbild von einer Dame der feinen Gesellschaft, dass sie nur gut auszusehen und sich den vorgegebenen Normen entsprechend zu verhalten hatte: heiraten, Kinder kriegen, keine Schande machen, unaufgeregt sterben. Sie fände es spannend, wie Martha an einem Werktag mit Künstlern am Cobenzl zu flanieren und sich Vorlesungen an der Uni anzuhören.

Dennoch war es ihr wichtig, dass sich die alte Witwe nicht wie ein Relikt vorkam. Immerhin saß sie hier mit zwei Frauen, die um die vierzig Jahre jünger waren als sie.

»Ich mein, eh, Frau Ehrenstein. Aber vielleicht nehm ich Sie einfach mal mit zu meinen Leuten, dann wissen'S, wovon ich red!« Martha hatte ihren Kaffee in einem Zug ausgetrunken und trug hellen Lippenstift auf, während sie weiterredete, was ihren Worten einen verwaschenen Klang gab. »Hat sich dieser Mann eigentlich schon bei dir gemeldet, Tantchen? Ich glaub, Marek hat der geheißen. Fürchterlich überheblicher Kerl.«

»Der Name sagt mir nichts. Es rufen auch nicht mehr so viele an wie früher. Wer ist das denn?«

»Ich mein, mi'm Eddie hat er auch schon telefoniert. Ermittler nennt er sich. Ich weiß nur nicht, ist er so ein Privatdetektiv oder Polizist oder beides? Keine Ahnung, mit solchen Leuten hab ich normalerweise nichts zu tun.«

Bei »Privatdetektiv« musste Frau Ehrenstein an Sam Spade oder Philip Marlowe denken. Kettenrauchende Männer mit einem Hang zum Scotch, die sich wie Bluthunde an einem Fall festbissen und auch mal Antworten aus einem Zeugen herausprügelten.

»Das ist ja interessant! Wie klang er? Was wollte er denn von Ihnen? Wenn's ein Privatdetektiv ist, muss er ja von jemandem engagiert worden sein?«

»Na, Sie werden ja plötzlich so aufgeregt, Frau Ehrenstein! Das ist ja steil!« Martha war dazu übergegangen, an ihren angeklebten Wimpern herumzudrücken, während sie in einen Taschenspiegel blickte. »Wissen'S eh, so ein Wichtigtuer halt. Er hat Fragen gestellt zum Tod vom Onkel Friedrich, hat gesagt, dass die Herren Pick und Stadler – das waren Freunde vom Onkel Friedrich –, also dass die Interesse an der Aufklärung oder so haben. Und dass er sich noch bei der Tante melden wird, hat er gesagt.«

Die Gräfin keuchte und drückte sich ein Stofftaschentuch auf den Mund. Aus ihrem ohnehin blassen Gesicht war noch der letzte Rest Farbe gewichen. Martha war das schlechte Gewissen anzusehen. Sie packte rasch ihren Spiegel in ihre Tasche und rückte näher an ihre Tante heran, um ihr die Hand zu tätscheln.

»Na geh, kein Grund zur Aufregung. Das ist ja nichts Neues, Tantchen, entspann dich. Den wimmelst ab, und sollte er auftauchen, setzt dich einfach wieder in den Rollstuhl und spielst das hilflose Mütterchen.«

Die alte Frau schloss für einen Moment die Augen, dann ließ sie das Tuch sinken und lächelte tapfer. »Natürlich hast du recht, liebe Martha. Alles in Ordnung, mach dir keine Sorgen um mich. Ich war nur kurz … überrascht.«

»Bist sicher? Weil … ich kann auch dableiben, wennst was brauchst, gell?«

»Kommt gar nicht infrage!« Ihre zuvor brüchig wirkende Stimme war wieder resolut geworden. »Du gehst jetzt zum Cobenzl und lernst brav!«

Nach kurzem Hin und Her drückte Martha der Gräfin wieder ein Bussi auf die Wange und erinnerte Frau Ehrenstein an ihr Versprechen, sie bald zu treffen. Daraufhin stiefelte die junge Frau mit flatternder Bluse hinaus, während sie über die Schulter Verabschiedungen flötete und dem herbeigeeilten Butler die Aufgabe überließ, die Tür zu schließen.

Die Gräfin tupfte sich mit dem Taschentuch das Gesicht. Sie wirkte abwesend.

Frau Ehrenstein ärgerte sich über Marthas unbedachte Äußerungen, auch wenn sie es vermutlich nicht darauf angelegt hatte, ihre alte Tante aus der Fassung zu bringen. Doch sie hätte sich Zeit nehmen sollen, sie unter vier Augen über das Telefonat zu informieren. Wenn man in peinliche Situationen geriet, lenkte man in Frau Ehrensteins Kreisen normalerweise davon ab oder tat schlicht so, als wäre nichts geschehen. Insbesondere, wenn man nicht gut miteinander bekannt war. Die gnä' Frau hätte jetzt weiter über Bücher oder das Wetter reden und sich dann verabschieden können. Aber das hätte bedeutet, die alte Witwe mit ihren Ängsten alleinzulassen. Also entschied sich Frau Ehrenstein, mutig zu sein und die Gräfin direkt darauf anzusprechen.

»Das tut mir schrecklich leid, Gräfin!«

»Ach, es ist nichts, Kindchen. Machen Sie sich keine Gedanken. So eine Bagatelle soll uns unser Plauderstündchen doch nicht verderben!«

»Aber ich seh ja, wie Sie das mitnimmt. Es ist nicht recht, eine Witwe derart zu bedrängen. Ich kann mir gar nicht vorstellen, wie belastend das sein muss!«

»Können Sie nicht?«

Die Gräfin musterte Frau Ehrenstein aufmerksam mit ihren hellen Augen. Erst jetzt, wo der durchdringende Blick der Gräfin sie traf, konnte sie sich ganz in sie einfühlen. Ihr wurde klar, dass sie die Belastung sehr wohl genau kannte. Diese ungewollte Aufmerksamkeit, diese Blicke, mit denen sie taxiert wurde, seitdem der Artikel über sie erschienen war. Diese nagende Paranoia, die sie immer begleitete … Zwar wurde der gnä' Frau nicht vorgeworfen, ihren Mann ermordet zu haben, aber in Zeiten des Kalten Krieges, in denen die rote Gefahr direkt hinter der Grenze lauerte, konnte allein die Unterstellung, ein Kommunist zu sein, jemanden diskreditieren. Die Verfolgungen von Kommunisten hatten in Österreich nie so ein Ausmaß erreicht wie etwa in Amerika während der McCarthy-Ära, dennoch hatte es hier genug Konservative gegeben, die das Geschehen hinter dem Großen Teich wohlwollend betrachtet hatten.

Frau Ehrensteins Mutter hatte recht gehabt. Die Witwe und sie hatten einiges gemeinsam. Sie wussten, wie es sich anfühlte, von Prenz in aller Öffentlichkeit verunglimpft zu werden und rein gar nichts dagegen unternehmen zu können.

Aber bei ihr war es anders. Sie war jünger, sie hatte Marie, bei der sie sich ausweinen konnte, und vor allen Dingen waren ihr die Tradition und ihr Ruf nicht so wichtig wie einer alten Adeligen, die ohnehin schon ihre Heimat und ihren Familiensitz in Ungarn verloren hatte. Sie musste an das Getratsche der Trauergäste denken. Dass die Witwe sich so sehr verändert habe und schon selbstmordgefährdet sei, war behauptet worden.

Die gnä' Frau seufzte und schüttelte den Kopf. Sie fühlte Mitleid, ja, aber vor allen Dingen empfand sie Wut. Auf

Prenz, auf diesen Privatdetektiv und auf all die Leute, die dieser armen Frau zusetzten.

Sie sprang auf und ließ sich neben der Gräfin auf dem kleinen Sofa nieder, wo vor ein paar Minuten noch Martha gesessen hatte.

»Sie haben recht, ein wenig kann ich mir das doch vorstellen. Es ist einfach schrecklich ungerecht, und Sie haben das nicht verdient. Niemand hat das!«

Die Augen der Gräfin wurden wässrig. Sie senkte den Blick. Instinktiv wollte Frau Ehrenstein nach der Hand der alten Frau greifen, doch sie wusste, dass sich das nicht schickte bei einer gesellschaftlich höherstehenden Person. Aber es war ihr ein Bedürfnis, Trost zu spenden, und so legte sie so viel Wärme in ihre Worte, wie es ihr möglich war.

»Wollen Sie mir ein wenig davon erzählen? Ich kann Ihnen zuhören, vielleicht sogar helfen. Manchmal tröstet es schon, wenn man weiß, man ist nicht allein, wissen Sie?«

Die Gräfin fasste sich ans Herz und sah Frau Ehrenstein kopfschüttelnd an.

»Was haben Sie nur an sich, dass ich mich Ihnen immer anvertrauen möchte, mein Kind?«

Die gnä' Frau
überredet sich selbst

Marianne Mendt sang »Wenn ich grün sag, sagst du weiß«, und Marie ließ einen Packen Zeitungen auf den dunkelroten Teppich vor dem Kamin plumpsen.

»Warten'S, das alles haben'S heute aufgetrieben?«, fragte Frau Ehrenstein ehrfürchtig. Sie hatte bereits zwei Gläser mit Macallan-Whisky gefüllt und reichte eines ihrem Dienstmädchen, während sie in die Hocke ging, um die Titelseiten zu studieren.

»No, ja, ehrlich g'sagt … naaa. I hob mi scho seit an Zeiterl drum umg'schaut. In der Bücherei, da bei der Dienerschaft und bei den Freundinnen von meiner Mama.«

»Wieso? Ich hab Sie doch erst gestern drum gebeten, Artikel über den Tod vom Grafen Bárány herauszusuchen?«

Marie lachte und ließ sich auf den gemütlichen Ohrensessel sinken. »Jo, eh, gnä' Frau. *Gebeten* ham'S mich erst gestern. G'wusst hab ich das scho, seit Sie von der Beerdigung ham kommen san. Wie Sie von der Witwe und dem Prenz g'redt ham, war ma klar, dass Sie des net auf sich beruhen lass'n werd'n.«

Die gnä' Frau musste lächeln. Marie kannte sie einfach zu gut. Frau Ehrenstein zog sich eine Zeitung mit einer vielversprechenden Schlagzeile aus dem Stapel und setzte sich ihrem Dienstmädchen gegenüber in den anderen Ohrensessel.

Zu dieser Jahreszeit blieb es länger hell, und so kam

noch ein wenig Sonnenlicht durch die hohen Fenster des Wohnzimmers. Dennoch hatten sie die Lampen eingeschaltet, um besser lesen zu können. Als sie im Winter hier gesessen hatten, um den Fall des Würgers zu besprechen, hatte das Feuerholz im Kamin geknackt, jetzt war er leer und mit einem Gitter verschlossen.

»Dann nehme ich an, dass Sie sich auch schon umgehört haben? Was sagen die Leute zu dem Fall?«

»Man kann halt net sag'n, dass die Leut, mit denen i g'redt hab, unvoreingenommen san, wissen'S? Einige freuen sich richtiggehend, dass amal eine Hochwohlgeborene durchs Dorf trieben wird. Insbesondere weil davon ausg'angen wird, dass sie ihn hamdraht hat, weil's ein geldgieriges Weib is. Derer Worte, net meine!«

»Verstehe. Ja, die Gräfin hat mir erzählt, dass sie praktisch mittellos in Österreich angekommen ist. Ihr zweiter Mann brachte das Vermögen mit in die Ehe und sie den Titel. Auch wenn sie darauf bestand, dass sie aus Liebe geheiratet haben, war ihre Verbindung wohl auch eine Art Tauschgeschäft.«

Adelstitel existierten zwar nicht mehr, aber es gab noch genug Menschen, die sich nach der kaiserlichen Zeit sehnten, so wie sie sie aus den populären *Sissi*-Filmen mit Romy Schneider kannten. Nach der Heirat konnte man sich dann »Graf« oder »Baron« nennen, auch wenn das rechtlich nicht bindend war. Insbesondere für neureiche Personen mit viel Geld, aber wenig Ansehen war das verlockend.

»Allerdings«, fuhr die gnä' Frau fort, »ergibt diese Theorie für mich wenig Sinn. Die Gräfin ist jetzt über siebzig. Wenn sie ihn nur des Geldes wegen geheiratet – und umgebracht – hätte, dann hätte sie damit doch nicht zwanzig Jahre gewartet! Warum ihn nicht nach, sagen wir, fünf

Jahren aus dem Weg räumen und sich dann an der Freiheit und dem Geld erfreuen, während man noch einigermaßen jung ist?«

»Jo eh. Oba Zeitungen wie dem *Wiener Telegramm* geht's ja eher drum, Geld zu machen und nicht die Wahrheit zu schreiben, des wiss ma eh schon.«

»Ja. Nun ja, mit dem Würger hat der Prenz teilweise schon recht gehabt.«

»Jo eh, oba …«

»Und ganz unwahr war ja die G'schicht mit mir auch nicht.«

»Trotzdem is er a Oaschloch.«

»Selbstverständlich ist er das.«

Die beiden lachten, und Frau Ehrenstein studierte den Aufmacher der Zeitung.

IST DIE GRÄFIN EINE SCHWARZE WITWE?
Steinreicher Industrieller nach langer mysteriöser Krankheit verstorben. Hat die adlige Ehefrau nachgeholfen?
Lesen Sie weiter auf Seite 5!

Die gnä' Frau blätterte weiter und überflog den Artikel. Viele Sätze wurden mit Ausrufe- oder Fragezeichen beendet. Die Bezeichnung »Schwarze Witwe« rechtfertigte Prenz damit, dass der erste Ehemann der Gräfin auch tot war. Natürlich erwähnte er nicht, dass dieser im Zweiten Weltkrieg gefallen war. Das würde seine haarsträubende Beweisführung ja zunichtemachen. Der bürgerliche Name des Toten war offensichtlich Mader, doch er hatte seit seiner Heirat darauf bestanden, mit »Graf Bárány« angesprochen zu werden. Die »lange mysteriöse Krankheit« wurde nicht genauer beschrieben, es hieß nur, dass der Tod trotzdem plötzlich gekommen sei und die offizielle

Todesursache »Herzversagen« lautete. Aus »Quellen aus dem Umfeld des Ehepaares« wollte der Journalist erfahren haben, dass die Witwe herrschsüchtig sei und ihre Bediensteten wie Sklaven behandelte.

»Ich frage mich, ob diese Quellen die besorgten Freunde des Verstorbenen sind oder jemand aus dem Haus?« Frau Ehrenstein behielt den Whisky für einen Moment im Mund, ehe sie ihn hinunterschluckte und die sich ausbreitende Wärme genoss. »Werden in den anderen Artikeln auch Quellen erwähnt? Eventuell sogar namentlich?«

Marie kniete sich vor den Stapel Zeitungen auf den Teppich und stellte ihr Glas neben sich ab. »Finden wir's raus!«

Der Gong der großen Pendeluhr zeigte ihnen an, dass eine Stunde vergangen war.

Die gnä' Frau saß nun ebenfalls auf dem weichen Perserteppich und hatte sich bereits ein weiteres Mal nachgeschenkt, während Marie noch an ihrem ersten Whisky nippte. Marianne Mendt sinnierte mittlerweile über »Leben, Tod, Augenblick«.

Die beiden kämpften sich tapfer durch mehrere Zeitungen. Glücklicherweise waren in dem Stapel auch ein paar seriöse Blätter, die in ihrer Berichterstattung etwas zurückhaltender waren. Außer im *Wiener Telegramm* wurde in keiner über einen Mord spekuliert. Wenn ein berühmter und vor allem reicher Wiener verstarb, war das immer eine Mitteilung wert. Insbesondere wenn man sich fragte, wer nach dessen Tod die Geschäfte weiterführen sollte.

»Eduard Klerger … war des net der vom Begräbnis, von dem'S erzählt ham? Der Rüde, der sich mi'm Prenz anglegt hat?«

»Genau der. So wie's ausschaut, übernimmt er jetzt die Firma. Der Graf hatte keine Nachkommen und hat Klerger als seinen Protegé herangezogen. Mit Stahl lässt sich immer noch viel verdienen, wenn ich mir die Zahlen da so anschau.«

»Und überall, wo a Geld is, is a Motiv, net woahr?«

Frau Ehrenstein musste lächeln.

Sie hatte Marie gefragt, ob sie an diesem Abend bei einem Gläschen Whisky zusammensitzen wollten, um, unter anderem, ein wenig über die Gräfin und die Beschuldigungen zu reden. Seit das Dienstmädchen vor knapp acht Monaten bei ihnen zu arbeiten begonnen hatte, hatten sich die Frauen immer wieder heimlich getroffen. Marie fürchtete, vor dem restlichen Personal als Liebling der Herrschaft zu gelten, und bat, weiterhin Stillschweigen über die Zusammenkünfte zu bewahren. Für beide war es eine Möglichkeit, abzuschalten, den Alltag und die dazugehörigen Verpflichtungen hinter sich zu lassen und sich über ihre Lieblingsthemen zu unterhalten. Meistens ging es um ihre gemeinsame Leidenschaft für Filme und Musik, manchmal auch um Maries Mutter oder Frau Ehrensteins Sohn. Als vor vier Monaten der Würger von Hietzing praktisch vor ihrer Haustür gemordet hatte, hatten sie eine weitere Ähnlichkeit zwischen sich entdeckt: ihre Vorliebe, Kriminalfälle aufzuklären.

»Stand im *Wiener Telegramm* noch irgendetwas zum Verhältnis zwischen Eduard Klerger und der Witwe? In der *Presse* und in der *Wiener Zeitung* hab ich dazu nichts gefunden, aber Prenz' ungustiöse Andeutungen waren ziemlich … no, ja, offensichtlich.«

»Ehrlich g'sagt stand da so viel über diverse Affären, dass ma scho die Übersicht verliert, wer mit wem was g'habt haben soll. I man …«

Marie hielt einen Artikel in die Höhe:

Der Bonvivant ließ nichts anbrennen!
Der großväterliche Graf war besonders
jungen Fräulein zugeneigt.

Frau Ehrenstein verzog angewidert das Gesicht. Es war nicht nur schändlich, jemanden, der sich nicht mehr dagegen wehren konnte, so übel zu verleumden, sie fand es auch unerhört, dass der trauernden Witwe zugemutet wurde, über ihren gerade verstorbenen Mann so einen Schmutz zu lesen. Es wunderte sie, dass Prenz nicht dauernd in Grund und Boden verklagt wurde.

»Es steht da nur so in einem Nebensatzerl, dass der Klerger und die Witwe was miteinander g'habt haben könnten. So in der Art: Sie war überaus freundlich zu ihm. Er hat sich aufopfernd um sie gekümmert. Sie haben viel Zeit miteinander verbracht. Alleine. Verstehn'S?«

»Ja, der Prenz hat's nicht direkt hingeschrieben, aber der aufmerksame Leser kann's zwischen den Zeilen erahnen.«

»Außerdem steht da no, wie die dekadente Großnichte immer halb nackt durchs Haus tanzt is. Klingt ja wüd. Ham'S scho a Ahnung, wer die Quellen vom Prenz sein könnten?«

»Nicht einmal ein wengerl. Es gibt keine Hinweise, wer ihm Information zugesteckt haben könnte. Diejenigen, die den Privatdetektiv engagiert haben, sind natürlich naheliegend. Aber es könnte jeder in der Umgebung der Gräfin sein. Letztendlich muss es jemand sein, der ihr schaden will. Wo war noch mal die eine Ausgabe, die nach dem Begräbnis erschienen ist?«

Marie wühlte kurz in den Zeitungen und zog dann die richtige hervor. Dass der Artikel nicht mehr auf der Titelseite angepriesen wurde, sondern nur eine halbe Seite in der Mitte einnahm, deutete sie als gutes Zeichen. Es wies darauf hin, dass die Leser langsam das Interesse an dem Thema verloren.

Witwe lässt Leiche verbrennen!

In dem Artikel stellte Prenz die Behauptung auf, die Verbrennung der Leiche habe dazu gedient, die Beweise zu vernichten. Außerdem wies er auf den überaus kleinen Rahmen der Beisetzung hin und erklärte das damit, dass der Gräfin alle den Rücken zugekehrt hätten.

»Apropos Beerdigung, hat sich Ihre Mutter wieder g'rührt?«

»Ja, eh, wie ich's vorausgesagt habe! Ich hab mich noch mal bei ihr entschuldigt, dass ich vom Leichenschmaus so einfach verschwunden bin. Aber als sie gehört hat, dass ich eine Einladung zur Gräfin hatte, war sie wieder streichelweich! Ihr ist vollkommen wurscht, ob die Gräfin eine Mörderin ist oder dass durch den Skandal ihr Ansehen gelitten hat. Meiner Mutter geht's im Grunde nur darum, dass sie sagen kann: ›Im Freundeskreis meiner Tochter ist eine ungarische Adelige! Jetzt soll noch wer behaupten, sie wäre eine gefährliche Kommunistin!‹ Ich weiß, sie meint's eh gut.«

»Ja, des tun's immer, die Mütter.«

Frau Ehrenstein schmunzelte und lehnte sich an den Ohrensessel. Sie war gleichzeitig aufgekratzt und müde. Draußen war es noch schwül, doch im Haus herrschte eine angenehme Kühle. Es duftete nach den Dahlien, die die Haushälterin an dem Morgen in die Vase in der Eingangshalle gestellt hatte. Die gnä' Frau ließ die Finger über die kurzen Fransen des Teppichs gleiten und nahm einen Schluck von dem torfigen Whisky.

Warum hatte die Witwe seine Leiche verbrennen lassen? Gab es noch einen anderen Grund, warum man ihr einen Mord anhängen wollte? Hatte Klerger etwas damit zu tun? Wer war die mysteriöse Quelle aus dem direkten Umfeld, die die Gräfin und ihre Großnichte in so schlechtem Licht darstellte?

Im Moment konnte sie nicht mehr herausfinden. Dazu müsste sie ernsthafte Ermittlungen anstellen. Aber das hatte sie auf keinen Fall vor. Oder? Die Male an ihrem Hals, die sie dem Würger zu verdanken hatte, waren noch nicht lange verheilt. Anfangs hatte sie die Jagd nach ihm noch als Spielerei angesehen, als eine Art spannenden Kriminalfilm im realen Leben. Doch als sie dem Mörder näher gekommen war, hatte er Maries Mutter schwer verletzt und kurz darauf ihr Dienstmädchen und sie selbst angegriffen. Die Ängste und Schuldgefühle von damals hatten sich tief in ihr Gedächtnis eingeprägt.

Allerdings war das hier ein ganz anderer Fall. Es war nicht einmal geklärt, ob ein Mord geschehen war, im Grunde sprach sogar alles dagegen. Hier ging es nicht um einen Serienmörder, der fünf Frauen auf dem Gewissen hatte. Ein fünfundsiebzigjähriger Mann war nach langer Krankheit in seinem Bett verstorben. Es ging darum, eine alte Frau zu schützen. Frau Ehrenstein schmerzte es, wenn sie an den verzweifelten Gesichtsausdruck der Gräfin Bárány bei ihrem Besuch in Döbling dachte, an die Tränen, die sie vergeblich versucht hatte zurückzuhalten. Die Witwe hatte schon unglaublich viel durchmachen müssen. Und jetzt verunglimpfte sie ein Schmierenjournalist, um eine bessere Auflage zu bekommen, und ein Privatdetektiv wollte in ihrem Leben herumschnüffeln. Ihre Familie hatte keine gescheitere Idee, als sie in einen Rollstuhl zu setzen und sie als hilfloses Mütterchen auszugeben. Jemand musste diesem Treiben ein für alle Mal ein Ende setzen. Das war nur zu bewerkstelligen, indem jemand bewies, dass die Gräfin nichts mit dem Tod ihres Mannes zu tun hatte.

Sie schreckte aus ihren Gedanken hoch, als sie Marie lachen hörte. Für einen Moment hatte sie ganz vergessen, dass das Dienstmädchen ihr gegenübersaß.

»Verzeihn'S, Marie. Was haben Sie gesagt?«

»Scho gut, gnä' Frau! I hob nur wiss'n woll'n, ob Sie sich jetzt endlich selber überredet haben, den Fall zu übernehmen?«

Frau Ehrenstein fühlte sich ein wenig ertappt.

»Also, vielleicht ist es ein bissl übertrieben, von einem *Fall* zu sprechen. Aber ich habe beschlossen, mich noch einmal mit der Materie zu befassen. Mir geht's nur darum, die Unschuld der Gräfin zu beweisen, wissen'S? Nicht mehr.«

»Oiso, wo fang' ma an?«

»Marie, Sie wissen, ich will Sie zu nichts zwingen …«

»Gnä' Frau, ich bitt Sie, müss ma des alle paar Monat durchkauen? I sag schon, wenn ma was net passt! Und des letzte Mal hamma des recht gut hin'kriegt, wir zwei zusammen, oder?«

Frau Ehrenstein seufzte. »Ohne Sie wär ich aufgeschmissen gewesen, Marie.«

Das Dienstmädchen hob ihr Glas. »Oisdann!«

»Aber diesmal wird's ganz anders. Wirklich! Nur ein paar harmlose Nachforschungen, ohne große Aufregung.«

Marie zwinkerte ihrer Gefährtin zu. »Eh kloar, gnä' Frau. Eh kloar.«

11

Vom Sacher ins Voom Voom

Frau Ehrenstein saß im Schanigarten vom Hotel Sacher und blickte versonnen auf die majestätische Staatsoper. Vor einigen Minuten waren noch viele Menschen in feinster Abendgarderobe davorgestanden, um die frische Luft und die Sonne zu genießen. Doch inzwischen hatte die Vorstellung begonnen, und es tummelte sich dort nur noch eine Handvoll fotografierender Touristen.

Die gnä' Frau trug ein langes zartrosa Kleid mit Volantärmeln und hochhackigen Sandalen. Sie hatte eine Zeit lang gebraucht, um etwas Passendes zu finden. Ihr war aufgefallen, dass Martha immer sehr modisch gekleidet war, dem wollte sie in nichts nachstehen. Letztendlich war sie zufrieden mit sich. Mit dem geschwungenen Lidstrich und ihren hochgesteckten Haaren sah sie zwar elegant, aber auch modern aus.

Martha tauchte eine Viertelstunde zu spät auf. Sie trug einen Hut mit breiter Krempe, eine große Sonnenbrille und ein kurzes Kleid mit breitem Gürtel. Sie überholte den Kellner, der sie zum Tisch bringen wollte, und ging mit ausgebreiteten Armen auf die gnä' Frau zu.

»Frau Ehrenstein, endlich! Ich mein, endlich seh ma uns mal!«

Ihre Begrüßung war so überaus laut, als legte sie es darauf an, von jedem bemerkt zu werden. Die anderen Gäste betrachteten sie mit hochgezogenen Augenbrauen, und der Kellner, seiner Aufgabe beraubt, verschwand mit saurem Gesichtsausdruck wieder durch die Glastüren mit dem goldenen S. Martha drückte Frau Ehrenstein zwei feste Bussis auf die Wange, was der gnä' Frau etwas unangenehm war, weil sie nicht davon ausgegangen war, dass sie schon diese Stufe der Bekanntschaft erreicht hatten. Außerdem fühlte sie sich grundsätzlich unwohl bei Körperkontakt mit Menschen, die ihr nicht vertraut waren.

Martha warf Hut und Sonnenbrille auf den freien Stuhl neben sich und rief einem anderen Ober über ein paar Tische hinweg ihre Bestellung zu.

»Bringen'S mir einen Singapore Sling, bitt'schön! Frau Ehrenstein, ich freu mich! Darf ich Helene sagen? So heißen Sie doch, oder? Ich mein, ich weiß, eigentlich sollten Sie als Ältere mir das Du-Wort anbieten! Aber ich hab bei Ihnen gleich das Gefühl g'habt, dass Sie nicht so verklemmt sind, wissen'S? Hab ich recht? Wie schaut's aus?«

Frau Ehrenstein nahm erst mal einen großen Schluck Wein, um das zu verdauen. Von der Gräfin wusste sie, dass Martha gerade mal fünf Jahre jünger war als sie. Sie wollte nicht verklemmt sein, mit Sicherheit nicht. Immerhin warf sie derlei eher ihrem Ehemann und dessen Familie vor. Dennoch fand sie diese aufgedrängte Vertraulichkeit ein wenig gewöhnungsbedürftig. Nun ging es aber darum, das Vertrauen von Martha zu gewinnen, also würde sie mitspielen.

»Aber bitte, unbedingt! Nennen Sie … ich meine, nenn mich ruhig Helene!«

Sie bestellten das Essen und begannen zu plaudern. Frau Ehrenstein, die es gewohnt war, in großen Gesellschaften Small Talk zu führen, fragte Martha nach ihrem Studium, nach Künstlern, Lehrern und Kommilitonen. Nach eineinhalb Stunden waren die Befürchtungen der gnä' Frau, dass es bei diesem Treffen nur um ihren Aufenthalt in der

Kommune gehen würde, wie weggewischt. Die Großnichte schien kein Problem damit zu haben, nur über sich zu reden.

So erfuhr Frau Ehrenstein einiges über Künstler wie Christian Ludwig Attersee, Albert Paris Gütersloh und Lisl Ponger. Außerdem über Kunstrichtungen, Techniken und die Herausforderungen, nackt Modell zu sitzen.

»Oh, weiß Ihre … weiß deine Tante davon, dass du auch Aktmodell bist?« Die Dame gab sich redlich Mühe, nicht zu pikiert zu wirken, spürte allerdings, wie ihr die Röte ins Gesicht schoss. Sie konnte sich auch nicht vorstellen, dass es der traditionsbewussten Gräfin sonderlich gefiel, dass Martha auf Dutzenden Nacktbildern – und als Skulptur – verewigt war. Immerhin war sie ein Familienmitglied.

»Ah, geh, nein! Weißt eh, die würd das nicht so verstehen. Die tut sich bissl schwer mit moderner Kunst. Bist du mal Modell gesessen?«

»Nein! Das heißt, ja, eigentlich schon, aber nicht … unbekleidet.«

In der Ehrenstein'schen Villa gab es von jedem ein Gemälde, und so hatte Frau Ehrenstein kurz nach ihrer Hochzeit ein paar elendslange Stunden in ein und derselben Position verharren müssen, ehe ein Tattergreis von Maler ein Porträt von ihr zustande gebracht hatte. Das Bild hing nun am Gang vor den Schlafzimmern. An hinterster Stelle, wo kaum Licht hinkam.

»Hast du von deiner Tante oder deinem Onkel schon mal eine Zeichnung gemacht, Martha?«

»Er war nicht mein leiblicher Onkel, ich bin nur mit Tante Adele blutsverwandt. Aber von der Friederike Mayröcker hab ich mal eine Kohlezeichnung angefertigt. Das kannst du dir nicht vorstellen, wie aufregend das war!«

Martha fuhr fort, von den feinen Gesichtszügen der berühmten Schriftstellerin zu schwärmen und wie schwer es war, die ausdrucksvollen Augen richtig zu Papier zu kriegen. Wie sehr es sie beeindruckte, als Mayröcker plötzlich eines ihrer Gedichte rezitierte. Martha suchte ein wenig nach den richtigen Worten, ehe sie es wiedergeben konnte: »wird welken wie Gras – auch meine Hand und die Pupille / wird welken wie Gras – mein Fusz und mein Haar mein stillstes Wort / wird welken wie Gras – dein Mund dein Mund / wird welken wie Gras – dein Schauen in mich.«

Die gnä' Frau fand das tatsächlich faszinierend, und man konnte nicht sagen, dass sie sich langweilte. Das Problem war nur, dass Martha nicht daran interessiert war, über die Gräfin oder gar den mutmaßlichen Mord zu sprechen. Jedes Mal, wenn Frau Ehrenstein das Gespräch elegant darauf lenkte, wechselte die junge Frau das Thema. Mittlerweile waren das Kalbsrahmgulasch und das Beef Tatar aufgegessen, und wenn die Dame nicht aufpasste, wäre der Abend vorbei, ohne dass sie neue Informationen bekommen hatte.

»Ma, das müss ma mal wiederholen, Helene!«, sagte die Großnichte, während sie unverhohlen auf ihre zierliche Armbanduhr blickte.

»Aber, aber, der Abend muss ja noch nicht vorbei sein!«

»Helene, sag bloß! Ich mein, ich hätte gedacht, eine anständige Dame wie du muss früh im Bett sein.«

Vielleicht war es dieser Satz. Oder es war der gesamte Abend, an dem Martha nur von ihrem aufregenden Leben erzählt und Frau Ehrenstein das Gefühl gegeben hatte, älter zu sein, als sie tatsächlich war. Jedenfalls wollte die gnä' Frau beweisen, dass sie weder zu vornehm noch zu alt war, um etwas zu erleben.

Und so landete sie im Voom Voom.

Nachdem Martha es der Dame überlassen hatte, die hohe Restaurantrechnung zu bezahlen, waren sie im Taxi in die Daungasse gefahren.

Mit ihren hohen Absätzen stolperte Frau Ehrenstein die Stufen in den Keller hinunter. Dort angekommen, musste sie erst einmal eine dröhnende Lautstärke und blendende Helligkeit verkraften, die in krassem Gegensatz zu dem ruhigen, dunklen 8. Bezirk stand, aus dem sie kamen. Eine Discokugel drehte sich an der Decke, eine Lichtanlage ließ bunte Blitze durch den vollgefüllten Raum zucken. Etwas höher, fast wie ein Priester auf einer Kanzel, stand ein junger Mann mit langen dunklen Haaren hinter zwei Plattenspielern und wippte im Takt zu den Gitarrenklängen. »There must be some kind of way out of here. Said the joker to the thief«, dröhnte es aus den Lautsprechern, während sich die beiden Frauen durch die schwitzende Menge schoben. Martha führte Frau Ehrenstein zu einem Tischchen im hintersten Eck und drückte sich mit ihr auf eine Bank, wo bereits einige Freunde der Großnichte saßen. Hier hinten war es nicht ganz so laut wie auf der Tanzfläche, dennoch musste Martha beinahe schreien, damit die gnä' Frau sie verstand.

»Gut, dass wir so früh da sind, es ist noch nicht viel los! Donnerstag ist es eh am leiwandsten, da sind nur die echt Lockeren da!«

Frau Ehrenstein konnte sich nicht vorstellen, wie es hier noch voller werden sollte. Sie spürte, wie ihre Sandalen an etwas Klebrigem haften blieben, und der Aschenbecher am Tisch quoll vor Zigarettenstummeln über.

Sie wurde schlicht als »Helene« vorgestellt, und die anderen nickten ihr halb interessiert zu, während sich Martha angeregt mit einer jungen Frau unterhielt.

Die gnä' Frau war außerhalb ihres Elements. Aber nun, wo sie einmal hier saß und um sich blickte, merkte sie, dass ihr das ganz gut gefiel. Es hieß, in Wien gäbe es nichts anderes als Kaffeehäuser und Heurigen, wenn man sich amüsieren wollte, und die schlossen spätestens um zehn, die meisten schon früher. Erst seit Kurzem, so hatte sie gelesen, machten immer mehr solche Lokale auf, die moderne Musik spielten und auch bis nach Mitternacht geöffnet hatten. Frau Ehrenstein fand es spannend, so eins mal von innen zu sehen. Die bunten Lichter gefielen ihr, und sie mochte es, wie der Bass die Wände zum Vibrieren brachte. Seit ihrem Besuch in der Kommune vor ein paar Monaten hatte sie mehr Selbstvertrauen in ungewohnter Umgebung gewonnen, und so traute sie sich, den Mann anzusprechen, der ihr gegenübersaß.

»Entschuldige, wer singt da?«

Er hatte ein tief ausgeschnittenes Leiberl an, zwischen seinen dunklen Brusthaaren blitzte ein silbernes Amulett hervor. Zuerst sah er sie verständnislos an, und sie zeigte vage in Richtung der Lautsprecher. Als er breit lächelte, erinnerte er sie an Adriano Celentano.

»Das is der Hendrix. Warte, jetzt kommt der Alice Cooper. Leiwand, oder?«

Es war mehr ein Gekreische als ein wirkliches Lied und ganz anders als die Musik, die sie gewohnt war, dennoch fand die gnä' Frau diese Situation recht unterhaltsam. Es war spät, sie hörte Rockmusik, und vor sie wurde ein Glas gestellt, das nach Ribiselwein roch. Da sollte noch jemand behaupten, sie gehöre zum alten Eisen!

»Woher kennst du die Martha?«

Martha war noch beschäftigt, und Frau Ehrenstein hoffte, dass dieser Adriano-Celentano-Verschnitt etwas über sie zu berichten hatte.

»Na, von der Schauspielerei, so wie alle hier. Woher kennst du sie?«

»Von ihrer Familie.«

»Ah, eh klar, schaust eh auch bissl g'stopft aus.«

Frau Ehrenstein war ein wenig enttäuscht. Sie hatte sich nicht aufgebrezelt wie zu einem Ball, aber an ihrer Perlenkette und der Qualität ihres Sommerkleides konnte man ihren Reichtum wohl dennoch ablesen. Trotzdem hätte sie nicht gedacht, dass es dermaßen offensichtlich war, dass sie nicht hierhergehörte. Immerhin trugen aufgrund der Temperaturen einige Frauen hier luftige bunte Kleider.

Ihre Mimik verriet dem Haarigen wohl, dass sie seine Aussage getroffen hatte, denn er bekam Sorgenfalten auf der Stirn und versicherte ihr rasch: »Na, das is eh nix Schlimmes, du! Mach dir keine Sorgen! Für uns is des leiwand, die Martha zahlt immer alles.«

»Tatsächlich? Die Getränke hier und so?«

Da die Großnichte gerade die horrende Restaurantrechnung auf Frau Ehrenstein abgewälzt hatte – und das nicht einmal subtil –, überraschte sie das ein wenig.

»Na, sowieso. Und auch für was zum Einschmeißen, weißt eh. Die hat da Verbindungen. Aber auch Karten fürs Volkstheater oder für die Burg. Und manchmal auch für'n Schauspielunterricht. Für g'scheite Kostüme. Wenn ma an Probenraum brauchen, kümmert sie sich um die Miete. Ich sag da, wir wär'n aufg'schmissn ohne die Martha! Und halt das Geld. Von ihrer Familie.«

»Das ist aber sehr großzügig von ihr.«

Die gnä' Frau fragte sich, ob die Gräfin wusste, wofür ihr Geld verwendet wurde. Die alte Frau wirkte zwar warmherzig, aber auch altmodisch und auf Etikette bedacht. Sie bezweifelte, dass sie sehr glücklich darüber wäre, wenn sie wüsste, dass mit ihrem Geld eine Gruppe

Schauspieler versorgt wurde. Unter anderem mit Alkohol und Drogen.

»Was kann sie denn so besorgen zum … Einschmeißen? Falls ich mal was brauche natürlich. Wenn ich … entspannen will. Oder ausflippen?«

Frau Ehrenstein hatte weder eine Ahnung, wie die richtigen Bezeichnungen für derartige Wesenszustände waren, noch, was solche Drogen zum »Einschmeißen« eigentlich bezwecken sollten. Als sie einen Joint in der Kommune geraucht hatte, war ihr nur schlecht geworden, und sie hatte speiben müssen. Da Drogen sich aber größter Beliebtheit erfreuten, bezweifelte sie stark, dass es bei anderen auch so war.

»Na, an Trip, Acid, LSD und so selbstverständlich. Aber is eh wurscht, was. Sie hat Connections, du brauchst ihr nur sagen, was d' brauchst, sie kriegt das. Aber …« Er lehnte sich weiter über den Tisch zu Frau Ehrenstein und nickte in Richtung der Bar. »Siehst den Typen, der da hinter der Budel hockt? Des is a Kieberer. Der passt auf, dass da nix Illegales gschieht, verstehst? Also würd ich das mi'm Einschmeißen hier drin lassen.«

Statt harter Gitarrenakkorde ertönten jetzt fröhliche Trompetenklänge aus den Lautsprechern, und eine Männerstimme sang auf Wienerisch: »Auf an Gummigummiberg sitzt ein Gummizwerg.« Frau Ehrenstein war sicher, dass dieses nette Lied ihrem Sohn Willi gut gefallen könnte, und sie nahm sich vor herauszufinden, wer der Interpret war, um es ihm vorzuspielen.

»Über was redet ihr denn da?«

Marthas Stimme klang noch schriller als sonst. Entweder lag es daran, dass sie misstrauisch war, oder an ihrem steigenden Alkoholpegel.

»Über die Schauspielerei! Klingt ja wahnsinnig faszinierend!«, sagte Frau Ehrenstein, noch ehe Adriano Celentano antworten konnte.

»Ich mein, natürlich ist das faszinierend! Hat er dir erzählt, dass wir alle Statisten bei einem Hollywoodfilm sein werden? Das wird so großartig! Die drehen in der Innenstadt und bei der U-Bahn-Baustelle Karlsplatz.«

Seit geraumer Zeit gab es in der Stadt mehrere Großbaustellen für die sogenannte Untergrundbahn, allerdings würde es noch einige Jahre dauern, bis man sie in Betrieb nehmen konnte. Am Karlsplatz war sogar eine Behelfsbrücke gebaut worden, um den Autoverkehr während der Grabungsarbeiten nicht zu behindern. Frau Ehrenstein hatte keine große Lust, viele Meter unter der Stadt in einem Zug durch Tunnel zu fahren. Da bevorzugte sie doch die Elektrische, wo man noch Tageslicht und Sauerstoff bekam.

Martha erzählte ohne Punkt und Komma weiter. Adriano Celentano merkte, dass er abgemeldet war, und widmete sich einem anderen Gesprächspartner.

»Ein Spionagethriller, weißt eh. Seit *Der dritte Mann* glauben die Amis, in Wien müssen's alles mit Spionen und unter der Erde drehen. Aber wurscht. Vielleicht lern ich den Burt Lancaster und den Alain Delon kennen! Ich mein, ist das nicht der Wahnsinn?«

»Warte. Die spielen mit?«

Frau Ehrenstein war laut geworden, denn wenn es um Filme ging, kannte sie kein Halten mehr. Lancaster war vor allem für Dramen und Kriegsfilme bekannt, doch vor Kurzem hatte sie ihn auch in einer Westernkomödie gesehen: *Vierzig Wagen westwärts*. Willi hatte sich vor Lachen kaum einkriegen können.

»Das ist ja wirklich der Wahnsinn! Wann genau? Kann man da noch Statist werden? Wo werden sie wohnen? Im Sacher? Nein, vermutlich im Bristol, oder?«

»Du wirst ja ganz aufgeregt, Helene! Das g'fallt ma! Das Feuer! Die Leidenschaft! Drauf hab ich schon den ganzen Abend gewartet! Komm her!«

Sie drückte Frau Ehrenstein einen ziemlich feuchten Schmatzer auf die Wange und griff nach ihrer Hand.

»Ich hab mir gleich gedacht, dass wir uns ähnlich sind. Ich mein, zuerst tust so, als wärst eine fade feine Dame, die um neun im Bett sein muss, und dann gehst ins Voom Voom und haust die Leut um LSD an.«

»Warte, nein, also genau genommen …«

»Weißt eh, zuerst hab ich nicht dacht, dass das stimmt, was in der Zeitung über dich steht …«

»Das stimmt auch nicht! Ganz und gar …«

»Aber jetzt kann ich mir dich in der Kommune bei den Hippies richtig gut vorstellen! Ich mein, du bist mir ein richtiges Vorbild, Helene!«

»Oh Gott …«

»Wie machst du das? Wie kriegst du den … den Spagat zwischen dem herrschaftlichen Leben und der freien Liebe hin?«

Gerade noch hatte sich Frau Ehrenstein gewünscht, dass Martha mal die Luft anhalten würde, damit sie auch endlich etwas sagen konnte. Doch jetzt fiel ihr gar nichts ein. Sie musste sich kurz sammeln, um ihre nächsten Schritte genau zu planen. Sie löste ihre Hand aus Marthas Umklammerung und ließ ihre Finger über die kühlen Perlen ihrer Kette gleiten.

»Weißt du, Martha, natürlich könnte ich dir … ein wenig unter die Arme greifen. Ein paar Tipps geben, wie man die Vorzüge des feinen Lebens genießen und sich dabei trotzdem frei fühlen kann. Das willst du doch, oder? Für mich, mit meiner Erfahrung und meinem … Alter, ist das natürlich keine Schwierigkeit. Aber bei dir werden wir schauen müssen, ob das auch geht. Aber du musst mir zwei Sachen versprechen, wenn du Ezzes von mir haben möchtest.«

»Ich mein, eh klar! Weißt eh!«

»Versprich mir, dass du sonst niemandem von meinem … Doppelleben erzählst. Nicht deiner Tante und schon gar nicht diesem Kretin vom *Wiener Telegramm*!«

»Aber nie würd ich das machen, Helene! Was glaubst denn, sonst würd ja auch jeder wissen, was ich da so treib!«

»Ganz genau, Martha, das darfst du auch nie vergessen! Und das Zweite, was ich von dir brauch, ist …«

Das erste Mal an diesem Abend hing die Großnichte an den Lippen der gnä' Frau, und die kostete das genüsslich aus, mit einer gedehnten Pause.

»… dass du mir alle Fragen zu deiner Vergangenheit und zu deiner Familie beantwortest, ohne Ausflüchte. Damit ich dich richtig einschätzen kann, verstehst du? Nur so weiß ich, ob du überhaupt in der Lage sein wirst, das hinzubekommen, was ich da … mache. Das sieht vielleicht leicht aus, aber es ist harte Arbeit, verstehst du?«

Martha nickte begeistert, und Frau Ehrenstein machte sich auf eine lange Nacht gefasst.

12

Aufgepudelte Gatten

Ich kann es nicht fassen.«
»Geh, ich bitt dich, Oskar.«
»Es ist unglaublich, was du dir erlaubst.«
»Um Himmels willen, es ist wirklich …«
»Psst, da kommt er wieder. Na, Wilhelm, hast du eine gute Jause vom Zodl bekommen?«

Willi trottete in seiner Schuluniform aus der Küche ins Esszimmer und nickte zufrieden. Der Koch Zodl war seit mittlerweile sechs Jahren für das leibliche Wohl der Ehrensteins verantwortlich. Zuvor hatte er sich hauptsächlich nach dem Geschmack von Oskar und Willi richten müssen, doch seitdem die gnä' Frau vor ein paar Monaten die Freude am Essen entdeckt hatte, konnte er sich auch Kreationen ausdenken, die ihr schmeckten. Selbst bei Willis Schuljause verausgabte sich der Koch regelmäßig: Brote mit aufgeschnittenem Schweinsbraten oder dicken Scheiben Emmentaler und selbst gebackene Zimtschnecken waren keine Seltenheit. Der Junge gab zuerst seiner Mutter, dann seinem Vater ein Bussi auf die Wange und verabschiedete sich.

»Oskar …«

Frau Ehrenstein hatte zwar den Hauch eines schlechten Gewissens, weil sie wusste, dass sie sich nicht so benommen hatte, wie es sich gehörte, doch hauptsächlich ärgerte sie es, wie sehr sich ihr Ehemann aufpudelte.

Sie war gestern – vielmehr heute früh – um zwei nach

Hause gekommen, nachdem ihr Martha Fragen zu dem verstorbenen Grafen beantwortet hatte. Die Schwierigkeit war gewesen, die Großnichte auf Kurs zu halten, weil sie immer wieder vom Thema abgeschweift war, um über sich zu reden. Die gnä' Frau hatte sich matt in ihr Zimmer geschleppt, aber noch alles in ihr Notizbuch notiert, damit sie auch kein Detail vergaß. Da sie und Oskar getrennte Schlafzimmer hatten und er sich nicht hatte blicken lassen, war sie davon ausgegangen, dass er von ihrem nächtlichen Ausflug nichts mitbekommen hatte – bis er heute früh angefangen hatte, ihr wutschnaubend Vorwürfe zu machen. Selbstverständlich erst, als Willi den Tisch verlassen hatte. Die beiden hatten die Abmachung, vor ihrem Sohn nicht zu streiten.

»Oskar, meine Güte, ich war einfach mit der Großnichte von der Gräfin Bárány fort. Das ist ja jetzt auch nichts dermaßen Weltbewegendes. Es ist auch nicht so, als wärst du jeden Abend zu Hause, oder?«

Es war ein offenes Geheimnis, dass Oskar ein-, zweimal die Woche lange Abende bei seiner Geliebten verbrachte. Da Frau Ehrenstein ihren Ehemann eher als Mitbewohner empfand, störte sie das nicht. Sie gönnte ihm sogar, dass er seine körperlichen Bedürfnisse mit jemandem ausleben konnte, denn sie interessierte sich nicht sonderlich dafür. Eifersucht war also für die beiden nie ein Thema gewesen. Umso mehr enervierte sie seine Bigotterie.

Er wurde rot, doch seine Miene verriet, dass dahinter keine Scham, sondern Wut steckte. »Das ist nicht dasselbe, und das weißt du auch!«

»Wieso? Weil ich eine Frau bin?«

Als er schnaubte, hoben sich die Haare seines kurzen Schnauzers für einen Moment.

»Nein, weil du eine Dame der Gesellschaft bist und schon genug angerichtet hast. Darum!«

Er warf seine Stoffserviette auf den Teller, stand auf und marschierte in die Eingangshalle. Frau Ehrenstein war für gewöhnlich niemand, die ihrem Mann hinterherlief. Doch das konnte sie so nicht stehen lassen.

»Wie oft soll ich mich noch dafür entschuldigen? Dieser Prenz hat eine harmlose Geschichte aufgebauscht, ich hatte nie vor, die Familie da mit reinzuziehen!«

»Das ist ja der Punkt. Wenn du meine Geschäfte mit den Amerikanern absichtlich manipuliert hättest, hätte ich ja noch ein wenig Respekt für deine Kaltschnäuzigkeit aufbringen können. Aber so war es wieder mal nur deine Unbedachtheit. Deine Ignoranz der Tatsache, dass es noch andere Menschen auf der Welt gibt außer dir! Und das, was du gestern getrieben hast, zeigt mir, dass du nichts daraus gelernt hast!«

Marie war wie aus dem Nichts aufgetaucht und reichte ihm Hut und Aktentasche. Sie machte eine betont neutrale Miene und vermied jeden Augenkontakt. Für Oskar und seine Eltern waren Dienstboten so etwas wie Einrichtungsgegenstände, ihn störte es nicht, Dreckwäsche vor ihnen zu waschen. Doch Frau Ehrenstein war es unangenehm, dass ihr Dienstmädchen alles mit angehört hatte. Selbst wenn sie ohnehin eingeweiht war.

»Ich … ich weiß nicht, was …«

»Das ist mir klar, Helene. Das ist mir klar.«

Er rauschte zur Tür hinaus, und ehe sie es sich versah, war sie ihm schon wieder hinterhergelaufen.

»Oskar, warte, bitte!«

Er blieb auf halbem Weg zu seinem Wagen stehen und drehte sich um. Der Chauffeur wartete bereits mit geöffneter Tür.

»Es … es tut mir wirklich leid. Glaub mir bitte, ich versuche mich wirklich an unsere Abmachung zu halten.«

Früher hätte Frau Ehrenstein ihren Mann weiter bis zur Weißglut getrieben, einfach nur aus Trotz und verletzter Eitelkeit. Doch sie war nicht mehr dieselbe wie vor ein paar Monaten. Sie hatte den Menschen hinter der rechtschaffenen Fassade gesehen. Der Deal mit den Amerikanern war ihm wichtig gewesen, weil er seinem gefühlskalten Vater beweisen wollte, wie gut er im Geschäft war. Oskar hatte sie gebeten, sich zu zügeln, keine Skandale heraufzubeschwören, damit die konservative Regierung der USA keinen Makel in seinem Renommee finden würde. Dann war der Artikel erschienen, der Deal war geplatzt, und Oskar gab ihr die Schuld. Sie konnte seine Wut verstehen, auch wenn es nicht ihre Absicht gewesen war, ihm zu schaden.

»Weißt du, Helene, du hast gesagt, du bist nun mal so, wie du bist, und kannst nicht aus deiner Haut heraus. Aber hast du schon mal darüber nachgedacht, dass es anderen auch so geht? Manche müssen sich anpassen, vielleicht sogar verstellen, um in dieser Welt leben zu können. Und sie machen das, damit nicht alles vor die Hunde geht.«

Bevor sie etwas erwidern konnte, stapfte er zum Wagen und stieg ein.

»Ich hab's Ihnen doch schon gesagt, ich hab keinen Kater. Im Voom Voom hab ich nicht einmal den Ribiselwein ausgetrunken. Ich wollt bei klarem Verstand bleiben, wenn ich die Großnichte verhöre.«

»Kaner hat was andres behauptet. Oba Sie schaun so aus, als täten'S a Glaserl Wasser brauchen können.«

Marie hielt der gnä' Frau das Glas so lange vor die Nase, bis diese schulterzuckend zugriff. Das Wasser war kalt und erfrischend. Das Dienstmädchen hatte recht gehabt, Frau Ehrenstein fühlte sich gleich viel besser.

Sie saß in ihrem Garten im Schatten einer alten Kastanie auf einem Gartenstuhl aus Metall mit kunstvoll verzierter Rückenlehne. Ihr Notizheft lag auf ihrem Schoß, doch bisher hatte sie kaum hineinsehen müssen, weil sie sich noch so lebhaft an die Gespräche der vorigen Nacht erinnern konnte.

Marie war wieder dazu übergegangen, nasse Bettlaken auf die mächtige Wäschespinne zu hängen. Im Winter hängten die Dienstmädchen die Sachen im Keller auf, aber sobald es wärmer und trockener wurde, bevorzugten die Ehrensteins den Duft des Gartens an ihrer Wäsche.

»Guat, oiso, die Nichte greift das Geld von ihrer g'stopften Familie ab, um sich und ihre Haberer mit Drogen und sonstigen Annehmlichkeiten zu versorgen. An sich nix Ungewöhnliches.«

Frau Ehrenstein lachte müde. »Na, wenn Sie meinen. Laut Marthas Angaben macht sie das schon seit einigen Jahren so. Das Acid und das Haschisch hat sie nur als Nebensächlichkeiten abgetan, es ginge darum, das Bewusstsein zu erweitern und so zu besseren Künstlern zu werden.«

Marie schnaubte. »Na, eh klar. Oiso hat sich nie wer dran g'stört? Hat nie wer nachg'fragt, was sie damit anstellt?«

»Warten'S, den Satz hab ich mir aufgeschrieben. Ah, ja, da ist es: *Meine Tante will immer nur das Beste für mich. Sie fragt nur: Brauchst es wirklich? Und ich sag drauf: Ja, unbedingt. Und sie gibt mir tausend Schilling.*«

»Na prost, so an Geldscheißer hätt i a gern daham!«

»Das Problem daran ist nur: Wenn man genau ist, war das nicht das Geld der Gräfin. Sie ist vor zwanzig Jahren mittellos nach Wien gekommen, das Vermögen stammte von ihrem Mann.«

»Des muss g'schissn sein, verzeihen'S meine Ausdrucks-weise.«

»Was jetzt? Dass sie ohne Geld auswandern musste?«

»Na. Ich mein, eh auch. Oba die Frau is über fünfzig, wie sie da ankommt. War's g'wohnt, Dienstboten, Län-dereien und das ganze Pipapo zu ham. Und dann wird's abhängig von so an Schürzenjäger, der ka blaues Blut hat. Des muss g'schissn sein.«

Frau Ehrenstein dachte für einen Moment darüber nach, konnte sich die Gräfin Bárány aber nicht als hilfloses, ab-hängiges Frauchen vorstellen. Dazu strahlte sie viel zu sehr die Autorität einer Dame von Adel aus. Die gnä' Frau teilte ihre Überlegungen mit ihrem Dienstmädchen.

»Damit mein i a net, dass sie a g'schamiges graues Mau-serl wär. Oba er hat über sie bestimmen können, jetzt rein vom Rechtlichen, wissen'S? Ohne sei Zustimmung hätt's net hackeln dürfen oder mitbestimmen, wo sie wohnen und so. I waaß ja net, wie des in Ungarn is, oba bei uns is des so. Gehn'S, gnä' Frau, jetzt schaun'S net so, des ham'S net g'wusst?«

»Ich … ich hab mir darüber noch nie Gedanken ge-macht … noch nie Gedanken darüber machen müssen, sollte ich wohl eher sagen.«

Frau Ehrenstein hatte nie den Wunsch gehabt zu ar-beiten, deswegen hatte sie auch nie darüber nachgedacht. Geld war immer genug da gewesen, also gab es auch keine Notwendigkeit. Doch jetzt zu erfahren, dass sie theore-tisch Oskar um Erlaubnis fragen musste, wenn sie ihr ei-genes Geld verdienen wollte, verstörte sie.

»Ma, jetzt hab i Sie abg'lenkt! Geh ma wieder z'rück zur Großnichte. Gnä' Frau, hören'S? Guat, oiso: Die Nichte hat g'sagt, ihre Tante gibt ihr afoch so vü Geld, als wie sie will. Oba wos war mit dem Verstorbenen?«

»Äh, ja, also. Genau, hier steht's. Aufgefallen ist mir, dass sie ihn nie ›Onkel‹ oder ›Onkelchen‹ genannt hat, sondern immer nur Friedrich. Wie soll ich sagen … wenn sie von der Gräfin erzählt hat, war was Warmes in der Stimme. Über ihn wollte sie gar nicht reden, und als ich sie dazu gedrängt hab, klang sie abschätzig. Wissen Sie, was ich meine? Hier, nehmen'S einen Schluck!«

Marie nahm einen Schluck und blieb neben der gnä' Frau an den breiten Stamm gelehnt stehen. Obwohl sie merklich schwitzte, roch sie nach einer blumigen Seife und Waschmittel.

»Sie ham oiso net das G'fühl, dass die Großnichte ihrem Onkel sehr zugetan war?«

»Ganz und gar nicht. Sie betonte auch, dass er nicht ihr leiblicher Onkel war, sondern sie nur mit der Gräfin blutsverwandt war. Ich muss auch sagen, dass sie ab einem gewissen Zeitpunkt schon ziemlich betrunken war.«

»Eh besser, B'soffene sag'n eher die Wahrheit.«

»Ich konnt heraushören, dass er ihr Schwierigkeiten gemacht hat und Belege dafür haben wollte, was sie mit dem Geld anstellte. ›Für die Kunst und fürs Studium‹ reichte ihm als Begründung wohl nicht.«

»Na, no na net.«

»Sie leugnet zwar, dass er ihr den Geldhahn zudrehen wollte …«

»Oba es warat naheliegend. Und hat's was zu den Freunden von ihm sagen können? Die, die diesen Privatdetektiv auf die Gräfin ang'setzt ham?«

»Martha hat nur gesagt, das wären so grindige alte Männer, die ihr immer nachgegeifert haben. Die wollen nicht einsehen, dass sie schon in einem Alter sind, wo man eines natürlichen Todes sterben kann, deswegen – meinen sie – kann ihr Freund nur ermordet worden sein.«

»No, ja, bisher hamma a no kan Hinweis, dass er hamdraht worden is.«

»Nein, bisher haben wir nur eine recht interessante Familiendynamik.«

Marie lachte, wischte sich die Handflächen an ihrer Schürze ab und klemmte sich den Wäschekorb unter den Arm.

»I muss wieder rein. Sonst wird die Berkovics sauer.«

Die Haushälterin Frau Berkovics war der Dame seit ihrem Einzug ein Dorn im Auge, doch sie gehörte schon seit über zwanzig Jahren sozusagen zum Interieur der Ehrenstein'schen Villa. Sie hatte auf Frau Ehrenstein immer herabgesehen, weil sie sie als nicht gut genug für Oskar und die Familie generell erachtet hatte. Dennoch hatte sich die Dame mit Frau Berkovics einigermaßen arrangiert und war im Grunde genommen froh, dass sie den Haushalt so pflichtbewusst führte, denn das entledigte sie selbst vieler Sorgen. Nur war sie zu Marie übermäßig streng, weil die gnä' Frau sie vor einem halben Jahr ohne ihr Einverständnis eingestellt hatte und sie ihr das immer noch übel nahm.

»Marie, wegen vorhin mit meinem Mann …«

»Der kriegt si scho wieder ein, gnä' Frau!«

»Ich … ich hoffe es. Aber als er sich vor Ihnen und vorm Chauffeur so echauffiert hat …«

»Machen'S Ihna keine Gedanken. Unsereins ignoriert so was.«

»Ich muss gestehen, Marie, früher hab ich mir wirklich keine Gedanken darüber gemacht, was die Dienerschaft von unserem Privatleben mitbekommt. *Unsereins*, müssen Sie wissen, ist einerseits so darauf bedacht, den Schein vor der Außenwelt zu wahren, andererseits waschen wir unsere schmutzige Wäsche ungeniert vor dem Personal. Natürlich ist das komplett idiotisch, wenn man's genau betrachtet, aber es hat mich zum Nachdenken gebracht. Ich nehme an, dass es im Hause der Gräfin nicht anders war. Und das Haus ist groß, mit vielen Dienstboten. Könnte es sein, dass jemand von dort dem *Wiener Telegramm* ein paar saftige G'schichtln gesteckt hat?«

»Sein können kann ois. Oba i sag Ihnen eins, gnä' Frau. Die wissen genau, wenn ihnen wer draufkommt, dass sie mit der Zeitung über Hausinternes plauschen, werden's ausseg'schmissn.«

Frau Ehrenstein nickte nachdenklich und stand auf. Sie reichte Marie das Glas, streckte sich und streifte dabei ein paar gezackte Kastanienblätter. Das Laub war üppig und hellgrün, es würde noch ein wenig dauern, bis die Kastanien in ihren stacheligen Hüllen bereit waren, von Willi aufgelesen zu werden. Dann würde der Herbst hier Einzug halten, aber bis dahin waren es noch zwei Monate. Genug Zeit, um den Sommer und seine Pracht zu genießen.

»Gut, sagen wir, die Bediensteten aus der Villa Bárány würden nicht mit Fremden über die Vorkommnisse reden. Aber mit Gleichgesinnten schon eher, nicht wahr? Mit einem andern Dienstmädchen zum Beispiel? Das auch einen guten Tratsch aus seiner Arbeitsstätte parat hat?«

Maries Augen wurden groß. An ihrer Miene konnte die Dame ablesen, dass sie schockiert war. Aber nicht abgeneigt.

»Sie meinen, i soll dort spionieren?«

»Ich meine, wir könnten einen Weg finden, wie Sie unauffällig mit dem Personal von der Gräfin ins Gespräch kommen. Die haben eine sehr fesche Uniform dort, die wird Ihnen gefallen!«

»Marandjosef, des wird wieder a Abenteuer!«

13

Es wird a Wein sein

Ihr Vater parkte den Mercedes in der Sieveringer Straße, und sie machten sich zu dritt auf den Weg bergauf zum Heurigen. Die Wolken, die sich immer wieder vor die Nachmittagssonne schoben, waren weiß und filigran. Sie schwächten die Intensität der Strahlen, gaben aber keinen Grund zur Besorgnis, dass es regnen könnte.

Frau Ehrenstein hielt ihr Strickjäckchen in ihren Händen und ging hinter ihren Eltern den engen Gehsteig hinauf. Obwohl es in Hietzing und im angrenzenden 23. Bezirk auch Heurigen gab, störte es sie nicht, sich auf den langen Weg in den 19. Bezirk nach Döbling zu machen, um ein gutes Achterl Wein aus den nahe gelegenen Weinbergen zu trinken. Hier war das Flair einfach etwas ländlicher. Für einen guten Whisky oder Cocktail blieb man in der Inneren Stadt, für das originale Wiener Weingefühl musste man in den 19. Die meisten verschlug es ins Grätzel nach Grinzing, doch Frau Ehrenstein mochte Sievering lieber. Besonders wegen einer Anekdote, die man sich hier gern erzählte: Vor zwei Jahren noch war auf dieser Strecke eine Straßenbahnlinie gefahren, die mittlerweile aufgelassen wurde, aber über die Bezirksgrenzen hinaus Berühmtheit erlangt hatte. Zu verdanken war das einer Graugans namens Lilli. Der Vogel hatte es sich zur Gewohnheit gemacht, sich mitten auf die Schienen zu setzen, und ließ sich auch von der einfahrenden Tramway nicht verscheuchen. Der Schaffner musste dann aussteigen und das Tier vorsichtig auf die Seite tragen. Um sie rankten sich wilde Geschichten wie, dass sie Taschendiebe überführte oder besoffene Randalierer aus den Gastgärten jagte.

»No, magst ein wengerl draufklettern, Helene?«

Ihr Vater zeigte mit seiner rauchenden Pfeife auf die drei großen Steinkugeln, die am Wegesrand an eine Mauer gepresst standen. Angeblich schon seit der Türkenbelagerung. Als sie als Kind hier vorbeigekommen war, hatte sich Frau Ehrenstein mit Vorliebe auf die mittlere gesetzt und so getan, als wäre sie Hans Albers in dem Film *Münchhausen*. Das war jetzt gut zwanzig Jahre her.

Ihr Vater ließ die buschigen Augenbrauen übertrieben rauf- und runterwandern, so wie es Groucho Marx gern gemacht hatte. Frau Ehrensteins Mutter gab ihrem Mann lachend ein sanftes Tatschkerl.

»Hach, dass dir der Scherz nie fad wird, Anton!«

Über einem runden Portal mit einer grünen Holztür hing eine Stange mit einem Föhrenbuschen am Ende. Die Zweige zeigten *Ausg'steckt is* an, also dass der Heurigen geöffnet hatte. Die drei gingen aber nicht in das Gebäude, sondern bogen ein paar Schritte weiter in den Gastgarten ab, wo ihnen gleich der gesellige Lärm der anderen Gäste entgegenschlug. Man hörte Gläserklirren, Besteckgeklapper und Stimmengewirr, immer wieder unterbrochen von Gelächter. An langen Heurigentischen saßen die Leute auf schmalen Bänken. Hier war es egal, ob man Arbeiter oder Fabrikbesitzer war, man saß nebeneinander, prostete sich mit Viertelgläsern mit Henkel zu und schmierte Bratlfett auf knusprige Salzstangen.

»Hach je!«

Frau Ehrensteins Mutter beschleunigte ihren Trippelschritt, und einen Moment später erkannte die gnä' Frau den Grund dafür. An einem Tisch unter dichtem Efeu saßen bereits die Frau Kommerzialrat mit ihrem typischen säuerlichen Gesichtsausdruck und ihr Mann, der diesmal keine Malakofftorte, sondern einen Erdäpfelsalat in sich hineinschaufelte.

»Na endlich, ich hab schon gedacht, ihr kommt's gar nimma!«

Frau Ehrenstein wusste, dass sie tatsächlich um zehn Minuten zu früh waren, weil ihre Mutter sie so gehetzt hatte. Sie fragte sich, ob die Frau Kommerzialrat immer absichtlich eine Stunde zu früh auftauchte, nur um den anderen eine Verspätung vorwerfen zu können.

»Hach, entschuldige, wartet's ihr schon lang?«

Frau Ehrensteins Mutter gab der Frau Kommerzialrat Bussis auf die Wangen und setzte sich neben sie auf die Heurigenbank.

»Und du setzt dich mit deinem Pfeiferl gleich neben den Johann, den stört der Gestank nicht!«

Frau Ehrensteins Vater gehorchte und setzte sich neben den Herrn Kommerzialrat, der die Anwesenheit der Neuankömmlinge bisher noch nicht quittiert hatte und weiter Erdäpfelscheiben in sich hineinstopfte.

Die gnä' Frau platzierte sich gegenüber den beiden Frauen, machte fleißig Komplimente zum Aussehen und zur Garderobe der älteren Dame und entschuldigte sich gleich ebenfalls vorsorglich für das Zuspätkommen.

»Grüß dich, Helene. Bissl zugenommen hast. Na, schad auch nichts.«

Ohne auf eine Reaktion zu warten, beschwerte sie sich bei Frau Ehrensteins Mutter über eine gemeinsame Bekannte, die immer mindestens eine Viertelstunde zu spät kam, und verfiel in einen Monolog über die Verkommenheit der neuen Generation. Frau Ehrensteins Vater paffte unterdessen gemütlich an seiner Pfeife und machte Kommentare zur Bauweise der Laube, in der sie saßen, während der Herr Kommerzialrat lautstark schmatzte.

Frau Ehrenstein konnte sich schönere Möglichkeiten vorstellen, den Nachmittag zu verbringen – mit einem Film und einem Glas Whisky zum Beispiel –, als mit Freunden ihrer Eltern beim Wein zusammenzusitzen. Allerdings hoffte sie auf eine Fortführung des Gesprächs vom Leichenschmaus. Die Frau Kommerzialrat war eine Vertraute der Gräfin und hatte sicherlich einiges zu erzählen, was der gnä' Frau bei ihren Ermittlungen nützlich wäre.

Frau Ehrenstein schreckte auf, als an ihren Füßen ein kreischendes Kläffen ertönte. Mit bumperndem Herzen griff sie an ihre Perlenkette und blickte betroppezt unter den Tisch. Ein Rauhaardackel mit weißen Barthaaren knurrte vor sich hin. Ohne hinzuschauen, tätschelte die Frau Kommerzialrat seinen Kopf. Frau Ehrenstein hatte noch nie einen grantigeren Hund erlebt als diesen. Wie der Herr, so's G'scherr, schoss es ihr durch den Kopf.

»Is scho guat, Pepi, kriegst eh an Knoch'n später.«

Die ältliche Wirtin im Dirndl mit ausladendem Dekolleté stellte leere Gläser und eine Karaffe mit Weißwein vor den Neuankömmlingen auf den Tisch. »Brauch'n die Herrschaften a Mineral zum Spritzen?«

»Na, wir spritzen nicht!«, erklärte Frau Ehrensteins Vater fröhlich. »Aber noch ein Leitungswasser bitt'schön!«

»Passt. Und der Herr Kommerzialrat? Brauch ma no an Erdäpfelsalat, oder samma scho beim Schnapserl?«

Das erste Mal seit ihrer Ankunft hob der alte Mann seinen Blick und grinste die Wirtin mit einem offenkundig falschen Gebiss an.

»Weder noch. Aber wennst dich auf mein Schoß hocken würdest, hätt ich nix dagegen!«

Seine Stimme war hoch und brüchig. Er zwinkerte und machte mit seinen feuchten Lippen einen Kussmund. Bei dem Anblick rollten sich Frau Ehrenstein die Zehennägel hoch. Sie goss sich rasch ein Glas Wein ein. Die anderen gingen über die Bemerkung hinweg, so als wären sie dieses Verhalten gewohnt. Die Wirtin schien ebenfalls wenig beeindruckt.

»Des glaub i Ihna gern! Oisdenn, wenn'S no was brauch'n – was Kulinarisches, Herr Kommerzialrat –, geben'S Bescheid!« Und schon marschierte sie mit wehendem Rock zum nächsten Tisch.

»Wie ich gehört hab, bist schon bei der Gräfin vorstellig geworden, Helene. Sie scheint sehr angetan von dir zu sein. Hab ich mir ja gleich gedacht. War ja auch meine Idee, euch zusammenzubringen.«

»Und ich kann mich nicht genug dafür bedanken!«, sagte die gnä' Frau aufrichtig. »Es ist eine Schande, wie viel sie mitmachen muss!«

»So ist es! Eine Schande! Ich sag ja, die Leute kennen keine Scham! Diese Plebs, die sich auch noch Journalisten schimpfen!«

Sie donnerte mit ihrer dürren Faust auf den Holztisch, woraufhin sich Frau Ehrenstein wieder an den Leichenschmaus erinnerte. Anscheinend war die Geste ihr Markenzeichen. Die gnä' Frau musste an die Quizsendung *Was bin ich?* denken und den Standardsatz des Moderators Robert Lembke: »Machen Sie eine typische Handbewegung.« Sie amüsierte sich bei dem Gedanken, welches Schweinderl die Frau Kommerzialrat wohl aussuchen würde.

Frau Ehrensteins Mutter legte die Stirn in Falten. »Hach, aber Gott sei Dank schreibt dieser Unmensch nicht mehr über die Gräfin, nicht wahr? Ich meine, ich lese dieses Blatt selbstverständlich nicht, aber es ist doch so, oder?

Hab ich gehört, jedenfalls.« Sie blickte bekümmert von ihrer Tochter zu ihrer Freundin.

»Ich fürchte nur«, sagte Frau Ehrenstein, »dass das *Wiener Telegramm* nicht das einzige Problem ist, nicht wahr? Als ich bei der Gräfin eingeladen war, habe ich mitbekommen, dass ein paar Freunde des Verstorbenen eine Ermittlung anstreben. Wie waren die Namen? Pickerl und Stadler?«

»*Pick* und Stadler«, berichtigte die Frau Kommerzialrat. »Die beiden G'frastsackln! Der Friedrich hat leider immer einen Hang zu G'frastern gehabt. Deswegen hat er sich auch so gut mim Johann verstanden.«

»Was hast g'sagt?«, krächzte ihr Mann neben ihr.

»Ich hab g'sagt, dass es komisch ist, dass du plötzlich immer gut hören kannst, wenn Frauen mit tiefem Dekolleté mit dir reden.«

Der alte Mann kicherte und zündete sich einen Zigarillo an. Der intensive Geruch stach in Frau Ehrensteins Nase. Sie fragte sich, warum ihre Mutter es eigentlich in Ordnung fand, dass ihr Vater und der Kommerzialrat rauchten, aber unpassend, wenn Frau Ehrenstein es tat.

»Der Friedrich war mein Cousin dritten Grades, hast du das gewusst, Helene?«

»Ich glaube, Sie haben es schon einmal erwähnt.«

»Ich kann nicht sagen, dass wir uns besonders nahgestand'n sind. Wie gesagt, mim Johann hat er viel mehr Zeit verbracht. Die beiden waren zusammen in ihren Clubs und Lokalen und haben immer ein großes Geheimnis drum gemacht, was sie so miteinander anstellten. Die G'fraster.« Erneut schlug die Frau Kommerzialrat mit der Faust auf das Holz, aber diesmal wirkte es weniger wütend als vielmehr trotzig. Sofort tätschelte Frau Ehrensteins Mutter ihr den Arm, und erst da erkannte die gnä' Frau, dass sich Tränen in den Augen der alten Frau gesammelt hatten. Rasch zog Frau Ehrenstein ein Papiertaschentuch aus ihrer Handtasche und reichte es über den Tisch.

»Ah, geh, das braucht doch keiner!« Ihren Worten zum Trotz griff die Frau Kommerzialrat danach und trocknete sich die Tränen. »Es ist halt schwer, jemanden zu verlieren. Aus der Familie. Besonders wenn's nicht mehr so viele von uns gibt. Das haben wir gemeinsam mit der Gräfin gehabt. Die hat auch kaum noch wen.«

»Bis auf ihre Großnichte Martha, nicht wahr? Ich war vor Kurzem mit ihr unterwegs. Eine sehr … lebendige junge Frau, finden Sie nicht auch?«

Frau Ehrensteins Mutter griff sich an die Wange. »Wann warst du denn mit der Großnichte der Gräfin fort? Wieso hast du mir das nicht erzählt?«

»*Ich* hab es selbstverständlich gewusst. Die Gräfin hat mir davon erzählt! Ja, *lebendig* ist der richtige Ausdruck für das junge Ding!«

»Von wem red ma?«, krächzte der Herr Kommerzialrat dazwischen.

»Von der Martha, weißt eh.«

»Ah, ja, die is auch schoaf! Hier, Fräulein, hier! Der Topfenstrudel kommt zu mir und die beiden Schnapserl a!«

Die Frau Kommerzialrat wedelte die Bemerkung ihres Gatten mit einer Geste fort und bestellte eine weitere Karaffe Weißwein.

»Mama, wir waren nur etwas essen und haben uns unterhalten. Über ihr Kunststudium hauptsächlich. Und wie teuer das sein kann.«

Die Frau Kommerzialrat lachte hämisch und bumperte erneut auf den Tisch. »Ha, das Studium ist sicher nicht das Teure! Aber alles drum herum, was das Ding sich gönnen muss! Der Friedrich hat sich das nimma anschauen wollen, aber die Gräfin ist halt so weichherzig, weißt. Die will halt nicht, dass es der Martha an was fehlt. Das ist immer das Drama, wenn ma keine eigenen Kinder hat!«

Der Dackel kläffte erneut. In dem Moment begannen auch Schrammelmusiker zu spielen. Ein Mann mit einem prächtigen Bauch quetschte die Ziehharmonika und sang, während ein anderer ihn auf der Fiedel begleitete. »Es wird ein Wein sein, und wir wer'n nimmer sein!« Einige Gäste klatschten oder sangen mit, andere ignorierten die Musiker und unterhielten sich weiter. Der Dackel knurrte, und die gnä' Frau spürte, wie er ihr in die offenen Sandalen sabberte. Es fühlte sich kalt und klebrig an.

»Ein reizendes Tier haben Sie, Frau Kommerzialrat!« Frau Ehrenstein trocknete ihre Zehen mit einem Taschentuch und bemühte sich, keine Ironie in ihrer Stimme mitschwingen zu lassen.

»Ein Rassehund ist er, der Pepi. Gell, das bist du! Ja, so ein Feiner, so ein Feiner!«

Es war faszinierend mitanzusehen, wie sich nicht nur der Tonfall, sondern auch das ganze Wesen der alten Frau veränderte, wenn sie mit dem Dackel sprach und ihn kraulte. Tatsächlich sah Frau Ehrenstein sie zum ersten Mal lächeln. Für einen Moment war alles Säuerliche aus dem Gesicht der Frau Kommerzialrat verschwunden, und sie wirkte warmherzig und zufrieden. Das änderte sich schlagartig, als sie sich wieder den Menschen zuwandte.

»Ich hab ihn mir angeschafft, wie die Kinder aus dem Haus waren. Es war mir einfach zu still, du weißt ja, wie das ist, Josephine.«

Frau Ehrensteins Mutter nickte verständnisvoll, und die gnä' Frau fragte sich zum ersten Mal, wie es sich wohl für ihre Eltern angefühlt hatte, als sie ausgezogen war. Sie war immer davon ausgegangen, dass die beiden froh waren, das Haus wieder für sich zu haben. Immerhin hatten sie sie dazu ermutigt, Oskar zu heiraten. Es war ihr nie in den Sinn gekommen, dass die Trennung für sie schmerzhaft gewesen sein könnte.

»Er ist immer an meiner Seite, der Gute. Nur ins Schlafzimmer lässt ihn der Johann nicht, der Unleidige.«

Es war nicht ganz ersichtlich, ob der Unleidige der Herr Kommerzialrat war oder der Dackel. Aber Frau Ehrenstein konnte es sich denken.

»Ja, ich bin froh, dass mein Willi noch so klein ist, mir würde es das Herz brechen, wenn er schon ausziehen täte!«

»Hach, Leni, die werden schneller erwachsen, als du glaubst. Ein Wimpernschlag, und plötzlich ist der Willi ein Mann.«

Die gnä' Frau hätte ihre Mutter gerne gefragt, wie sie sich gefühlt hatte, als ihre einzige Tochter ausgezogen war. Sie wünschte sich, dass ihre Mutter einmal nicht mit Floskeln antworten oder das Thema rasch wechseln würde, wie sie es immer tat, wenn es um Gefühle ging. Doch Frau Ehrenstein wusste, dass das nicht geschehen würde. Außerdem war sie mit einem Ziel hierhergekommen.

»Für die Gräfin muss es ja sehr hart sein, keine eigenen Kinder zu haben.«

»Ja, du meine Güte, selbstverständlich. Aber es ist halt nicht allen von uns vergönnt. So ist das Leben. Sie und ihr erster Mann, so hat sie's mir erzählt, haben es ein paarmal versucht, aber sie hat keins der Kinder austragen können. Sie war bei Ärzten in Ungarn und Österreich. Was sie alles ausprobiert hat, ma, das könnt's ihr euch nicht vorstellen. Die verschiedensten Kuren und Mittel, manche eigens für sie hergestellt!«

Die Musiker sangen jetzt »Mei Naserl is so rot, weil i

so blau bin«, und der Herr Kommerzialrat krächzte der vorbeieilenden Wirtin eine weitere Schnapsbestellung zu.

»Ah, stimmt, sie war ja befreundet mit diesem Apothekerehepaar aus dem 3. Bezirk, nicht wahr? Hat's nicht bei denen auch gewohnt, wie sie aus Ungarn hinausgeworfen wurde?«

»Jaja, die beiden haben sie geliebt wie eine Tochter und haben Pillen gedreht und Salben gemixt, aber hat alles nichts g'holfen. Wenn's net sein soll, soll's halt net sein!«

»Das ist fürchterlich traurig! Vor allem jetzt, wo ihr Mann tot ist, wären Kinder wenigstens ein Trost gewesen. Allerdings gibt's da vermutlich weniger Scherereien mit dem Erbe, nehm ich an? Ich mein, wenn sie Alleinerbin ist?«, sagte Frau Ehrenstein und hoffte, dabei keinen allzu neugierigen Eindruck zu erwecken.

»Mein Gott, Leni, überall, wo's was zu erben gibt, ist es eine zache Angelegenheit. Wenn er net so reich gewesen wär, würden jetzt auch nicht diese grauslichen Gerüchte überall auftauchen«, sagte Frau Ehrensteins Mutter sachlich.

»Umbracht hat's ihn, die alte Hexe!«, verkündete der Herr Kommerzialrat und donnerte das leere Schnapsglas auf den Heurigentisch. Glücklicherweise war die Musik laut genug, dass keiner der anderen Heurigengäste davon etwas mitbekam. Trotzdem zischte seine Frau ihn an und bumperte diesmal sogar mit beiden Fäusten auf das Holz.

»Bist du ruhig, du narrischer Mensch!«

»Wieso glauben Sie, dass sie ihn umgebracht hat? So wie ich das sehe, gibt es keine Hinweise, nur die Mutmaßungen in der Boulevardpresse.«

Frau Ehrenstein spürte den missbilligenden Blick der Frau Kommerzialrat auf sich, doch sie fixierte jetzt nur deren Gatten. Der grinste wieder mit seinen falschen blitzenden Zähnen und griff über den Tisch, um die Hand der gnä' Frau zu umfassen.

»So ein hübsches Mädl wie du sollte sich nicht mit so komplizierten Themen befassen. Und nicht so dumme Fragen stellen.«

Seine Haut war kalt und fühlte sich rau und trocken an wie Papier. Frau Ehrenstein zog ihre Hand angewidert zurück und sah ihm herausfordernd in die wässrigen Augen.

»Ich würde eher sagen, dass es dumm ist, wenn man sich von einem Klatschreporter an der Nase herumführen lässt. Der alte Graf war schon länger krank, und die Ärzte haben kein Fremdverschulden festgestellt.«

Der alte Mann lachte übertrieben laut. Seine hohe, krächzende Stimme ließ es klingen wie eine Kettensäge.

»Ah, eine ganz Gescheite bist, was, Mädel? Dann lass da eins g'sagt sein: Krank war er, weil sie ihn vergiftet hat. Und nix g'fundn hat man, weil sie den jungen Arzt von ihm bestochen hat!«

»Hach, was für ein hässliches Thema! Davon mag ich gar nichts mehr hören! Geh, schau ma doch zum Buffet! Anton, du wolltest doch an Backhendlsalat. Leni, du hast doch auch ständig Hunger in letzter Zeit. Komm, geh ma!«

Frau Ehrensteins Mutter war aufgestanden und bedeutete ihrer Tochter, dass sie es ihr gleichtun sollte. Leise vor sich hin schimpfend, erhob sich jetzt auch die Frau Kommerzialrat.

»Da hast amal ausnahmsweise recht, Josephine, so was kommt, wenn ma nix im Magen hat: Jetzt ist eh grad nicht viel los!«

»Geh, bring ma an Topfenstrudel mit, Mauserl!«, lallte der Herr Kommerzialrat.

»Na sicher, *Haserl*. Na sicher!«, antwortete seine Frau, und ihrer Stimme war anzumerken, dass ihr dabei ein wesentlich derberes Wort für ihren Mann durch den Kopf ging.

Das Buffet im Inneren des Heurigen erinnerte an eine Feinkosttheke beim Greißler. Hinter Vitrinenscheiben lagen vor Fett glänzende Fleischlaiberl und Schnitzel, außerdem eine bunte Farbpalette an Aufstrichen und Salaten. Es gab auch Kuchen und Oblatentorten, gefüllt mit süßer Kakaocreme. Frau Ehrenstein wurde von ihrer Mutter zurechtgewiesen, dass sie sich vor ihren Freunden besser benehmen sollte. Doch die gnä' Frau achtete gar nicht darauf: Sie erfreute sich an den Küchendüften, die ihr das Wasser im Mund zusammenlaufen ließen.

Als sie mit einem vollen Tablett an den Tisch zurückkehrten, hatten sich neue Gäste zu den beiden Männern gesellt. Alle redeten angeregt und angetrunken miteinander, bis Sperrstunde war, und Frau Ehrenstein schaffte es nicht mehr, den verstorbenen Grafen wieder zum Thema zu machen. Enttäuscht teilte sie ihr Wachauerweckerl mit dem Dackel Pepi und summte mit den Schrammelmusikern mit: »Einer hat immer das Bummerl …«

14

Mit Freddy Quinn beim Arzt

Das ist wirklich zu freundlich, dass Sie mir noch einen Termin gegeben haben! Zu freundlich!«

Das ältliche Ordinationsfräulein schaute missmutig über die Ränder ihrer Hornbrille und deutete mit einem »Mmmpf« in Richtung des Wartezimmers.

Das blank polierte Fischgrätparkett knarzte bei jedem Schritt, in den hohen Altbauräumen klang das unangebracht laut. Frau Ehrenstein und Marie gingen deswegen wie auf Eierschalen durch die weiß gestrichene Doppeltür und nickten unisono dem einzigen anderen Patienten im Wartezimmer zu. Sie setzten sich weit entfernt von ihm auf eine weiche Ledercouch.

Es war nicht schwer gewesen, den Namen des Arztes herauszufinden, der den verstorbenen Grafen in den letzten Jahren betreut hatte. Dafür hatte es sich als umso mühsamer erwiesen, einen Termin zu bekommen. Obwohl er noch sehr jung war, schien der Arzt bei der Wiener Schickeria sehr gefragt zu sein, und unter normalen Umständen hätte Frau Ehrenstein als neue Patientin mehrere Monate warten müssen. Doch wenn die gnä' Frau etwas gut konnte, dann Menschen so lange zu beschwatzen, bis sie enerviert aufgaben. Schließlich war das Ordinationsfräulein eingeknickt. Eine großzügige Summe, um ihre Umstände erträglicher zu machen, war dabei sicherlich nicht hinderlich gewesen.

»Oiso bei so einem Arzt war i no nie!«

Das Dienstmädchen blickte sich staunend im Raum um. Von der Stuckdecke hing ein Kristallleuchter herab, auf einem Podest in einer Ecke stand eine abstrakte Bronzeskulptur, und an den Wänden hingen Schwarz-Weiß-Fotografien, auf denen der Arzt mit diversen österreichischen Berühmtheiten zu sehen war.

»Is des etwa die Karin Dor?«

»Ja, und ich glaub, das ist Niki Lauda. Oh, da drüben ist Freddy Quinn. Ganz ruhig, Marie, im Moment sind die ja alle nicht da. Also, wie ging's weiter mit der Köchin und dem Dienstmädchen?«

Frau Ehrenstein senkte die Stimme. Glücklicherweise war der andere Patient im Wartezimmer in die *Bunte Österreich* vertieft und schien ihnen keine Beachtung zu schenken.

»Wie g'sagt, die war'n überhaupt net g'schamig. Die ham sich scheinbar g'freut, dass sie wer von der Hack'n abhält.«

»Schrecklich, dieses Personal von heute. Das kann man sich in unserem Haus gar nicht vorstellen, nicht wahr?«

Frau Ehrenstein zwinkerte, und die beiden kicherten, woraufhin aus dem Vorzimmer ein lautes Räuspern ertönte. Das mindestens sechzigjährige Ordinationsfräulein hatte der gnä' Frau zähneknirschend einen Termin am Ende des Tages gegeben. Was insofern gut war, als Marie so unterstützend dabei sein konnte. Und noch von ihren Erlebnissen aus dem Diensttrakt der Gräfin erzählen konnte.

Frau Ehrenstein hatte ihr Dienstmädchen mit einer besonders schönen Ausgabe von *Es muß nicht immer Kaviar sein* von Johannes Mario Simmel in die Villa geschickt. Bei ihrem Besuch hatte sie mit der Witwe über ihre Lesevorlieben geplaudert und vermutete, dass die humorvollen Abenteuer des Geheimagenten wider Willen genau das

Richtige für die Gräfin waren. Außerdem war es ein guter Vorwand, um Marie ins Haus zu schleusen. Wie in diesen Haushalten üblich, war Marie gar nicht zur Hausherrin vorgelassen worden, sondern musste über den Dienstboteneingang in der Küche ihr Paket abgeben. Während der Butler das Geschenk überreichte, war Marie aufgetragen worden, auf weitere Anweisungen zu warten.

»Der hat an rechten Stock im Oarsch, wenn'S wissen, was i mein. Die Art kenn i von anderen Herrschaften. Oba sobald der aus'm Zimmer ist, san die andern aufg'wacht.«

Die Köchin hatte Marie einen Kaffee hingestellt und sich gemeinsam mit einem anderen Dienstmädchen zu Marie an den Küchentisch gesetzt.

»Zerst ham's mich ausg'fragt. Na, sie ham's halt versucht, verstehn'S? Oba i hob mir z'recht'glegt g'habt, wos is sag'n wü, und mehr ham's net aus mir rausbracht. Weil i plausch wirkli net gern über meine Herrschaften, so wos moch i net, gnä' Frau!«

»Das weiß ich doch, Marie! Machen'S Ihnen keine Sorgen!«

Marie war von der Idee angetan gewesen, wie eine Spionin ins Haus einzudringen und die Hausangestellten auszufragen. Das erinnerte sie an eine ihrer Lieblingsserien: *Solo für O. N. C. E. L.*

Weniger gut hatte ihr der Gedanke gefallen, schlecht über die gnä' Frau und ihre Arbeitsstelle in der Villa Ehrenstein reden zu müssen. Das widersprach einfach zu sehr ihren Moralvorstellungen. Doch die Dame hatte sie überzeugen können, dass die Leute so leichter ins Reden kämen, und so hatte sich die junge Frau eben breitschlagen lassen, über den peniblen Herrn Ehrenstein und die whiskytrinkende gnä' Frau herzuziehen.

»Die Köchin hat g'fragt, ob bei uns Kommunisten ein

und aus gehen. Und des Dienstmadl hat wissen woll'n, ob's bei uns Happenings gibt. Mit freier Liebe und so. I hab denen gleich g'sagt, dass des a Schmarrn is. Erstunken und erlogen von diesem Wappler. Oba i hob des glei g'nutzt, weil i dann g'fragt hab, ob des bei ihrer Chefin net a so wär.«

»Das war klug! Und was haben die drauf gesagt?«

»Na, die ham sich so ang'schaut, wissen'S eh, so als wie man net waaß, ob ma was sag'n soll, und dann hob i g'sagt, dass des eh unter uns bleibt, und dann …«

»Herr Professor Doktor Jobst, bitte schön!«, dröhnte die trainierte Stimme des Vorzimmerfräuleins durch das Wartezimmer. Der Mann legte die Zeitschrift beiseite, und das Parkett knarrte, als er den Raum verließ.

»Was dann?« Jetzt traute sich Frau Ehrenstein, lauter zu sprechen.

»Die Köchin – die macht übrigens an grauslichen Kaffee, Marandjosef, da dreht's ma scho bei der Erinnerung den Magen um – hat g'sagt, so weit herg'holt wär das a net, und das Dienstmadl hat g'meint, dass i mir gar net vorstell'n könnt, wie's da bei ihnen zugeht, bei den Blaublütlern!«

»No, das klingt ja vielversprechend!«

»Davon können'S ausgehn! Oiso die beiden san überzeugt, dass da wos net mit rechten Dingen zug'angen is. Der gnädige Herr war in einer Woch'n ein richtiges Springinkerl, ham's g'sagt, und die nächste hat er sich kaum rühr'n können. Die glaub'n, dass da wer nachg'holfn hat!«

»Hmmm, das könnte aber auch an einer Krankheit liegen, nehm ich an. Meinem Großvater, Gott hab ihn selig, hat bei Wetterumschwung jeder Knochen wehgetan.«

»Eh, oba so wie die das dazählt ham, war da no was anderes. Ganz schlecht hat er ausg'sehn, sei G'sichtsfarb und so. Außerdem is des erst plötzlich kommen, vor einem Jahr, ham's g'sagt.«

»Glauben Sie, eine der beiden könnte die Informantin des *Wiener Telegramm* sein?«

Marie runzelte die Stirn und zuckte mit den Schultern. Sie hatte ihre Uniform gegen eine weite Hose und eine luftige Bluse mit Glockenärmeln getauscht und trug ihr braunes Haar nicht wie sonst zu einem strengen Dutt gebunden, sondern offen. Die gnä' Frau war immer wieder überrascht, wie jung die Zweiundzwanzigjährige aussah, wenn sie ihre Arbeitskleidung nicht trug.

»Ganz ehrlich, die beiden hab'n recht schnell, recht überschwänglich davon zu red'n ang'fangen. I hätt des net dacht. Oiso möglich isses. Oba wie g'sagt, wenn ihnen wer draufkommt, ham's den Scherm auf.«

»Ich fürchte, wenn das Geld stimmt, lässt man sich zu so etwas leichter überreden. Haben Sie es geschafft, das Gespräch auf die Großnichte zu bringen?«

»Auf die san's eh selber kommen. Die Köchin is nämlich sicher, dass die Nichte den Grafen vergiftet hat.«

»Martha? Tatsächlich?« Frau Ehrenstein musste an das LSD und das Acid denken. Wenn die Großnichte über Verbindungen verfügte, um sich solche Drogen zu beschaffen, wäre es vermutlich auch keine Schwierigkeit für sie, an andere Substanzen zu gelangen. Sie machte einen ziemlich selbstverliebten Eindruck und dachte an wenig anderes als ihr Vergnügen. Außerdem verfolgte sie einen ziemlich kostspieligen Lebensstil. Die Frau Kommerzialrat hatte angedeutet, dass der Graf den Geldhahn der Großnichte zudrehen wollte. Sie hätte also ein Motiv gehabt, ihn aus dem Weg zu räumen.

»Ja, oba die Köchin hat nix von wegen Geld erwähnt. Sie hat g'sagt, die Großnichte hat a Gspusi mit dem gnädigen Herrn g'habt, und als er's beendet hat, hat sie sich gerächt.«

»Um Himmels willen, das kann ich mir gar nicht vorstellen!«

»Das Dienstmadl hat d'raufhin g'sagt, dass sie net glaubt, dass die Großnichte den Grafen hamdraht hat. Und a net, dass die beiden was miteinander g'habt hab'n. Oba nachg'stiegn is er ihr schon, nur is sie halt net drauf eing'angen.«

»In der Zeitung stand, dass er ein ziemlicher Hallodri war. Sein Freund, der alte Kommerzialrat, hat beim Heurigen auch nichts anbrennen lassen. Die waren ungefähr gleich alt.«

Frau Ehrenstein schüttelte es bei der Erinnerung an die kalte Papierhaut des alten Mannes. Wenn sich der Graf ebenso ungeniert in der Öffentlichkeit aufgeführt hatte, war das sicher alles andere als angenehm für die Gräfin gewesen. Und für die Großnichte. Oder hatte sie sich womöglich tatsächlich auf eine Affäre mit ihm eingelassen? Bei ihrem Essen hatte sie mehrmals darauf hingewiesen, dass sie nicht mit ihm blutsverwandt war.

»Und was glaubt das Dienstmädchen, wer ihn umgebracht hat?«

»Dazu simma nimma kommen, weil dann der Butler wieder da war. Mit an Kärtchen und an Wein für Sie. Und dann hat er mich aussekomplimentiert.«

»Schad. Die weiteren Eindrücke vom Personal hätten mich schon noch sehr interessiert. Auch, ob sie der Privatdetektiv vielleicht aufgesucht hat.«

»Wissen'S, die ham ma g'sagt, dass sie nach'm Dienst in ein Beisl in der Nähe gehn, damit sie z'samm was piperln können, verstehn'S?«

Das wäre in der Tat eine ideale Gelegenheit, um die Befragung fortzusetzen. Zu dumm, dass Frau Ehrenstein in der Villa schon gesehen worden war, sonst hätte sie selbst dieses Feierabend-Beisl aufsuchen können – leger gekleidet, versteht sich.

»Vielleicht ...«

»Die Frau Ehrenstein, bitt'schön«, ertönte die Stimme des Vorzimmerfräuleins.

15

Büstenhaltervorlieben und
anderer Schmarrn

Der Arzt erhob sich von seinem Sessel und ging ihnen auf halbem Weg entgegen.

»G'schamster Diener, die Damen!«

Er hatte das Zahnpastalächeln eines Filmstars und küsste beiden die Hand. Frau Ehrenstein nannte ihren Namen und stellte Marie als vertraute Freundin vor, die sie immer zu Arztterminen begleitete. Dann nahm der Arzt wieder hinter seinem ausladenden Schreibtisch Platz. Die große Tischplatte war mit Bilderrahmen vollgestellt: offenbar weitere Trophäen des Mediziners. Frau Ehrenstein erkannte einen Opernsänger, eine Primaballerina und mehrere Politiker. In einer Ecke des Raums befand sich ein weißer Untersuchungstisch, daneben ein Paravent mit einem bunten floralen Muster. Auf einem türkisfarbenen runden Teppich standen in exakt derselben Farbe zwei breite Sessel. Darauf setzten sich die beiden Frauen nun.

»Frau Ehrenstein, welch Freude, Sie kennenzulernen! Was kann ich für Sie tun?«

Seine Stimme war ein angenehmer Bariton, die Melodie erinnerte an die fröhliche Sprechweise von Peter Alexander, wenn er moderierte.

»Wissen Sie, Herr Doktor, ich habe schon länger mit Verspannungen im Schulterbereich zu kämpfen. Sie wurden mir wärmstens empfohlen. Die werte Gräfin Bárány hat mir nur Gutes von Ihnen berichtet!«

Die gnä' Frau beobachtete den Arzt genau. Sie hatte herausgefunden, dass er zwar den Grafen behandelt hatte, die Gräfin selbst aber lieber einen anderen Arzt konsultierte, weil sie einem Ungarn mehr Vertrauen schenkte. Die Gefahr, dass sie von diesem Gespräch erfahren würde, war also ziemlich gering.

Wenn der Mediziner sich selbst die Schuld am Tod des Grafen gab oder über die Anschuldigungen seiner Freunde verärgert war, würde man es ihm vielleicht ansehen können. Aber Frau Ehrenstein konnte nicht einen Hauch von Irritation in seiner Miene erkennen. Entweder schöpfte er keinen Verdacht, oder er ließ ihn sich nicht anmerken.

»Ach je, das kommt natürlich heutzutage häufiger vor, gnädige Frau. Die Menschen bewegen sich zu wenig, fürchte ich.«

»Oh, da geb ich Ihnen recht. Man ist zu bequem geworden, nicht wahr? Ich mach ja jeden Tag meine Übungen mit der Ilse Buck!«

Der Arzt nickte wohlwollend. Ilse Buck war die Vorturnerin der Nation. Sie zeigte ihre Fitnessübungen nicht nur im Fernsehen, sondern hatte auch ihr eigenes Radioprogramm.

»Wissen Sie, Herr Doktor, man wird ja nicht jünger! Mir ist es wichtig, meinen Körper in Schuss zu halten. Man will ja gesund bleiben und keine Krankheiten kriegen. Da muss ich gleich an den armen verstorbenen Grafen Bárány denken ...«

»Das ist sehr löblich, gnädige Frau! Tragen Sie einen Büstenhalter?«

»Bitte, wie?«

Frau Ehrenstein machte große Augen.

»Einen Büstenhalter. Gerade wenn Damen etwas mehr zu tragen haben«, er deutete mit seiner Füllfeder auf ihren

Oberkörper, »kann es zu Verspannungen kommen. Ein Büstenhalter kann Abhilfe schaffen, wenn er richtig eingestellt ist.«

»Ähm …«

Sie warf einen verunsicherten Blick zu Marie, die ihr ermutigend zunickte, dabei aber die Lippen recht verräterisch aufeinanderpresste.

»Ja, ja, ich trage einen Büstenhalter. Aber um auf den lieben guten Grafen zurückzukommen …«

»Wenn die Bügel sich zu tief in ihr Fleisch schneiden, also so, dass sich rote Striemen auf den Schultern bilden, ist er falsch eingestellt.«

»Aha, ja, nein, da ist alles gut. Danke der Nachfrage! Der Graf … mochte ja auch Büstenhalter, heißt es … Bei seiner Frau, meine ich. Die eine enge Freundin von mir ist.«

Sie biss sich auf die Zunge. Der verdammte Arzt hatte sie vollkommen aus dem Konzept gebracht. Sie glaubte, Marie kichern zu hören, traute sich aber nicht, sie noch einmal anzusehen, weil sie das Lachen sonst selbst nicht mehr würde zurückhalten können. Sie hatte sich für Verspannungen entschieden, weil das keine schwerwiegende Krankheit war und es auch der Wahrheit entsprach. Sie war wirklich oft schrecklich verspannt.

»Plagen Sie auch Kopfschmerzen, gnädige Frau?«

Glücklicherweise redete der Arzt so ungerührt weiter, als hätte sie die Büstenhaltervorlieben des verstorbenen Grafen gar nicht erwähnt.

»Nun, tatsächlich ja, manchmal schon.«

»Na, dann schaun wir uns das mal an!« Er erhob sich, und Frau Ehrenstein wollte es ihm gleichtun. Doch er bedeutete ihr, sitzen zu bleiben.

»Entspannen Sie sich, ich kann Sie auch so untersuchen! Ziehen Sie nur bitte Ihr Jankerl aus!«

Sie entledigte sich ihrer Weste und sah Marie an, die nur mit den Schultern zuckte. Frau Ehrenstein hatte gehofft, dass es hier wie bei ihrem Arzt in Hietzing zugehen würde. Vorgespräch und Untersuchung fanden dort in zwei getrennten Räumen statt. Ein Teil ihres Plans war gewesen, dass ihr Dienstmädchen in den Unterlagen schnüffelte, während der Mediziner nebenan dabei wäre, die gnä' Frau zu behandeln.

Durch den dünnen Stoff ihrer Tunika drückte er mit seinen warmen Händen auf verschiedene Stellen an ihren Schultern.

»Wäre es vielleicht leichter, wenn ich mich ausziehe? Hinter dem Paravent?«

Es war ein letzter Versuch, der leider etwas ungeschickt – und zweideutig – herauskam. Seine Hände hielten nur für einen Moment inne, dann machte er ungerührt weiter.

»Das wird nicht nötig sein. Wie ist es hier?«

Er bohrte ihr seinen Finger an eine Stelle zwischen Hals und Schulter, und sie krümmte sich vor Schmerz.

»Ah, ja. Der Trapezius, es ist immer der Trapezius.«

»Herr Doktor, meinen'S, es könnt a seelisch sein?«, fragte nun Marie. »So a Verspannung? Wenn ma zum Beispiel um jemanden trauert?«

»Selbstverständlich, so etwas kommt schon vor!«

Frau Ehrenstein hatte Maries Wink verstanden.

»Wissen Sie«, die Stimme der Dame klang etwas gepresst, weil der Arzt immer noch an ihren Muskeln herumdrückte, »ich hab diese Probleme seit der Beerdigung des Grafen Bárány. Es hat mich schrecklich mitgenommen, wie er so plötzlich von uns genommen wurde.«

»Mein Beileid, gnädige Frau. Er war zwar nicht der leichteste Patient, aber sein Tod hat auch mich traurig gemacht.«

Endlich ließ er von ihren Schultern ab und setzte sich wieder an seinen Platz.

»Es ist so tragisch, dass er so plötzlich von uns gehen musste!«

Seine Füllfeder machte kratzende Geräusche auf dem Papier, als er etwas in ein Notizbuch schrieb.

»Ich verstehe, dass das immer ein Schock ist, gnädige Frau. Aber am Ende war er schon sehr schwach, und der Jüngste war er auch nicht mehr. Es kam nicht überraschend. Und wenn es Sie beruhigt, er ist friedlich eingeschlafen.«

»Ach, Sie waren bei ihm, als es geschehen ist?«

»Ich war kurz darauf dort und habe ihn für tot erklärt.«

»Und Sie fanden seinen Tod nicht überraschend?«

»In keinster Weise. So. Hier ham'S ein Rezept für eine Salbe und ein Schmerzmittel, Frau Ehrenstein. Machen'S weiter mit der Ilse Buck, vielleicht wollen'S auch überlegen, mit ein paar leichten Hanteln zu trainieren. Um die Muskeln aufzubauen, verstehn'S? Küss die Hand, gnä' Frau! Fräulein …«

Mit überbordendem Elan und blendendem Lächeln führte er die beiden Frauen zur Tür, hielt aber noch einen Moment inne, ehe er die Tür für sie öffnete.

»Eins noch, Frau Ehrenstein: Vielleicht überlegen'S sich amal, eine Psychoanalyse zu machen. Das kann Wunder wirken, glauben'S mir. Wir sind in der Stadt von Sigmund Freud, wir haben die besten Köpfe der Welt, was das anbelangt! Wenn Sie Adressen brauchen, wenden Sie sich vertrauensvoll an mich.«

Die Dame bedankte sich betroppezt. Die beiden Frauen schwiegen, bis sie wieder unten auf der Rotenturmstraße waren.

»Oiso des war net sehr ergiebig. Jedenfalls was den Fall angeht.«

»Verdammt, ich hab mir auch mehr erhofft. Müssen'S noch wo hin, Marie?«

»Na, i bin frei für'n Rest des Abends. Wieso?«

»Gehen wir ins Kino. Da hab ich immer die besten Ideen.«

16

Alain Delon
und ein Einbruch

Sie ließen den Schwedenplatz hinter sich und flanierten gemächlich die Rotenturmstraße hinauf. Der Feierabendverkehr hatte eingesetzt, und auf der breiten Fahrbahn vorm Stephansdom staute es sich. Die Fiaker waren offensichtlich noch gut ausgelastet mit den Sommertouristen, denn nur zwei davon standen mit schnaufenden Pferden auf dem Standplatz an der Seite des Doms.

Beim Stock-im-Eisen-Platz bogen die gnä' Frau und Marie auf den Graben ein. Augenblicklich wurde es ruhiger. Letztes Jahr noch hatte an dieser Stelle ebenso viel Verkehr geherrscht wie im Rest der Inneren Stadt, doch inzwischen war eine verkehrsberuhigte Zone eingerichtet worden. Oskar hatte darüber geflucht, weil er jetzt nicht mehr so fahren durfte, wie er wollte, und Frau Ehrenstein hatte sich auch nicht vorstellen können, dass die Wiener es sich gefallen ließen. Doch jetzt genoss sie es, nicht im Gänsemarsch auf dem schmalen Bürgersteig, sondern neben Marie her in der Mitte der Straße schlendern zu können.

Während sie weiterspazierten, ärgerte sich Frau Ehrenstein darüber, wie ungeschickt sie sich beim Arzt angestellt hatte. Marie versicherte ihr, dass es so schlimm gar nicht gewesen sei. Nur sehr amüsant.

Bald schon sah die gnä' Frau von Weitem das Schild von der Fassade wegstehen:

O. P. Kino
Espresso

Frau Ehrenstein war stolz darauf, die meisten Kinos der Stadt zu kennen. Nicht wenige hatten, seit das Fernsehen seinen Siegeszug feierte, zusperren müssen, aber es waren immer noch sehr viele. Das Ohne-Pause-Kino gefiel ihr, weil es, wie der Name schon sagte, alle Filme ohne Unterbrechung zeigte, und sie freute sich zu lesen, dass die nächste Vorstellung bald anfing. Noch dazu war es *Der Chef* mit Alain Delon! Eineinhalb aufregende Stunden waren ihnen garantiert. Sie kauften die Karten und stellten sich zur Pestsäule, damit die gnä' Frau noch eine Zigarette rauchen konnte.

»Er war also am Tatort, unser Herr Doktor.«

»Falls ma von an Tatort red'n kann. Wann's ka Mord war, mein ich.«

»Schon recht. Wie er mich so malträtiert hat, haben Sie ihn da beobachten können? Wie hat er reagiert, als ich vom Grafen geredet habe?«

Marie dachte für einen Moment nach und lehnte sich dabei an die steinerne Balustrade.

»Er hat … irritiert g'wirkt. I glaub, des Wort tatat pass'n. Oba net ertappt oder ärgerlich, wann'S des meinen.«

»Ich fand's interessant, dass er den Toten als schwierigen Patienten beschrieben hat.«

»Die meisten Oiden, die i kenn, san oba a zach, wenn's versteh'n, was ich mein. Er hat jedenfalls a g'sagt, dass nix Ung'wöhnliches am Tod vom Grafen war.«

Frau Ehrenstein spielte nachdenklich mit ihrer Perlenkette und blickte die Pestsäule empor. Vor Hunderten von Jahren nach der überstandenen Pestepidemie erbaut, war sie mit ihren über zwanzig Metern ein Blickfang in der

Wiener Innenstadt. Auf ihr tummelten sich Engel und ein Kaiser, es gab Wappen, Inschriften, Kreuze, Kronen und sogar Musikinstrumente. Um von der schieren Menge an prachtvollen Details nicht überfordert zu werden, half es nur, sich auf einen Abschnitt zu konzentrieren und sich vom Rest nicht ablenken zu lassen.

»Es würde ihn auch denkbar schlecht aussehen lassen, wenn doch was auffällig gewesen wäre, glauben Sie nicht? Er war immerhin derjenige, der den Tod festgestellt und offensichtlich auch kein Fremdverschulden attestiert hat. Sonst wäre ja eine weitere Untersuchung anberaumt worden.«

»Oiso wenn ma jetzt draufkommen würd, dass der Graf hamdraht worden is …«

»Ließe das die Fahrlässigkeit des Arztes vermuten. Und für jemanden, dem so wichtig ist, wie er in der Öffentlichkeit ankommt … Denken'S nur an all die Fotos mit den Prominenten.«

»Da würd er deppat aus der Wäsch schau'n, stimmt scho. Ah, der Film fangt an, geh ma rein! Sie ham den oba scho g'sehn, net woahr, gnä' Frau?«

»Ja, aber erstens war er gut, und zweitens kann ich dann noch besser nachdenken. Schnell, ich mag nicht zu viel von der Wochenschau verpassen!«

Als sie das Kino verließen, war es bereits dunkel, doch es war Sommer, und so war in der Innenstadt immer noch einiges los. Die Leute spazierten lachend den Graben entlang, waren auf dem Weg zum nächsten Restaurant oder ebenfalls ins Kino. Der Feierabendverkehr war vorüber, und so konnten die Jugendlichen ungestört mit ihren Vespas über den Stock-im-Eisen-Platz in Richtung Kärntnerstraße brettern.

Mit weit aufgerissenen Augen schnatterte Marie über Szenen aus *Der Chef*, die sie besonders schockiert oder begeistert hatten. Vor allem von der »ätherischen Schönheit Catherine Deneuves« war sie hingerissen. So aufgekratzt war sie meistens, wenn sie sich gemeinsam einen Film angesehen hatten, insbesondere bei Krimis, die sie immer ein wenig gruselten. Es machte Frau Ehrenstein Freude, ihrer Gefährtin dann zuzuhören und sie zu beobachten: wie sich ihre Wörter überschlugen und ihre Augen leuchteten.

Während sie Marie wieder die Rotenturmstraße hinunterlotste, wartete sie auf einen geeigneten Moment, um ihre Pläne mit ihr zu teilen. Nur redete Marie wie ein Wasserfall, und die gnä' Frau brachte es nicht übers Herz, sie zu unterbrechen und ihre gute Laune zu stören.

Sie passierten die Kammerspiele, und Frau Ehrensteins Schritte wurden langsamer. Schließlich blieb sie an der Ecke zur Griechengasse stehen. Marie plapperte noch einige Momente weiter, ehe sie stirnrunzelnd verstummte.

»Ois gut? Wollen'S no was essen?«

Frau Ehrenstein hatte sich im Kino eine Packung Sportgummi gegönnt, aber der salzige Fettgeruch von den Würstelständen am Schwedenplatz ließ ihr das Wasser im Mund zusammenlaufen. Später. Jetzt musste sie sich auf etwas anderes konzentrieren.

»Nein, es geht um was anderes. Ich fürcht nur, es wird Ihnen nicht sehr gefallen. Ich hab mir jetzt den ganzen Film über den Kopf darüber zerbrochen, aber ich fürchte, es wird nicht anders gehen. Die Ordination hat vor circa einer Stunde geschlossen. Wir müssen … Marie, erinnern'S sich noch, wie wir den Spind im Hobbyfotografenverein geöffnet haben?«

Als die beiden Beweise gegen den Würger von Hietzing sammeln wollten, hatten sie seinen Spind aufgebrochen. Das Dienstmädchen hatte das mit zwei Haarnadeln bewerkstelligen können. Das hatte sie von einem alten Freund gelernt, der sich in halbseidenen Kreisen bewegte.

Man konnte Maries Mienenspiel förmlich ansehen, wie ihr langsam klar wurde, worum ihre Chefin sie bat. Sie war die Besonnene von den beiden und neigte dazu, die gnä' Frau von allzu halsbrecherischen Unternehmungen abzuhalten. Jedenfalls versuchte sie es tapfer. Frau Ehrenstein war nun mal ungeheuer stur.

»Gnä' Frau, wie stellen'S Ihnen das vor? Wir knack'n des Schloss, durchsuch'n die Patientenakten in der Ordination und find'n Beweise für den Mord? Oder eben dagegen?«

»Ja … ja, so in etwa hätt ich's mir vorgestellt.«

Es verging eine Minute. Touristen drängten an ihnen vorbei, in den unterschiedlichsten Sprachen schnatternd, und Marie richtete den konzentrierten Blick auf das Trottoir vor ihr.

»Guat«, sagte sie schließlich.

Frau Ehrenstein wollte ein »Wirklich?« oder ein »Sind Sie sicher?« entgegnen, besann sich dann aber eines Besseren und zog ihr Dienstmädchen in die menschenleere Griechengasse zum Eingang des Hauses, in dem sich die Arztpraxis befand.

»Ich hab ein paar Haarnadeln in meiner Frisur«, flüsterte Frau Ehrenstein.

»Des wär ma hier no net brauch'n.«

Marie drückte die schwere eiserne Klinke, und die Tür ließ sich problemlos öffnen.

»Bei so oiden Häusern muss bei'd Nacht der Hausmeister zusperren, die Eingangstüren schließ'n da no net automatisch. Normalerweise passiert das so uma zehne umadum. Hier im Ersten vielleicht no später. Oiso a bissl a Zeit wer ma habn, nur net sehr vü. Ham'S draußen g'schaut, ob no Licht beim Arzt brennt?«

»Nein, ich mein, ja. Ich hab geschaut, aber es ist dunkel da oben!«

Die beiden schlichen auf Zehenspitzen die zwei Stockwerke nach oben bis zur Tür der Ordination. In diesem Gebäude gab es erst weiter oben Wohnungen, unten waren nur Büros, die mittlerweile geschlossen waren.

Marie ging vor der Tür in die Knie und stocherte mit den von der Dame gereichten Haarnadeln in dem großen Schloss herum. Doch es ließ sich nicht öffnen.

»Ham'S Ihr Nageletui mit?«

Nachdem Frau Ehrenstein bei einem Frühstück mit ihren Freundinnen im Parkhotel einmal ein Nagel abgebrochen war, nahm sie ihr schickes Lederetui mit allen notwendigen Utensilien für die Nagelpflege fast überallhin mit. Sie gab es ihrer Gefährtin, und die zog die breite Pinzette heraus.

»I sag's glei, die werdn'S wahrscheinlich nimma verwenden können.«

»Macht nichts, beeilen Sie sich nur. Wenn wer runterkommt, sind wir geliefert!«

Marie murmelte etwas wie: »Mir erzählen'S das?«

Doch nach ein paarmal Schnaufen und Drücken sprang die Tür tatsächlich auf. Die beiden schlüpften in die Ordination, schlossen die Tür hinter sich und atmeten auf.

17

Hypochonder und
Exhibitionisten

Frau Ehrenstein wollte etwas sagen, doch Marie bedeutete ihr mit einem Fingerzeig zu schweigen. Sie lauschten. Auf dem Fischgrätparkett hätte man jede Bewegung hören können. Doch bis auf die Geräusche von der Straße war alles still. Die Räume lagen dunkel vor ihnen, doch dank der Straßenbeleuchtung konnten sie genug sehen, um sich grob zu orientieren. Der Tisch des Empfangsfräuleins stand vor ihnen, links war die Tür zum Wartezimmer, rechts das Untersuchungszimmer des Arztes.

Sie setzten sich vorsichtig in Bewegung. Jedes noch so kleine Knarzen des Bodens ließ sie ängstlich zusammenzucken. Sie schlichen in den Behandlungsraum und blieben auf dem türkisen Teppich unschlüssig stehen.

»So was wie a Taschenlampen wär jetzt hilfreich.«

»In Zukunft werde ich immer eine dabeihaben. Und ein Set mit Dietrichen.«

Marie kicherte, und Frau Ehrenstein zeigte zum Fenster.

»Wenn wir die Jalousien runterlassen und die Vorhänge zuziehen, sollte von der Straße aus nicht zu sehen sein, dass hier Licht brennt. Jedenfalls nicht auf den ersten Blick. Was meinen Sie?«

Das Dienstmädchen verdunkelte das Fenster, und Frau Ehrenstein drückte den Lichtschalter. Hier gab es einen ähnlichen Luster an der Decke wie im Wartezimmer, nur etwas kleiner. Die Drähte in den Glühbirnen glühten für einen Moment, ehe sie hell erleuchteten.

»Übrigens, Sie haben Ihre Schlossknackerkünste erheblich verfeinert. Ich bin beeindruckt!«

Marie machte einen übertriebenen Knicks. »Dank'schön, gnä' Frau!«

Es war mehr als Scherz gemeint und brachte Frau Ehrenstein zum Lachen, da sie vor einigen Monaten ihrer Dienerschaft mitgeteilt hatte, dass der Knicks vor der Herrin des Hauses von nun an nicht mehr nötig sei.

»I würd da anfangen.« Marie zeigte auf einen Aktenschrank hinter dem großen Schreibtisch.

»Ma, Handschuhe wären auch gut gewesen, nicht wahr? Ich sollte mir eine Liste machen …«

»Was ma ois für an Einbruch braucht? Gute Idee für die Zukunft, gnä' Frau. Oba so lang kaner merkt, dass ma ein'brochen san, wird a kaner Fingerabdrücke nehmen.«

»Und die Tür?«

»Is net beschädigt. Denen wird morgen nur auffallen, dass sie net versperrt is. Aber so was kann ma schnö vergessen!«

»Gut, das heißt, wir müssen alles so hinterlassen, wie's war, und dürfen keine Spuren hinterlassen!«

»So isses. Sollt er net da irgendwo sein?«

Sie gingen alle Kartonmappen durch, die unter dem Buchstaben *B* einsortiert waren, doch *Bárány* war nicht darunter. Frau Ehrenstein überlegte für einen Moment, dann erhellte sich ihr Gesicht, als es ihr einfiel.

»Sein bürgerlicher Name war ja gar nicht Bárány. Das ist der Name der Gräfin, den trug er nur in der Öffentlichkeit, um als Adeliger dazustehen. Erinnern Sie sich? Das ist im *Wiener Telegramm* gestanden. Warten'S, sein richtiger Name hat mit M angefangen. Oder mit N …?«

Sie wechselten zu dem Schubfach mit dem Buchstaben M, und Frau Ehrenstein rief schon bei der zweiten Akte: »Das ist er! Mader, genau! Friedrich Mader hat er geheißen!«

Aufgeregt zog sie die Mappe heraus und legte sie auf den Tisch. Die beiden Frauen beugten sich darüber und lasen die erste Seite. Dort standen Adresse, Telefonnummer und in Klammern der Name *Graf Bárány*.

Die nächste Seite war die Kopie des Totenscheins. Frau Ehrensteins Herz begann schneller zu klopfen, und sie überflog die Zeilen des Formulars, bis sie zu den interessanten Einträgen kam.

»*Zeitpunkt und Ort des Todes: 5. 6. 1972, 11:17 Uhr, Wien 1190*. Gut, das ist nichts Neues. *Todesursache: Herzversagen – natürlicher Tod.*«

Unter *Letzter behandelnder Arzt* wie auch unter *Feststellung des Todes* stand der Name des Arztes dieser Praxis. Auf den nächsten Blättern fanden sich Einträge, die laut Datum bereits zwei Jahre alt waren.

»*Halsschmerzen, Gelenkschmerzen, Schnupfen. Pastillen und Schmerzmittel verschrieben.* Das kann doch nicht alles sein! Sind die anderen Akten auch so dünn?«

Marie zog eine andere aufs Geratewohl heraus und blätterte sie durch. Es war auf den ersten Blick erkennbar, dass sie mehr Papiere enthielt als die Akte vom Grafen. Nachdem Marie sie wieder zurückgesteckt hatte, untersuchte sie noch ein paar andere, doch es war überall das Gleiche.

»Kann es sein, dass der Arzt was verschwinden hat lassen? Dass er nicht wollte, dass man ihm auf was draufkommt?«

»Sie meinen so was wie ein Kunstfehler? Oder dass er ihn selber hamdraht hat? Na, i waaß net. Vielleicht hat er die restliche Akte den Behörden geb'n müss'n. Oder dem Privatdetektiv vielleicht?«

»Wie auch immer. Es bringt uns hier nicht weiter.«

Die gnä' Frau lehnte sich mit dem Hintern an den Tisch, verschränkte die Arme und dachte konzentriert nach. Der Arzt hatte gesagt, dass der Graf seit ein paar Jahren sein Patient gewesen sei und sein Tod ihn nicht überrascht habe. Insofern war es unmöglich, dass aus den letzten zwei Jahre keine Einträge über die Gesundheit des Grafen existierten. Also fehlten hier Unterlagen. Hatte der Arzt etwas zu verbergen?

Frau Ehrenstein hätte sich zu gern eine Zigarette angezündet, um besser denken zu können, doch der Geruch wäre in dieser sterilen Umgebung sofort aufgefallen.

Marie schloss die Akte des Grafen, schob sie wieder in den Schrank und fuhr ein paarmal an den Rändern der Hefter entlang, damit auch ja nichts herausstand oder unordentlich wirkte. Die gnä' Frau betrachtete sie dabei einige Zeit, ehe sie fragte: »Haben Sie in den letzten Monaten geübt? Das Schlossknacken, meine ich.«

»Na ja …«

»Na, spucken'S es aus. Sie wissen, das bleibt unter uns.«

»I hob den Pendl g'fragt, ob er mir was zeig'n kann. Wie er aus'm Häfn raus'komman is.«

Pendl war ein Jugendfreund Maries, der ungerechtfertigterweise für den Würger von Hietzing gehalten worden war, ehe die beiden Frauen den wahren Täter überführen konnten. Dennoch war er kein Unschuldslamm. Als Autoknacker und Einbrecher hatte er schon eine gewisse Karriere hinter sich.

»Wieso?«

»Afoch so.«

»Geh, ich bitt Sie!«

»Oiso gut. Es war halt … Damals, wie i den Spind aufg'macht hab. I hab g'wusst, dass es g'fährlich war und, ja, eh auch dumm. Oba es war a irgendwie …«

»Aufregend?«

Marie seufzte und verdrehte die Augen, lächelte dabei aber sanft wie eine geduldige Mutter, die ihrem Kleinkind etwas erklären muss.

»Na, gnä' Frau. Es war das Richtige, verstehn'S? Es war g'fährlich, dumm und obendrein ein Verbrechen. Oba hätt i des net g'macht, wär a Mörder no da drauß'n, und der Pendl würd no sitzen. Oiso …«

»Also vielleicht muss man manchmal gegen die Regeln verstoßen, um das Richtige zu tun?«

Frau Ehrenstein kannte ihre Gefährtin mittlerweile gut genug, um zu wissen, was diese Erkenntnis für sie bedeutete. Marie war immer darauf erpicht, sich korrekt und den Regeln entsprechend zu verhalten. Da sie schon in jungen Jahren angefangen hatte zu arbeiten, um für ihre Mutter zu sorgen, hatte sie ein großes Verantwortungsgefühl verinnerlicht.

»Jo, vielleicht muss ma des. Außerdem hob i g'merkt, dass i a Talent dazu hob. Und a Talent zu verschwenden is a Sünd, des hat mei Papa immer g'sagt.«

»Also deswegen waren Sie ohne Widerworte einverstanden, hier einzubrechen? Und ich hab schon gedacht, dass der Film Sie so sehr inspiriert hat!«

»A bissl hat des scho dazu beigetragen, wissen'S, wie der Alain Delon … Was ham'S?«

Frau Ehrenstein hielt die Füllfeder des Arztes in Händen, als wäre es der Heilige Gral.

»Sein Notizbuch! Dort hat er reingeschrieben, wie er mich behandelt hat. Was wollen wir wetten, dass dadrin mehr über den Grafen steht?«

Der Schreibtisch hatte zu beiden Seiten Schubladen, die gnä' Frau durchsuchte die linke, Marie die rechte Seite. In der ersten fand die Dame nur Schreibutensilien und ein paar lose Blätter. Sie hörte, wie ihr Dienstmädchen nach Luft schnappte, und war sofort an ihrer Seite. In der untersten Schublade lagen mehrere Flaschen. Allem Anschein nach ungeöffnet.

»Das ist ein Single Malt Glendronach aus Glasgow! Mehrere Red Label! Und hier ein zwölfjähriger Knockando! Es ist ein Sakrileg, die einfach so in einer Lade herumkullern zu lassen!«

»Vermutlich san des Geschenke von den Patienten. Unser Arzt kriegt da eher an Gugelhupf von die Pensionistinnen, oba jeder, wie er will! Echauffieren'S Ihnen net so, gnä' Frau! I mach lieber wieder zu, bevor'S no an Herzkasper kriegen!«

Frau Ehrenstein durchsuchte die restlichen Laden und fand schließlich in einer der mittleren das ersehnte Notizbuch. Eifrig blätterten sie es durch und stießen tatsächlich rasch auf Einträge zum verstorbenen Grafen. Es waren mehrere eng beschriebene Seiten. Deutlich mehr Informationen als in der offiziellen Akte. Der erste Eintrag stammte von vor über zwei Jahren, der letzte vom Tag des Todes. Dort standen nur ein paar Wörter: *oberflächliche Leichenschau, kein Hinweis auf Fremdeinwirkung, natürliche Todesursache.* Die anderen Einträge waren ausführlicher und in ganzen Sätzen geschrieben. Beim Überfliegen wirkte es so, als wären es hauptsächlich die persönlichen Eindrücke des Arztes. Frau Ehrenstein schaute auf ihre Uhr. Es war 21:30 Uhr. Sollte der Hausmeister die Eingangstür tatsächlich um zehn verriegeln, blieb ihnen nicht mehr viel Zeit. Nicht genug jedenfalls, um alles in Ruhe durchzulesen. Die Seiten einfach herauszureißen war keine Option, sonst würde ihr Einbruch auffallen. Sie musste an die Spione in den Filmen denken, die höchstvertrauliche Dokumente immer fotografierten.

»Eine Kamera. Eine kleine handliche. Die kommt auch noch auf meine Liste!«

Marie schnaufte amüsiert und tippte auf die Handtasche der gnä' Frau.

»Sie ham doch Ihr Notizbuch mit? Schreiben'S des Wichtigste auf, und dann simma raus hier!«

Frau Ehrenstein fiel auf die Schnelle auch keine bessere Lösung ein. Vermutlich würden ihnen so wichtige Hinweise entgehen, aber ein bisschen wäre besser als nichts. Sie beschloss, die Einträge von hinten nach vorn durchzugehen und sich dabei Schlagworte aufzuschreiben.

30.5.1972: Zustand rapide verschlechtert, erhöhte Temperatur, EKG unauffällig. Eisendosis erhöht, Vitaminpräparate verschrieben. Wieder Ruhe verordnet. Die Sommerfrische in Baden war anscheinend kontraproduktiv, hat sich eventuell erneut mit Gastroenteritis angesteckt. Durchfall, Fieber, Krämpfe, Ohnmacht. Patient ist deutlich kraftloser als zuvor, liegt vermutlich an der starken Hitze. Tendenz zum Hypochonder.

10.5.1972: Patient hat wieder Gewicht zugelegt, ab und zu Ermüdungszustände, doch ansonsten kräftig, normaler Stuhl, schlage Sommerfrische am Land vor.

28.4.1972: Wieder Schwächeanfälle, Schwindel, eventuell Ängste aufgrund des Erdbebens?

16.3.1972: Durchfall, Fieber, Übelkeit – vermutlich grassierende Gastroenteritis.

3.1.1972: Sinusitis, Apetitlosigkeit, hat an Gewicht verloren – verlangt nach Aufmerksamkeit, wirkt verwirrt, eventuell Altersdemenz?

Frau Ehrenstein überflog rasch die anderen Einträge. Im Jahr 1972 war der Graf fast jeden Monat hier gewesen, das Jahr zuvor sporadischer, aber meistens mit ähnlichen Symptomen. Der Arzt hatte Fiebersenker, Vitamine und Schmerzmittel verordnet. Ebenso wie Bewegung und ausgewogene Ernährung.

Knapp eine Woche vor seinem Tod hatte der Arzt dem Grafen Hypochondrie unterstellt. Kein Wunder, dass er sich bedeckt halten wollte, was den Fall anging.

Das hinterließ ein mulmiges Gefühl bei der Dame. Was auch immer den alten Mann geplagt hatte, der Arzt hatte ihn nicht ernst genommen. Er hatte mit mäßigem Erfolg immer wieder dieselbe oberflächliche Therapie angeordnet. Die Beschwerden des Grafen hatte er als Ausdruck eines Verlangens nach Aufmerksamkeit interpretiert.

Was die gnä' Frau bisher über den Grafen gehört hatte, hatte sie nicht unbedingt mit Sympathie erfüllt, doch jetzt sah sie ihn als hilflosen alten Mann vor sich und empfand Mitleid mit ihm. Er war fünfundsiebzig gewesen. Viele waren da noch vital. Das war doch kein Alter, in dem der Körper einfach von alleine den Geist aufgab.

»Schaun'S amal da!«

Marie deutete auf eine Zeile, die im Herbst 1971 geschrieben worden war.

»*Patient verweigert erneut Blutabnahme. Werde es leid, zu fragen. Wenn er ernsthaft an Besserung interessiert wäre, würde er sich nicht sträuben.* Interessant. Wieso wollte der Graf nicht, dass sein Blut angeschaut wird?«

»Der Arzt dürft davon ausg'angen sein, dass es wegen der Hypochondrie is. Damit dem Grafen keiner draufkommt, dass er nur so tut. Wie auch immer, wir sollten uns jetzt z'sammpacken. Das schaut deppat aus, wenn ma dem Hausmeister in die Arme lauf'n! Was denn noch, gnä' Frau?«

»Ich möcht nur noch schnell schauen, was der über mich geschrieben hat. Wenn er einen Sterbenden schon Hypochonder nennt, dann … Dieser Flegel!«

»*Verspannungen, vermutlich psychosomatisch. Bei Bedarf Überweisung an Doktor Urber. Neigung zum Exhibitionismus?* Tut ma leid, wenn i lach, gnä' Frau. Finger weg! Ich mein's ernst! Wenn ma die Seit'n aussereiß'n, wird er gleich wiss'n, wer in der Nacht in seiner Praxis g'schnüffelt hat!«

Die Dame ließ von dem Notizbuch ab und akzeptierte auch zähneknirschend, dass Marie ihr verbot, als Wiedergutmachung einen Whisky mitzunehmen.

»Sie können'S sich's eh leisten, einen selber zu kauf'n!«

»Es geht ums Prinzip. Der weiß die guten Tropfen nicht zu schätzen!«

Dank Maries geschultem Auge gelang es ihnen, alles wieder in die ursprüngliche Ordnung zu bringen. So würde niemand merken, dass jemand nach Ordinationsschluss den Raum betreten hatte. Abschließend löschten sie noch das Licht und öffneten wieder die Vorhänge und Jalousien. In Frau Ehrensteins Ohren klang es schrecklich laut, als die Tür wieder ins Schloss fiel. Doch im Rest des Hauses regte sich nichts. Sie huschten die Treppen hinunter und waren erleichtert, als sich die Eingangstüre problemlos öffnen ließ. Vom Hausmeister keine Spur. Es war fünf vor zehn.

18

Trüffel auf Käsekrainer

Frau Ehrenstein bereitete das, was sie im Notizbuch des Arztes gelesen hatte, Bauchweh, auch wenn sie noch nicht genau sagen konnte, warum. Vielleicht weil die Einträge nahelegten, dass der Graf Bárány tatsächlich Opfer eines Verbrechens sein konnte. Sie hätte zu gerne seine Witwe noch einmal aufgesucht, um vorsichtig nachzubohren und herauszufinden, was sie von alledem hielt. Doch die Gräfin war für ein paar Wochen zu Freunden aufs Land gefahren, um sich von den Strapazen zu erholen. Sie hatte Frau Ehrenstein eine Karte geschickt, wieder auf dem gleichen dicken Papier wie damals, als sie sich für das Buch bedankt hatte. Nur war die Nachricht diesmal mit Schreibmaschine geschrieben, vermutlich mit der schönen altmodischen, die in der Bibliothek stand. Sie bedauere, die Einladung der gnä' Frau, sie bald in der Villa Ehrenstein zu besuchen, nicht annehmen zu können, doch hoffe auf ein Wiedersehen im Herbst.

Zu Beginn ihres Abenteuers hatte Frau Ehrenstein beweisen wollen, dass der Mord nicht mehr war als ein Hirngespinst des selbstgefälligen Otto Prenz. Doch je mehr sie herausfanden, desto stärker zweifelte sie daran. Die Freunde des Grafen glaubten an einen Mord. Der Arzt hatte seinen körperlichen Verfall nicht ernst genommen. Und dann war da noch die Großnichte Martha. Hatte sie tatsächlich eine Affäre mit dem alten Mann gehabt? Oder hatte er ihr vielleicht nachgestellt und sie bedrängt? Hatte er ihr den Geldhahn zudrehen wollen? Konnte es sein, dass sie ihm einige ihrer illegalen Substanzen eingeflößt hatte, um ihn loszuwerden?

Vielleicht lagen ihr diese Fragen auf dem Magen. Vielleicht war es aber auch das Hühnchen, das mit Ananasscheiben und Maraschino-Kirschen belegt war. Der Koch Zodl war ein Künstler, ein Meister seines Faches, doch wenn Oskars Eltern bei ihrem Besuch in der Ehrenstein'schen Villa auf ein Gericht bestanden, war auch er machtlos. Es lag nicht nur am eigentümlichen Belag des Vogels. Er war auch kaum gewürzt, weil Oskars Mutter meinte, zu viele Gewürze wären vulgär. Frau Ehrenstein dankte dem Herrgott, dass sie sich schon mittags den Bauch vollgeschlagen hatte. Außerdem waren ihre Schwiegereltern ohnehin der Meinung, dass feine Damen nur wie ein Spatz essen sollten.

Das Essen verlief großteils schweigend. In Frau Ehrensteins Elternhaus wurde am Esstisch fröhlich geplaudert, doch in Gegenwart von Oskars Eltern war Contenance das Maß aller Dinge. Man aß langsam und nicht zu viel, denn Völlerei war eine Sünde. Gesprochen wurde nur das Notwendigste. Wenn man etwa um noch etwas Wein bitten oder den Koch loben wollte.

An diesen Abenden kümmerte sich die Haushälterin Frau Berkovics um den reibungslosen Ablauf. Sie arbeitete schon seit dem Krieg in der Ehrenstein'schen Villa und war Oskars Eltern sehr zugetan. Mit militärischer Präzision sorgte sie dafür, dass es niemandem an etwas fehlte, und warf der gnä' Frau abschätzige Blicke zu.

Frau Ehrenstein musste an den Butler der Báránys denken. Mit seinen weißen Haaren und dem faltigen Gesicht, der perfekten Haltung und den feinen Umgangsformen. Was er wohl von der Gräfin hielt? Zweifelsohne waren die

Eskapaden des Hausherrn und das verschwenderische Leben der Großnichte nicht an ihm vorbeigegangen. Ebenso wenig wie die Anschuldigungen gegen die Hausherrin. Wenn jemand wusste, ob an den Gerüchten etwas dran sein konnte, dann war es wohl er. Frau Ehrenstein wusste nicht, wie lange er schon in dem Haus diente; hatte er sich eher der Gräfin oder dem Grafen verpflichtet gefühlt? War er der Familie womöglich so zugetan, dass er zu einem Mord bereit wäre, um ihre Ehre zu retten?

Marie hatte sich bereit erklärt, dem Beisl, in das die Bediensteten der Báránys nach Feierabend gingen, einen Besuch abzustatten. Sie würde versuchen, mehr über die Verhältnisse in der Villa Bárány in Erfahrung zu bringen. Außer der Familie kam nur die Dienerschaft dem Grafen nahe genug, um ihn zu ermorden. Vereinzelte Besucher des Kranken schienen nicht infrage zu kommen, denn man musste ja annehmen, dass der Graf über einen längeren Zeitraum vergiftet worden war. Außerdem hieß es doch: Der Mörder ist immer der Butler! Oder war es der Gärtner? Frau Ehrenstein kam da immer durcheinander.

»Verzeihung? Oh, selbstverständlich, hier hast du das Salz, Willi!«

Willi war der Einzige, der sich mit Begeisterung über das Essen hermachte. Man konnte dem Jungen einen Stein vor die Nase setzen – solange Ketchup darauf war, würde er ihn verspeisen. Frau Ehrenstein war froh darüber. Zu oft sah sie, wie haklich der Nachwuchs ihrer Freundinnen beim Essen war. Dass ihr Sohn nicht nur gut aß, sondern auch Freude daran hatte, war für sie eine Erleichterung. Trotzdem hielt sich Willi brav an die Etikette: Er schmatzte nicht und legte Gabel und Messer in der Zwanzig-nach-vier-Stellung auf den Teller, als er vor allen anderen fertig war. Frau Ehrenstein zwinkerte ihm zu, um ihm zu zeigen, dass er alles richtig gemacht hatte. Willi lächelte schief, blickte dann aber ernst zu seinem Vater.

Oskar vibrierte vor Nervosität, und sowohl sein Sohn als auch seine Frau konnten das spüren. Er war nie entspannt, wenn seine Eltern auf Besuch waren. Gelassenheit war grundsätzlich nicht die erste Eigenschaft, die Frau Ehrenstein mit ihrem Mann in Verbindung brachte, doch bei solchen Gelegenheiten verkrampfte er sich noch einen Deut mehr. Er verlor oft schon im Vorhinein die Nerven, wenn etwa die Gedecke nicht ganz sauber oder ein Kalkfleck auf einem Glas zu sehen war. Er wollte seinen Eltern alles recht machen. Das allerdings war ein Kampf gegen Windmühlen. Wie sehr er sich auch zerriss, die beiden blieben reserviert. Insbesondere sein Vater. Oskar hatte dessen Import-Export-Firma übernommen und führte sie erfolgreich, ließ sich aber immer noch von seinem Vater in die Geschäfte hineinreden. Der Deal mit den Amerikanern war dessen Idee gewesen, und natürlich legte er es Oskar zur Last, dass er geplatzt war. Auch wenn es genau genommen Frau Ehrensteins Schuld gewesen war. Und dass Oskar mit ihr verheiratet war, war – genau genommen – auch nicht seine Schuld, sondern die seiner Eltern, die ihn dazu gedrängt hatten, weil sie sein ewiges Junggesellendasein leid gewesen waren. Natürlich hätte Frau Ehrenstein diese Argumentation liebend gern laut vorgetragen wie Sherlock Holmes, wenn er am Ende eines Falles alle Fakten auf den Tisch brachte und seine Schlussfolgerung präsentierte. Doch das hätten Oskars Eltern nur als ungehöriges Verhalten angesehen, sie hätten die Nase gerümpft und ihren Sohn dafür büßen lassen. Nicht körperlich oder finanziell, sondern einfach, indem sie ihm das Gefühl gaben, minderwertig zu sein.

Frau Ehrenstein und ihr Mann waren so unterschiedlich,

wie man nur sein konnte. Während sie bei jeder Gelegenheit aus der Etikette auszubrechen versuchte, vermied er es tunlichst, aus der Reihe tanzen. Doch ihre Gegensätze hinderten die gnä' Frau nicht daran, Mitgefühl mit ihm zu haben. Sie hatte lange gebraucht, um das zu erkennen. Während des größten Teils ihrer Ehe war er ihr nur auf die Nerven gegangen mit seiner i-Tüpfel-Reiterei, und manchmal hatte sie sich einen Sport daraus gemacht, ihn absichtlich auf die Palme zu bringen. Doch die Zeiten waren vorbei, und so bemühte sie sich, nicht negativ aufzufallen, um Oskar keine zusätzlichen Schwierigkeiten zu bereiten.

Nachdem sie das Essen hinter sich gebracht hatten, wurde Willi ins Bett geschickt, und die Erwachsenen begaben sich ins Wohnzimmer, um noch einen Verdauungstrunk zu nehmen. Es gab wie immer Brandy. Während die Männer sich vor den Kamin in die gemütlichen Ohrensessel setzten, ließen sich die Frauen etwas abseits auf der Chaiselongue nieder. Der allgemeine Small Talk über Politik, gemeinsame Bekannte und das Wetter hatte schon vor dem Essen stattgefunden. Also ging Frau Ehrenstein davon aus, dass es jetzt um persönlichere Angelegenheiten gehen würde, und wappnete sich innerlich. Früher war bei solchen Zusammenkünften regelmäßig die Frage aufgekommen, ob man denn bald mit weiteren Enkeln rechnen könne, doch diese Hoffnung hatten Oskars Eltern erfreulicherweise aufgegeben, als Willi acht Jahre alt geworden war.

»Helene, ich habe gehört, dass du dich mit der Gräfin Bárány angefreundet hast?«

Oskars Mutter saß kerzengerade am Rand der Chaiselongue und musterte ihre Schwiegertochter vollkommen gleichgültig. Ihre Mimik und Stimme verrieten nie irgendwelche Formen von Emotionen oder gar Erregung.

Die gnä' Frau war auf der Hut. Natürlich galt es als

vorteilhaft, eine Adelige im Freundeskreis zu haben, allerdings war sich die Dame nicht im Klaren, ob ihre Schwiegereltern über diese spezielle Gräfin besonders erfreut sein würden.

»Sie war so freundlich, mich in ihre Villa einzuladen, und wir haben Tee getrunken.«

Das entsprach der Wahrheit und war erst mal nicht sonderlich verfänglich.

»Man sagt ja, ihr Geschlecht stammt von Ludwig II. ab.«

Frau Ehrenstein nahm an, dass das etwas Gutes war. Sie nickte also nur freundlich und nippte an ihrem Glas. Etwas Musik von Janis Joplin und ein guter Whisky wären jetzt wunderbar, aber sie würde warten müssen, bis sich die beiden Alten verabschiedet hatten und Oskar in sein Zimmer verschwunden war.

»Ist ihr Mann nicht vor Kurzem gestorben? Der hatte ja sein Vermögen mit Stahl gemacht, wenn ich mich nicht irre?«, sagte Oskars Vater, der über jeden in Wien Bescheid wusste, der mehr als hunderttausend Schilling besaß.

»Ja. Neues Geld.« Oskars Mutter rümpfte die Nase, als ob sie gerade verdorbenes Fleisch gerochen hätte.

Im Bauch der gnä' Frau kribbelte es, aber diesmal lag es nicht am Ananas-Hähnchen.

»Darüber weiß ich leider nichts. Wie neu war denn sein Geld?« Sie bemühte sich, nicht zu neugierig zu klingen.

»Er hat sein Vermögen im Krieg gemacht. Stahl, du verstehst. Das ist natürlich immer ein wenig … unschön. Aber was soll man machen? Die Villa soll ja wunderschön sein. Angeblich hat er sie einer Familie günstig abgekauft. Die mussten vor dem Krieg rasch das Land verlassen. Wie ich vernehme, ist seine Witwe Alleinerbin?«

»Ja, ich denke schon. Sie hatten keine Kinder.«

»Und wer übernimmt die Firma?«, fragte Oskars Vater.

Frau Ehrenstein begann zu verstehen, um was es hier ging. Sie hatte befürchtet, der Skandal um das *Wiener Telegramm* würde ihre Schwiegereltern vielleicht echauffieren. Aber das tangierte sie überhaupt nicht. Ihnen ging es immer nur um Geld und Stand. Das Interesse galt nicht ihr oder ihren Freizeitaktivitäten, sondern der Firma des Grafen und dem ganzen Geld dahinter. Sosehr die alten Ehrensteins auch die Nase über »neues Geld« rümpften – sie hatten keine Skrupel, es sich einzuverleiben.

»Wenn ich das korrekt gehört habe, der Protegé des Verstorbenen. Er heißt Eduard Klerger.«

»Ah ja, guter Mann, guter Mann! Hat einen Riecher für Geschäfte! Er hat's sicher kaum erwarten können, endlich das Ruder in die Hand zu nehmen. Soweit ich weiß, hat er noch nie etwas in den Sand gesetzt.«

Er sah Oskar unverblümt an. Vielleicht wäre es weniger grausam gewesen, wenn er wütend oder boshaft dabei ausgesehen hätte. Doch er wirkte eher interessiert, so als wollte er sehen, wie sein Sohn wohl auf so eine Aussage reagieren würde.

Oskar verzog keine Miene. Er saß im Ohrensessel zurückgelehnt, die Beine überkreuzt und das Brandyglas locker in der Handfläche. Es wirkte so einstudiert nonchalant, dass man meinen konnte, er wäre einer Reklame entsprungen.

»Leider hatte ich noch nicht das Vergnügen, seine Bekanntschaft zu machen. Scheint ein außergewöhnlicher Bursche zu sein«, sagte er.

»Vielleicht kann ja deine Frau da etwas arrangieren. Du könntest gewiss etwas von ihm lernen«, sagte sein Vater mit dem Hauch eines Lächelns.

»Wusstet ihr, dass Oskar gutes Geld mit Immobilien gemacht hat?«, platzte es aus der gnä' Frau heraus. Ihr

Mann hatte im vorigen Jahr damit begonnen, Häuser von Verstorbenen in guten Gegenden aufzukaufen. Weil er es vor ihr verheimlicht hatte, hatte Frau Ehrenstein ihn deswegen sogar eine Zeit lang für den Würger von Hietzing gehalten.

»Tatsächlich?«

»Nein, das wusste ich nicht.«

Ihre Überraschung war nicht zu überhören. Frau Ehrenstein verfluchte sich. Sie hatte sich verplappert.

»Immobilien?«

Sein Vater sprach das Wort aus, als würde er jemandem dabei zusehen, wie er Trüffel auf eine Käsekrainer rieb. Ihm war klar, dass es theoretisch möglich war, doch er begriff nicht, warum das jemand machen sollte.

Oskars Miene blieb weiterhin ungerührt, nur seine Finger trommelten auf das Leder der Sessellehne, ehe er antwortete.

»Es ist eher ein Zeitvertreib, wenn man so will. Ich habe eine Gelegenheit gesehen und ein paarmal zugeschlagen. Tatsächlich habe ich bisher damit guten Gewinn machen können.«

Die grausam amüsierte Miene seines Vaters war verschwunden, nur eine senkrechte Falte zwischen den Augen deutete darauf hin, dass er aufgewühlt war.

»Ich kann beim besten Willen nicht erkennen, wie solche *Immobiliengeschäfte* unserer Firma von Nutzen sein sollen.«

»Weil du verbohrt und phantasielos bist und die Geschäfte noch so führen würdest wie vor hundert Jahren! Außerdem ist es nicht mehr *eure* Firma, sondern die von Oskar!«

Das hätte Frau Ehrenstein am liebsten gebrüllt. Doch ihr war nur allzu bewusst, dass sie damit über die Stränge schlagen würde. Jegliche Zurschaustellung von Emotionen war ihren Schwiegereltern zuwider, und nach solch einem Ausbruch hätten sie sie wohl als hysterisch bezeichnet.

»Nun, wie gesagt, es war als Zeitvertreib …«

»Derlei Ablenkungen sind natürlich eine Erklärung für den Zustand unserer Firma.«

»Die Firma steht tatsächlich sehr gut da …«

»Sie könnte aber besser dastehen. Man darf sich nie zufriedengeben!«

»Wisst ihr«, warf die gnä' Frau ein, »Immobilien sind eine hervorragende Wertanlage. Man sagt sogar, heutzutage sicherer als Gold.«

Oskar und sein Vater verstummten und sahen überrascht zu ihr rüber.

Oskars Mutter schüttelte den Kopf und sagte fassungslos: »*Sicherer als Gold.* Also wirklich …«

»Vielleicht solltest du dich nicht in Dinge einmischen, mit denen du dich nicht auskennst, Helene«, sagte ihr Schwiegervater. »Lies lieber deine kleinen Bücher, das strengt dein hübsches Köpfchen nicht so an.«

Frau Ehrenstein hätte ihm jetzt am liebsten wie José Ferrer in der Schlussszene von *Die Caine war ihr Schicksal* zuerst freundlich zugeprostet und dann aus dem Handgelenk den Brandy ins Gesicht geschüttet. Sie biss sich in die Innenseite ihrer Wange, um das Bedürfnis zu unterdrücken.

Sie sah Oskar an, doch der wich ihrem Blick aus. Sein Vater erzählte daraufhin im Plauderton, wie er in Oskars Alter die Gewinne der Firma verdoppelt hatte und dass Oskar einen so großen Deal wie den mit den Amerikanern nicht einmal erfolgreich abschließen könnte, wenn er ihm auf dem Silbertablett präsentiert wurde. Oskars

Mutter wechselte das Thema und berichtete von ihren Buchsbäumen, die dringend geschnitten werden mussten. Frau Ehrenstein antwortete nur einsilbig. Sie nahm sich vor, ihren sechzehnjährigen Glenfiddich später mit auf ihr Zimmer zu nehmen und ihr Packerl rote Gauloises aufzurauchen.

19

Der miachtelnde Graf

Frau Ehrenstein fuhr mit den Fingerspitzen über das edle dicke Papier. Sie spürte die Unebenheiten, erfasste einzelne dicke Fasern. Sie erkannte die Karten von der Witwe mittlerweile auf den ersten Blick und merkte, wie sie sich jedes Mal freute, wenn sie eine erhielt.

Der Sommer war unversehens an der gnä' Frau vorbeigerauscht. Sie hatte ihre Freundinnen bei Partys und zum Frühstück getroffen, hatte mit Willi den Zoo, das Naturhistorische Museum und das Marionettentheater besucht, war mit Oskar auf offiziellen Empfängen und für ein paar Tage auf Kur in Bad Hall gewesen.

Die Gräfin hatte sich gleich nach der Rückkehr aus ihrer Sommerfrische bei der gnä' Frau gemeldet und sie zum Nachmittagstee eingeladen. Sie wollte ihn in ihrem weitläufigen Garten zu sich nehmen, um noch die blühenden Sträucher zu genießen und das gute Wetter auszunutzen, wie sie schrieb. Frau Ehrenstein hatte rasch zugesagt. Und sie hatte es nicht nur getan, weil sie in der Zwischenzeit interessante Informationen gesammelt hatte und hoffte, der Gräfin die ein oder andere Frage stellen zu können, oder weil sie das Personal in Augenschein nehmen wollte. Sie mochte die alte Dame. Auch wenn sie zum Kreis der Verdächtigen gehörte, Frau Ehrenstein fühlte sich bei ihr wohl. Ihr Traditionsbewusstsein hatte nichts Verbohrtes, so wie bei Oskars Eltern. Es war vielmehr wie eine Erinnerung an verlorene Zeiten, fast eine Art Sehnsucht. Die

Gräfin war belesen und warmherzig, und ihr würde im Traum nicht einfallen, jemandem das Wort zu verbieten, nur weil dieser Jemand zufällig eine Frau war.

Doch aus dem Treffen wurde nichts. Ein Terroranschlag auf die Olympischen Spiele in München hielt am 5. September seit den Morgenstunden die ganze Welt in Atem. Eine Terrororganisation hatte die israelische Mannschaft als Geiseln genommen und drohte, alle zu ermorden, sollten ihre Forderungen nicht erfüllt werden. Überall klebten die Menschen wie gebannt an den Fernsehgeräten, um in Hochspannung mitzuerleben, wie sich die Situation entwickelte. Der Butler der Gräfin rief an, um der gnä' Frau mitzuteilen, dass unter derlei Umständen ein fröhliches Treffen äußerst unpassend wäre. Die Gräfin würde sich aber freuen, es alsbald nachzuholen. Seine Stimme klang belegt, so als wäre er sehr bewegt.

Doch das *alsbald* entpuppte sich als trügerisch. Der Kalender der Gräfin war voll, und dann brach Frau Ehrenstein mit Willi in einen lange geplanten Herbsturlaub nach Grado auf. Obwohl sie die freie Zeit mit ihrem Sohn und seinem Kindermädchen genoss, konnte sie ihre Gedanken nicht ganz von dem Fall lösen.

Falls der Graf ermordet worden war, war er vermutlich vergiftet worden. Sie wollte herausfinden, was in der Sommerfrische auf dem Land, kurz bevor sich sein Zustand so drastisch verschlechtert hatte, vorgefallen war. Wer war mit ihm dort gewesen? Hatte ihn jemand aus der Dienerschaft begleitet? Oder vielleicht sogar seine Großnichte, für ein Stelldichein? Wurde er wegen seiner Affären umgebracht? Oskars Eltern hatten erzählt, dass er mit seiner Stahlfirma während des Krieges reich geworden war. Also hatte er Geschäfte mit den Nazis gemacht. Seine herrschaftliche Villa hatte er günstig bekommen, weil die vorigen Bewohner rasch das Land verlassen mussten. Es lag nahe, dass er die Verzweiflung der Flüchtlinge ausgenutzt hatte. Konnte es sein, dass sich jemand dafür rächen wollte?

Als sie nach Hietzing zurückkehrte, teilte sie ihre Gedanken mit Marie.

»Gnä' Frau, net, dass es mi net a interessiern tätat. Oba wissen'S no, warum'S mit dem Ganzen ang'fangn hobn?«, fragte eines Abends Marie, als sie gemeinsam Whisky tranken. Willi und Oskar waren aus dem Haus, das Kindermädchen hatte frei, und die beiden Frauen hatten sich im Fernsehen *Sherlock Holmes und die Frau in Grün* angesehen. Frau Ehrenstein mochte es, wenn kluge Frauen den Meisterdetektiv ein wenig an der Nase herumführten. Doch letztendlich war doch wieder Moriarty aufgetaucht, und die Frau in Grün war zur Nebenfigur geworden, während Holmes und sein ewiger Widersacher ein Kräftemessen veranstalteten.

»Warum ich mit dem Ganzen angefangen habe? Nun ja, um der Witwe zu helfen selbstverständlich! Die fürchterlichen Artikel von Otto Prenz und der Privatdetektiv …«

»Und?«

Es war schon lange kein Artikel über die »Schwarze Witwe« mehr erschienen. Der Graf Bárány war seit Monaten verbrannt und unter der Erde, und die Wiener Gesellschaft hatte ihn vermutlich schon beinahe vergessen. Die Welt war schnelllebig. Frau Ehrenstein hatte sich bei ihrer Mutter erkundigt, die sich ihrerseits bei der Frau Kommerzialrat erkundigt hatte: Es wusste zwar niemand genau, ob dieser ominöse Privatdetektiv noch ermittelte, aber er schien der Familie keine weiteren Probleme zu machen. Warum also konnte sie die Geschichte nicht einfach auf sich beruhen lassen?

»Weil es ein ungelöstes Rätsel ist und ich Antworten haben will!«

Ein wissendes Lächeln breitete sich auf Maries Gesicht aus. Sie verzichtete aber darauf, die Dame darauf hinzuweisen, dass sie es ihr gleich gesagt hatte: dass Frau Ehrenstein einfach nicht dazu in der Lage war, auf Abenteuer zu verzichten. Nicht nach dem Erfolg, den sie bei der Jagd auf den Würger erfahren hatte.

»Gnä' Frau, wie wär's, wenn'S stattdessen dem Rätsel auf die Spur geh'n, wo die Nüsse hin verschwind'n? Es is nie vü, oba i glaub net, dass ma Mäuse in der Speiskammer hob'n.«

»Ich bitt Sie, Marie, das ist doch offensichtlich. Das ist das neue Dienstmädchen. Sie nascht zwischendurch davon, wenn sie glaubt, dass keiner schaut. Wenn man genau aufpasst, hört man die Nüsse sogar in ihrer Schürze herumkugeln. Außerdem hat sie die Brösel unter den Nägeln. Aber ich bitt Sie, sagen'S es nicht der Berkovics. Vielleicht kommt die alte Furie ja selber drauf, und wenn nicht … Das neue Dienstmädchen ist eh so dünn, die braucht's scheinbar. Aber erzählen'S, was gibt's vom Butler der Báránys zu erzählen?«

Marie hatte sich in den vergangenen Wochen noch ein paarmal mit der Dienerschaft der Gräfin in dem Beisl getroffen. Anfangs war es ihr noch um die Ermittlungen gegangen, wie sie der gnä' Frau versicherte, doch dann hatte sie sich mit einigen angefreundet und war dort einfach vorbeigegangen, wenn sie gerade Zeit hatte. Bisher hatte sich das Leben der jungen Frau hauptsächlich zwischen ihrem Zuhause im 10. Bezirk und der Ehrenstein'schen Villa abgespielt. Seitdem sie von ihrem Verlobten sitzen gelassen worden war und bei der darauffolgenden heimlichen Abtreibung beinahe gestorben wäre, hatte sie neue

Bekanntschaften vermieden. Frau Ehrenstein war froh, dass ihre Gefährtin sich immer mehr öffnete und auch andere Menschen wieder in ihr Leben ließ. Sie hoffte nur, dass ihre Freundschaft mit mutmaßlich Tatverdächtigen ihr Urteilsvermögen nicht beeinträchtigte.

Auch die Dienerschaft der umliegenden Villen war in dem Beisl anzutreffen, wie Marie schnell herausfand – sogar die von der säuerlichen Frau Kommerzialrat und ihrem alten Mann. Auch über diesen Haushalt gab es amüsante Geschichten zu erzählen, doch Frau Ehrenstein interessierte sich momentan mehr für die Báránys. Insbesondere für den Kuraufenthalt in Baden, von dem der Graf deutlich geschwächt zurückgekehrt war.

»Denen warat nix b'sonders an der Reise aufg'fallen. Der Oide war immer wieder auf so aner Kur, ham's g'sagt. Oba als er wieder da war, war er nur mehr ein Schatten, so schwach, dass er kaum no aus'm Bett kommen is.«

»Haben Sie sie auch nach dem Gepäck gefragt?«

In der Regel packte in so vornehmen Haushalten das Personal die Koffer für die Herrschaften.

»Ja, war eh lustig, i hab vorgeben, dass i mi dafür interessier, weil i des a immer mach'n muss. Jedenfalls hat des ane Dienstmadl g'sagt, beim Einpack'n war ois wie immer, nur beim Auspack'n hat sie sich g'wundert, weil ihr a paar Flaschen entgegeng'falln sind.«

»Alkohol, oder wie?«

»Eben net. Sie hat g'sagt, es war'n so kleine blaue Fläschchen, die wie für a Parfum ausg'schaut ham. Ohne Etikett. Oba vü g'holfn hat der Duft wohl net, weil g'miachtlt hat der Oide immer no. Sie hat's nur g'wundert, weil sie hat's ihm net einpackt g'habt.«

»Und haben die auch was zum Butler zu erzählen gehabt?«

»Ma, gnä' Frau, die meinen halt, dass er die Nas'n recht hoch trägt. Der is a nie dabei, im Beisl. Der geht nur in ›feine Restaurants‹, sagen's. Er is im Haus, seit die Gräfin da ist. Oba er war keinem der beiden Herrschaften besonders zugetan, wie's heißt. Der Chauffeur hat g'meint, dass er gern mal was piperlt, oiso was sauft bei der Hack'n, oba die andern ham des net bestätigt.«

In dem Moment klingelte das Telefon.

»Ah, warten'S, ich geh!«, sagte Marie.

»Nein! Sie sollten gar nicht mehr da sein! Ich geh ran!«

Frau Ehrenstein hielt in der Bewegung inne und lauschte angestrengt auf das Telefonläuten.

»Gnä' Frau, was is …«

»Sie ist es.«

»Ich bitt Sie, gnä' Frau, Sie können ma net einred'n, dass Sie des am Klingeln erkennen. Außerdem ruft sie sonst dienstags an. Und dann net erst um … neun am Abend.«

Frau Ehrenstein seufzte laut und überlegte noch ein paar Augenblicke, ob sie das Telefon ignorieren sollte, konnte es dann aber doch nicht mehr aushalten. Sie ging mit großen Schritten in die Eingangshalle, wo ein Apparat auf einem Holztischchen stand. So vorsichtig wie bei einer Bombenentschärfung hob sie den Hörer ab und hielt ihn sich ans Ohr.

»Hallo? … Ja, Mama, natürlich bin ich es!«

Die gnä' Frau warf ihrer Gefährtin, die in der Wohnzimmertür stand, einen Hab-ich's-nicht-gesagt-Blick zu.

»Nein, ich hab kein gebrochenes Bein. Ich war nur gerade in einem anderen Teil des Hauses. Nein, natürlich schwindel ich dich nicht an. Was … Mama, ist was passiert oder wolltest du nur meine Stimme hören? Oh! Oh, du meine Güte, wie fürchterlich!«

Frau Ehrenstein bedeutete Marie, näher zu kommen,

und diese stellte sich so nah an ihre Chefin, dass ihre Haare an deren Wange kitzelten. Das Dienstmädchen roch nach Whisky und ein wenig nach Zwiebeln. Die gnä' Frau hielt den Hörer so, dass beide lauschen konnten.

»Hach, Leni, es kam ganz überraschend, sag ich dir! Von einem Tag auf den anderen ging es ihm schlecht, und plötzlich ist er tot umgefallen. Die Frau Kommerzialrat hat einen Schreck bekommen, sag ich dir! Sie ist ganz außer sich, weil die Sanitäter so viel Dreck auf den Teppich geschleppt haben! Und jetzt muss sie so viel organisieren! Du weißt ja, wie viel Bürokratie so ein Tod verursacht! Hach, Leni, ich sag's dir! Nichts als Scherereien!«

Frau Ehrenstein war betroffen. Ihre Mutter erzählte jede zweite Woche von einem Todesfall in der Bekanntschaft. Da es ihr Hobby war, auf Beerdigungen zu gehen, war das nicht weiter ungewöhnlich. Doch den Herrn Kommerzialrat hatte die gnä' Frau erst im Sommer beim Heurigen gesehen. Sie hatte noch lebhaft vor Augen, wie er den Erdäpfelsalat in sich hineingeschaufelt und sich krächzend an die Bedienung herangemacht hatte. Er war ihr nicht als angenehmer Zeitgenosse in Erinnerung, dennoch fand sie es traurig, dass er so plötzlich aus dem Leben gerissen worden war. So plötzlich wie sein guter Freund, der Graf Bárány.

»Weißt du, was er gehabt hat, Mama? Ich meine, welche Symptome, bevor er plötzlich umgefallen ist?«

»No, schreckliche Krämpfe und Fieber hat er gehabt! In Ohnmacht is er gefallen! Was sagst, Anton? Ja, eh, Durchfall auch, aber so was sagt man doch nicht am Telefon!«

Frau Ehrenstein und Marie wechselten einen kurzen Blick. Die gleichen Symptome hatte der Arzt am Grafen festgestellt, kurz bevor er gestorben war. So hatte es in seinem Notizbuch gestanden.

»Mama, wie wär's, wenn wir die arme Frau Kommerzialrat zusammen besuchen würden? Gleich morgen? Vielleicht können wir ihr ja auch ein bissl bei der Bürokratie unter die Arme greifen, was meinst?«

20

Eine Leiche und ein Dackel

Die Colloredogasse lag nur zwei Straßen von der Villa der Gräfin Bárány entfernt. Das Haus des Ehepaars Kommerzialrat war aber nicht so eindrucksvoll, es gab weder einen Portier noch eine lange Auffahrt, außerdem war es sicher um ein Drittel kleiner. Dennoch war es hübsch anzusehen mit seinem zartroséfarbenen Anstrich, den verzierten Wandvorsprüngen über den hohen Fenstern und einem kleinen Balkon im ersten Stock. Die gnä' Frau hatte sich für ein schlichtes dunkelblaues Kleid im Stil der fünfziger Jahre entschieden, ein dünner Ledergürtel betonte ihre Taille. Die Trauerfarbe Schwarz sollte erst zur Beerdigung getragen werden. Für dieses Mal hätte die Dame dann auch Garderobe, in die sie hineinpasste.

Als sie läuteten, ertönte wütendes Dackelgebell, und Frau Ehrenstein war froh, dass sie diesmal geschlossene Schuhe trug. Sie wurden zur Frau Kommerzialrat ins Arbeitszimmer geführt. Die kleine Frau saß am Schreibtisch und schien unter einem Haufen Papiere zu verschwinden. Nur ihre gefärbten, toupierten Haare waren auf den ersten Blick zu sehen. Der Dackel trappelte mit seinen kurzen Beinchen auf die Eindringlinge zu, wurde aber von seinem Frauerl rechtzeitig zurückgerufen.

»Es ist unfassbar! Könnt ihr euch das vorstellen? Er hat nichts vorbereitet gehabt! Als ob er davon ausgegangen ist, ewig zu leben! Alles muss ich zusammensuchen!«

»Hach, du Arme, du Arme! Kann dir denn keiner helfen? Wo sind denn die Kinder?« Frau Ehrensteins Mutter umrundete den Papierberg und drückte der Frau Kommerzialrat Bussis auf jede Wange.

»Die müssen erst aus Berlin anreisen, stell dir vor! Frühestens am späten Nachmittag sind die da! Meiner Seel, was für ein Chaos!«

Die dunklen Nussholzregale und der braune Teppichboden ließen den Raum finster und wenig einladend erscheinen. Die Bücher waren Fachliteratur über Recht und Buchhaltung, ansonsten gab es viele Ordner, auf denen bloß Zahlen geschrieben standen. Über der Tür tickte eine große eckige Uhr an der Wand. Der einzige Gegenstand, der hier nicht als nützlich angesehen werden konnte, war ein Gemälde, das hinter dem Schreibtisch hing. Es war ein Mann in einer altertümlichen Uniform mit einem Säbel in der Hand, der entfernt Ähnlichkeit mit dem Herrn Kommerzialrat hatte.

»Mein Beileid, liebe Frau Kommerzialrat!«, sagte Frau Ehrenstein. »Ich bedaure aufrichtig Ihren Verlust! Vielleicht kann ich Ihnen ja ein wenig zur Hand gehen. Ich helfe meinem Mann oft mit dem Papierkram, er ist halt auch ein rechter Schussel!«

Das war natürlich eine haarsträubende Lüge. Es gab kaum einen pingeligeren Menschen als Oskar, und wenn es im Hause Ehrenstein jemanden gab, der Chaos verursachte, dann war das Frau Ehrenstein. Nie würde Oskar sie in die Nähe seiner Unterlagen lassen, viel zu sehr müsste er befürchten, dass sie etwas durcheinanderbrachte.

Doch das wusste die Frau Kommerzialrat natürlich nicht, und wenn Frau Ehrensteins Mutter es wusste, ließ sie es sich nicht anmerken. Die gnä' Frau brauchte einen Vorwand, um in den Unterlagen des Herrn Kommerzialrat herumzuwühlen.

»Helene, das ist wirklich freundlich von dir! Deine Mutter hat schon recht, du bist im Herzen eine Gute, auch wenn du dich manchmal aufführst wie eine … Na ja, red ma nicht drüber! Meine Güte, es ist eine Schande, euch so zu begrüßen! Ich sollte euch einen Kaffee im Wohnzimmer anbieten, und stattdessen versumpere ich hier in Dokumenten! Meiner Seel, was für eine Strapaze!«

»Hach, wir verstehen doch, dass das ungewöhnliche Umstände sind, du armes Ding, du!«

»Nein! Ungeachtet der Umstände muss ich meinen Pflichten als Hausherrin und Gastgeberin nachkommen. Nur weil er so ungeschickt gestorben ist, ohne sich vorzubereiten, darf ich doch nicht … Außerdem werd ich noch ganz damisch, wenn ich hier die ganze Zeit hock! Pepi, wir gehen! Frieda! Frie-daaa! Meine Gäste und ich nehmen einen Kaffee im … im Wintergarten! Genau! Die Aussicht wird unsere Stimmung heben!«

Die Frau Kommerzialrat stapfte energisch aus dem Zimmer, ihr Dackel ehrerbietig an ihren Waden. Frau Ehrenstein und ihre Mutter warfen sich einen fragenden Blick zu, denn sie waren ja gekommen, um die Trauernde zu unterstützen, folgten ihr aber sogleich.

Der Wintergarten war von der Vormittagssonne angenehm aufgeheizt. Stachelige Kastanien lagen zuhauf auf dem Rasen. Früher waren wahrscheinlich die Kinder des Ehepaars fröhlich durch den Garten gerannt und hatten sie eifrig aufgesammelt, sich lachend ihre kleinen Händchen an den langen Stacheln gestochen oder die weiche, glatte Kastanienhaut gestreichelt. Es war, als könnte die gnä' Frau das Lachen der Kinder noch hören. Doch jetzt waren sie erwachsen. Die Kastanien verrotteten auf der Wiese. Das Haus war leer und still.

Frau Ehrensteins Mutter lobte die korrekt gestutzten

Hecken, und die Frau Kommerzialrat ließ sich über die Unzuverlässigkeit des Gärtners aus. Sie teilte ihn sich mit der Gräfin Bárány, doch er verbrachte viel mehr Zeit auf deren Anwesen. Sie redete in einem Plauderton, so als hätte sie für einen Moment vergessen, was am Vortag geschehen war.

Frau Ehrenstein fiel an der Frau Kommerzialrat eine Veränderung auf. Zwar beschwerte sie sich wie gewohnt die meiste Zeit über alles Mögliche, doch ihr säuerlicher Gesichtsausdruck, der zuvor in ihrer Miene wie eingemeißelt gewesen war, war verschwunden. Auch hatte sie nicht wie sonst mit ihren kleinen Fäusten auf den Tisch gebumpert. Man konnte zwar nicht direkt sagen, dass sie fröhlich aussah, doch die Verbitterung war aus ihren Gesichtszügen gewichen. Auch die strenge, tiefe Falte zwischen ihren Augen war fort, was sie bedeutend jünger wirken ließ.

Aus einer silbernen Kanne wurde Kaffee ins Porzellan gegossen, dazu wurden Mohnbeugel mit glänzender brauner Oberfläche gereicht, an denen sich Frau Ehrenstein gleich bediente. Der Dackel schien sich an ihre Großzügigkeit mit dem Wachauer beim Heurigen zu erinnern und schob seinen Kopf zwischen ihre Beine, um zu betteln. Sie meinte, ein Zungenschnalzen von ihrer Mutter zu vernehmen, doch die Frau Kommerzialrat blickte milde auf die gnä' Frau.

»So gern g'essen hat er, der Johann! Jeden Tag ham's frische Mehlspeisen für ihn g'macht! Und jetzt ...«

Die Frau Kommerzialrat richtete den Blick träumerisch auf die Blätter, die draußen vom Wind hin- und hergewirbelt wurden. Die gnä' Frau legte das angebissene Kipferl schuldbewusst vor sich auf den Teller und bemühte sich, so schnell und unauffällig zu kauen wie möglich. Der Teig war knackig, die Mohnfüllung süß und seidig.

»Was genau ist denn eigentlich geschehen? Falls es Ihnen nichts ausmacht, darüber zu reden! Es ist nur, als ich Ihren werten Gatten das letzte Mal gesehen habe, wirkte er noch so fidel! Ist er vor Kurzem krank geworden?«

Die Frau Kommerzialrat betrachtete immer noch den Garten, als sie mit fester, doch etwas leiserer Stimme zu sprechen begann.

»Kerngesund war er! Da kann mir keiner was einreden! Aber mei … mir ist schon klar, dass er nimmer der Jüngste war. Er war sogar paar Jahre älter als mein Cousin, der Graf, Gott hab ihn selig. Jetzt sind's wieder beieinander, die beiden G'fraster. Als ob sie's nicht lange ohne einander ausgehalten hätten.«

»Hach, das ist schon ein wenig ein Trost, nicht wahr? Dass der Graf und der Johann jetzt zusammen auf einer Wolke hocken und ihren Schabernack dort oben treiben, nicht wahr, du Liebe?«

»Ja, da können's wieder gemeinsam jedem Rock nach-pfeifen!«

Die Frau Kommerzialrat lachte bitter, wirkte aber et-was gelöster, als sie Frau Ehrensteins Mutter dankbar anblickte. Diese tätschelte ihrer alten Freundin den Un-terarm, und Frau Ehrenstein fragte sich, was die beiden wohl verband. Sie wusste, dass sie sich schon seit Jahr-zehnten kannten, ihre Bekanntschaft aber erst seit etwa acht, neun Jahren inniger geworden war. Die gnä' Frau musste sich eingestehen, dass es ihr nie gefallen hatte, wie barsch und rechthaberisch die Frau Kommerzialrat mit ihrer Mutter umsprang. Dennoch hatte sie ihre Mutter noch nie ein schlechtes Wort über die Frau Kommer-zialrat äußern hören. Auch die Tatsache, dass die frisch-gebackene Witwe Frau Ehrensteins Mutter als eine der ersten Personen nach dieser Tragödie nicht nur angerufen, sondern auch empfangen hatte, sprach dafür, dass sie sich näherstanden.

»Was hat denn der Arzt gesagt?«, fragte Frau Ehrenstein sanft. »War es … zufällig derselbe wie der vom Grafen?«

»Um Himmels willen, nein! Den jungen Spund hätt der Johann nicht an sich herangelassen! Er hat immer gesagt, dass der Herr Medicus sich mehr für Fotografien mit seinen Patienten als für deren Leiden interessierte! Nein, ich hab unseren Hausarzt gerufen, wie … wie er nimmer aufgewacht ist, der Johann. Der hat seinen Tod bescheinigt. Hat Herzstillstand gesagt und noch ein paar lateinische Wörter, und … das war's dann.«

»Meine Mutter hat erwähnt, dass sich der Herr Kommerzialrat unwohl gefühlt hat. Dass ihm übel war und er … indisponiert war?«

»Ja, ja, das stimmt schon. Aber ich mein, so war er halt, der Johann. Das hat auch unser Hausarzt g'sagt. Er hat immer so viel essen müssen, nie genug hat er gekriegt, und dann ist ihm schlecht worden und schwindlig. Nicht immer. Aber es kam schon vor. Und gestern war's dann besonders schlimm. Überanstrengt hat er sich, in jeder Hinsicht, hat unser Hausarzt gesagt, wie er den Totenschein ausgestellt hat.«

»Was genau kann er denn damit gemeint haben?«

»Meiner Seel, die ganze Nacht ist er unterwegs gewes'n, der Johann. Wie so ein junger Hund. In den Morgenstunden hat ihn der Chauffeur ins Bett hieven müssen, weil er schon so b'soffn war und nimmer hat gehen können. Und als er dann im Laufe des Vormittags aufgewacht is, is es ihm halt schlecht gegangen. Erholt hat er sich nimmer. Er war halt kein junger Hund mehr.«

Die Frau Kommerzialrat kraulte den Kopf des Dackels, der unter dem Tisch mit dem Schwanz wedelte.

»Also wenn ich das richtig verstanden habe, hatte er mit Übelkeit, Durchfall und Schwindel zu kämpfen, kurz bevor er gestorben ist?«

»Hach, Leni, ich bitt dich! Wie ungustiös!«

»Mama, tut mir leid. Ich … ich will es halt nur verstehen, das Ganze!«

»Ja, ja, der Tod ist halt ein Mysterium, nicht wahr, Helene? Du warst immer schon ein eigenartiges Kind, aber das muss nichts Schlechtes sein. Du hast recht, das hat er alles gehabt, bevor er von uns gegangen ist. Richtig ergründen wird man das nie können, wie jemand von einem Moment auf den anderen plötzlich nicht mehr da ist. Und warum das so ist. Und was zurückbleibt, ist …«

»Leere?«, versuchte Frau Ehrenstein der Frau Kommerzialrat auf die Sprünge zu helfen.

»Frieden, wollt ich eigentlich sagen. Aber wie man's nimmt. Was sagst, Pepi? Magst ein bissl im Garten mit deinem Balli spielen? Magst du? Magst du? So ein feiner Pepi!«

Der Dackel japste und sprang an den Knien der Frau Kommerzialrat empor. Mit geschürzten Lippen drückte sie ihm mehrere Küsse auf die feuchte Schnauze. Frau Ehrenstein schlug vor, dass die beiden älteren Damen mit dem Hund im Garten frische Luft schnappten, während sie sich auf die Suche nach den nötigen Dokumenten im Arbeitszimmer machte. Die beiden willigten ohne Widerworte ein. Die gnä' Frau mutmaßte, dass sie froh waren, ein wenig unter sich sein zu können. Zur Stärkung nahm sie sich noch das Mohnbeugel mit.

21

Ein paar Nackerte
auf dem Thron

Die gnä' Frau setzte sich hinter dem Schreibtisch in einen massigen Holzsessel, der sie an einen Thron denken ließ. An Sitzfläche und Lehne waren Lederteile mit kupfernen Nieten fixiert, in die Beine und oberhalb des Kopfstückes geschwungene Muster geschnitzt. Es war ein Prachtstück, das zweifelsohne nur den Zweck hatte, das Gegenüber kleiner und unwürdiger wirken zu lassen.

Auf dem Tisch herrschte ein heilloses Durcheinander. Papiere lagen auf bunten Aktendeckeln, ein breiter Ordner war aufgeschlagen. Frau Ehrenstein warf einen Blick hinein, erkannte aber schnell, dass es sich um Geschäftsberichte aus den Jahren 68/69 handelte. Der Großteil der herumliegenden Zettel stammte aus diesem Ordner, und nachdem sie sich kurz orientiert hatte, fiel es der gnä' Frau nicht schwer, alles wieder in der richtigen Reihenfolge einzuordnen. Die Zahl am Rücken passte zu einer Lücke im Regal zwischen zwei anderen Ordnern. Die Frau Kommerzialrat musste diesen wahllos herausgezogen haben und nach Geburts- und Heiratsurkunde sowie den Versicherungsunterlagen gesucht haben. Entweder war sie von dem Schock vollkommen verwirrt gewesen oder tatsächlich nicht daran gewöhnt, logisch zu denken.

Die gnä' Frau ging die Regale entlang, doch all diese Ordner hatten ausschließlich mit dem Geschäft zu tun.

Neben der Tür entdeckte sie einen kleinen Kasten, in dem sie fand, wonach sie gesucht hatte. Der Kommerzialrat war vielleicht grindig und ein verfressener Ungustl, aber er schien besser organisiert gewesen zu sein, als seine Frau es behauptet hatte. Eine Mappe mit der Aufschrift *Familie* beinhaltete mehrere Dokumente. Sie schleppte alles zum Tisch und nahm die Papiere genauer unter die Lupe.

Die Geburtsurkunde roch streng und hatte einen Gelbstich. In altertümlicher Schrift – Kurrent oder Fraktur, die gnä' Frau konnte es nicht genau sagen – stand da, dass er 1895 in Brno geboren worden war. Danach gab es modernere Papiere, Meldezettel, Staatsbürgerschaftsnachweis und die Heiratsurkunde. Er hatte seine Frau 1937 geheiratet, er war also dreiundvierzig gewesen und sie um einiges jünger. Der Sohn war schon im Jahr 38 geboren worden, die Tochter erst nach dem Krieg im Jahr 46. Außerdem fand Frau Ehrenstein noch Versicherungspolicen und eine Kopie des Testaments. Darin wurde verfügt, dass das Vermögen zwischen seiner Frau und seinen Kindern aufgeteilt werden sollte.

Da sie die benötigten Unterlagen so schnell gefunden hatte, war jetzt noch genug Zeit, sich umzusehen. Doch wo beginnen? Sie setzte sich wieder in den hölzernen Thron. Die Enden der Lehnen waren zu einer Art runder Spirale zurechtgeschnitzt worden. Sie lagen angenehm und warm in den Handflächen. Frau Ehrenstein fuhr mit den Fingerspitzen die Kurven entlang und ließ den Blick durch das Zimmer schweifen.

Die persönlichen Dokumente waren weit entfernt von diesem Platz untergebracht worden, während alles Geschäftliche gut sichtbar in den umliegenden Regalen stand. Ihr fiel auf, dass es im Raum keine andere Sitzgelegenheit

gab. Wenn der Herr Kommerzialrat hier jemanden empfangen hatte, sei es ein Bekannter, ein Geschäftskontakt
oder gar seine Frau, hatte diese Person für die Dauer des
Gesprächs stehen müssen. Wie ein Bittsteller. Nein, einladend wirkte dieses dunkle Zimmer wirklich nicht, es war,
als hätte der Verstorbene dafür sorgen wollen, dass niemand länger blieb. Es war sein Reich gewesen, und alles,
was ihm wichtig war, hatte er sicherlich in unmittelbarer
Reichweite gehabt.

Frau Ehrenstein sah sich den Schreibtisch genauer an. Er
war wertvoll und alt. Auf beiden Seiten waren Schubladen,
doch eine – die unterste auf der rechten Seite – hatte ein
Schloss. Die Dame zog die Laden darüber auf. Sie fand
Füllfederhalter und Tintenfässer, ein Telefonbüchlein und
einen Kalender. Sie blätterte zum Tag vor seinem Tod,
doch da stand nur *20 Uhr: Club*. Auch die anderen Einträge waren nur einzelne Wörter oder Namen, die der gnä'
Frau nichts sagten. Sie legte den Kalender zurück und betrachtete die versperrte Lade.

Die gnä' Frau zog daran, doch natürlich ließ sie sich
nicht öffnen. Sie durchsuchte auf die Schnelle die anderen Schubladen, doch der Schlüssel war nicht zu finden.
Vermutlich hatte er ihn bei sich getragen oder ein anderes
sicheres Versteck dafür erkoren. Es war unmöglich, ihn zu
entdecken, vor allem in der kurzen Zeit, die ihr noch blieb.

Sie schob das Kleid hoch, um sich vor den Schreibtisch
knien zu können, und beäugte das Schloss mit fachkundi-
gem Auge. Nach ihrem spontanen Einbruch in der Arztpraxis hatte sich Frau Ehrenstein ein Dietrichset in einem
schicken Lederetui zugelegt. Sie war mit dem Umgang
noch nicht vertraut, aber Marie hatte ihr ein paar Handgriffe gezeigt. Es ging hauptsächlich um die Technik:
Wenn sich die Mechanik im Schloss langsam zu bewegen

begann, musste man mit viel Gefühl zugleich vorsichtig und beherzt den Dietrich weiterschieben.

Der Teppich war weich, doch aus der Nähe roch er muffig, sogar ein wenig schimmlig. An ihren Schläfen bildeten sich Schweißperlen. Sie schob vor und zurück, drückte und ließ locker. Flüsternd fluchte sie vor sich hin. Für einen Moment dachte sie, vor der Türe etwas zu hören. Sie reckte den Kopf über den Schreibtisch und lauschte angestrengt. Doch die Türklinke bewegte sich nicht, und unter dem Türschlitz konnte sie auch keinen Schatten erkennen. Also weiter.

»Du verfluchtes, kleines Oasch… Oh!«

Das Schloss sprang auf, und Frau Ehrenstein musste sich auf die Zunge beißen, um nicht in Jubelgeschrei auszubrechen. Sie zog die Lade auf und hielt die Luft an.

Sie war sich nicht sicher, was sie erwartet hatte, aber Schmuddelheftchen mit nackten Frauen auf den Titelblättern waren sicher nicht ganz oben auf ihrer Liste gewesen. Sie sah, dass unter den Zeitungen noch anderes lag, doch bevor sie in die Lade griff, zog sie ihre Lederhandschuhe über, die sie glücklicherweise in ihrer Tasche verstaut hatte. Mit den Fingerspitzen nahm sie die Heftchen heraus und betrachtete die restlichen Gegenstände. Es waren ein paar Briefe, Kugelschreiber und Feuerzeuge – ebenfalls mit nackten Frauen darauf – und ein dicker Umschlag, der sofort ihre Aufmerksamkeit auf sich zog. Darauf stand in krakeliger Handschrift:

Für Johann von Deinem Freund Friedrich

Als sie den Umschlag hochhob, hörte sie etwas klirren. Als sie ihn öffnete, erkannte sie blaue Fläschchen, außerdem zwei Zettel. Sie zog den obersten heraus:

Meinem lieben guten Freund!

Du weißt, ich hätte dir auch etwas abgegeben, wenn ich die Wette gewonnen hätte. Viel Vergnügen damit! Aber …

»Leni, wie schau ma aus?«

Frau Ehrenstein schreckte hoch. Ihre Mutter war noch nicht direkt vor der Tür, aber nicht mehr weit entfernt. Für eine Zehntelsekunde überlegte sie, was sie tun sollte. Es fiel ihr keine andere Lösung ein, als den Umschlag in ihre Tasche zu stopfen und die Schublade wieder zuzudrücken. Auf den ersten Blick war nicht erkennbar, dass sie geöffnet worden war.

Die gnä' Frau richtete sich auf, strich über ihre Perlenkette und rief: »Schon fertig! Ich glaube, ich hab alles!«

Sie strich ihr Kleid glatt und erstarrte. Auf dem Teppich lagen immer noch die Schmuddelhefte. Aus dem Augenwinkel sah sie, wie die Türklinke gedrückt wurde. Sie riss die Schublade auf, warf die Nackerten hinein und knallte die Lade wieder zu – im selben Moment, in dem ihre Mutter die Türe öffnete.

Frau Ehrenstein lächelte strahlend und wies auf die Dokumente vor sich auf dem Tisch.

»Meiner Seel, Helene! Ich bin dir ja so dankbar! Wie du das so schnell geschafft hast, na, das hätt ich nie gedacht!«

»Hach, Leni, warum hast du denn Handschuhe an?«

Perplex blickte die Dame auf ihre Hände, als sähe sie sie zum ersten Mal.

»Ähm, das ist … Weißt du, mir ist kalt geworden.«

Frau Ehrensteins Mutter musterte sie skeptisch, doch die Frau Kommerzialrat ging nur beglückt die Papiere durch. Der Dackel hoppelte vergnügt ins Zimmer, hob das Bein und pinkelte an den Schreibtisch.

»Wart … wart ihr nicht grad mit ihm im Garten?« Frau Ehrenstein hob schnell ihre Tasche hoch, um sie vor dem Hund in Sicherheit zu bringen.

»Ja, ja, schon. Aber das muss ma schon verstehen, wisst ihr? Der Pepi hat nie in das Arbeitszimmer dürfen, und jetzt muss er es halt markieren. Wo er endlich reindarf. Der Brave. Ja, so ein Feiner ist der Pepi! So ein Feiner! Wer ist jetzt der Herr im Haus? Ja, wer? Gib deinem Frauli ein Bussi!«

22

Hietzing bei Nacht

Ein Bote des Nachlassverwalters holte kurz darauf die Dokumente ab, und die Frau Kommerzialrat bat Frau Ehrenstein und ihre Mutter, noch zum Essen zu bleiben. Als sie schließlich aufbrachen, wirkte die Witwe um einiges gefasster als noch vor drei Stunden. Dafür sehr erschöpft.

»Auf Wiedersehen, Frau Kommerzialrat. Vielen Dank, dass Sie uns so herrschaftlich bewirtet haben heute!« Die gnä' Frau drückte die Hand der alten Dame und lächelte.

»Du warst mir eine große Hilfe heute, Kind! Ich danke dir aufrichtig! Ich denke … ja, ja, es wird wohl so sein, dass ich mich in Zukunft selber um diese Sachen kümmern muss, nicht wahr? Jetzt, wo der Johannes nimmer ist.«

»Ich bin mir sicher, dass Sie der Aufgabe gewachsen sein werden, Frau Kommerzialrat!« Die gnä' Frau wünschte sich, dass sie recht hatte. So oft hatte sie schon erlebt, dass Frauen sich ihr Leben lang darauf verlassen hatten, dass sich der Mann um alles Bürokratische kümmerte, und dann vollkommen aufgeschmissen waren, wenn er starb. Die gnä' Frau war sich auch selbst nicht sicher, ob sie in der Lage wäre, sich um die Ehrenstein'schen Belange zu kümmern, wenn Oskar plötzlich weg wäre. Sie nahm sich vor, sich mehr mit solchen Dingen zu beschäftigen.

»Dürft ich Ihnen noch eine Frage stellen? Aus reinem Interesse. Wo war denn Ihr werter Mann in der Nacht, bevor er verstarb? War irgendetwas ungewöhnlich?«

Ihre Mutter schnalzte erneut mit der Zunge, und die

Frau Kommerzialrat sah sie einen Moment lang verständnislos an. »Gar nichts war *ungewöhnlich*. Er war wieder in dem Club, wo er immer hingegangen ist. Mit seinen Freunden, dem Pick und dem Stadler. Ja, der Eduard war auch wieder dabei!«

»Sie meinen Eduard Klerger?« Frau Ehrenstein wusste, dass der Protegé des Grafen sich um alles Geschäftliche kümmerte. Dass er mit den Freunden des Toten regelmäßig ausging, war ihr neu.

»Ja, ja, natürlich der. Der Chauffeur hat gesagt, dass alles wie immer war, als er ihn zu Hause abgeliefert hat. Alles wie immer.«

Frau Ehrenstein hatte gerade noch genug Zeit, um sich umzuziehen, denn heute ging sie mit Willi zu einer Kindertheatervorstellung. Sie aßen unterwegs zu Abend, und als sie schließlich nach Hause kamen, war es für Willi schon Zeit, ins Bett zu gehen, und Whiskystunde.

Ihr wäre der Sinn nach etwas Janis Joplin oder Joan Baez gestanden. Doch sie wollte endlich das Diebesgut in ihrer Tasche untersuchen, und das konnte sie nicht gut im Wohnzimmer machen, während Oskar noch im Nebenzimmer arbeitete. Auf dem Weg in ihr Zimmer traf sie ihn auf dem Gang.

»Oskar, wenn du amal Zeit hast, könntest du mir zeigen, wo die wichtigsten Dokumente sind?«

Ohne stehen zu bleiben oder von seinen Papieren aufzublicken, fragte er: »Welche Dokumente?«

»Deine Geburtsurkunde, unsere Heiratsurkunde, Lebensversicherungen, so was in der Art. Und ja, natürlich, alles, was mit dem Haus zu tun hat: Grundbucheintrag, Rechnungen.«

Erst jetzt hielt er inne. »Wozu?«

»No, ich muss mich ja zurechtfinden, wenn du einmal stirbst, findest du nicht? Stell dir vor, du kippst morgen um und ich weiß nicht, wo was ist.«

Er starrte sie für einige Sekunden entgeistert an, ehe er kopfschüttelnd in sein Arbeitszimmer verschwand.

Auf ihrem Zimmer goss sie sich ein Glas Tullamore Dew ein, ehe sie den Inhalt des Kuverts vorsichtig auf ihr Bett schüttete. Es waren drei Fläschchen, die auf den ersten Blick leer waren, außerdem ein Brief und noch ein kleiner Zettel.

Den Brief hatte sie schon im Arbeitszimmer des Herrn Kommerzialrat begonnen zu lesen. Er war mit schwarzer Tinte geschrieben, in einer abgehackten, aber sehr klaren Schrift.

Meinem lieben guten Freund!

Du weißt, ich hätte Dir auch etwas abgegeben, wenn ich die Wette nicht verloren hätte. Viel Vergnügen damit! Aber sei nicht zu gierig! Erstens weiß ich nicht, wann ich erneut eine Lieferung bekommen kann, zweitens musst Du mit der Dosierung aufpassen! Der Pick hat mir die Hälfte zurückgegeben, er sagt, bei ihm funktioniert's nicht. Bei mir hingegen funktioniert es prächtig, und das schon seit einem guten Jahr. Probier es aus und lass mich wissen, wie Du es findest. Tu mir nur einen Gefallen und verschwende es nicht auf Deinen Drachen!

In ewiger Freundschaft, Friedrich.

Der Brief war auf den 10. Oktober 1971 datiert. Das war ungefähr ein Jahr her. Laut den Unterlagen des Arztes hatte der Graf da bereits mit seiner immer wiederkehrenden mysteriösen Krankheit zu kämpfen.

Frau Ehrenstein drehte eines der Fläschchen in ihrer Hand. Es war aus wunderschönem azurblauem Glas und wurde von einem kleinen Korken verschlossen. Sie hatte eine Handvoll Parfums in einer ähnlichen Größe und schätzte, dass ungefähr hundertfünfzig Milliliter Flüssigkeit darin Platz hatten. Sie öffnete das Fläschchen und hielt es sich vorsichtig an die Nase, doch sie konnte keinen Geruch wahrnehmen.

Die gnä' Frau nahm nun den kleinen Zettel zur Hand. Das Papier war eierschalenfarben und etwas dicker als das des Briefes. Eine Nachricht war mit Schreibmaschine daraufgeschrieben, doch sie sah auf den ersten Blick, dass ein Teil fehlte. Sie begann mitten im Satz:

... unsere beste Reklame sein! Sie werden sehen, die Wirkung ist verblüffend! Empfehlen Sie uns weiter! Ihre gütige Bestellung erwartend – Adresse oben stehend. Zusendung rasch und diskret! Hochachtungsvoll, Aqua Tofana.

Frau Ehrenstein drehte den Zettel, doch auf der Rückseite stand nichts. Im Kuvert war auch nichts weiter zu finden. Sie ließ sich die Perlen ihrer Kette durch die Finger gleiten, befühlte ihre glatten runden Oberflächen. Es war zu eigenartig. In ihrem Hinterkopf bildete sich eine vage Idee, womit sie es hier zu tun haben könnte, doch sie war noch nicht greifbar.

Beherzt griff sie zu ihrem Whiskyglas und ging an einen ihrer Schränke. Sie schob ihre Pelze beiseite, um den Blick auf die mit Stoff ausgekleidete Rückwand freizugeben. Dort hatte sie mit Stecknadeln alle Hinweise befestigt, die sie bisher gesammelt hatte: Die Parte von dem Begräbnis des Grafen, ein paar Zeitungsartikel aus dem *Wiener*

Telegramm und aus der *Presse* sowie einige Karteikarten, auf die sie ihre Erlebnisse und Gedanken zu dem Fall geschrieben hatte. Später würde sie noch den Brief und den maschinengeschriebenen Zettel dazuhängen. Doch nun ging sie alle Indizien und Verdächtigen noch einmal durch. Die Gräfin, Martha Stelic, der Arzt, die Stahlfirma, die Affären und natürlich die Freunde vom Grafen, Pick und Stadler, die einen Privatdetektiv beauftragt hatten. Und schließlich der kürzlich verstorbene Herr Kommerzialrat.

Die gnä' Frau nahm einen kleinen Schluck, rollte den Whiskey in ihrem Mund und genoss das leichte Brennen und die süße Note, die den irischen Whiskeys zu eigen waren. Sie legte sich einen breiten Kaschmirschal um, ehe sie es sich auf dem Metallsessel auf ihrem Balkon gemütlich machte und eine Zigarette anzündete.

Es war bereits dunkel, die Tage wurden nun immer kürzer. Vom Tiergarten Schönbrunn hörte sie nun nicht mehr das Gekreische der Vögel, sondern nur noch gelegentliches Brummen der großen Säugetiere. Es war ihr nächtliches Konzert, das sie mittlerweile auswendig kannte. Das beschauliche Hietzing kam schon langsam zur Ruhe. Sowohl der Zoo als auch der Schönbrunner Schlosspark hatten längst geschlossen, ebenso wie die Boutiquen und Geschäfte. Eine Handvoll Restaurants und Cafés waren noch geöffnet, doch auch die nie länger als bis zehn.

Frau Ehrenstein juckte es in den Fingern. Sie wollte gerne Marie anrufen, ihr mitteilen, was an dem Tag alles geschehen war und welche Gedanken sie sich dazu machte. Doch es war der freie Tag ihrer Gefährtin. Sie hatte ein Recht auf ihr eigenes Leben, die gnä' Frau brachte es ohnehin schon gehörig durcheinander. Außerdem hatten Marie und ihre Mutter ein Vierteltelefon, das hieß, sie teilten sich einen Anschluss mit drei anderen Parteien. Da abends durchzukommen war keine einfache Sache. Zudem wäre Marie nicht allein und würde nicht frei sprechen können.

Die gnä' Frau tippte darauf, dass in den Fläschchen eine Art Aphrodisiakum war. Würde es sich um speziellen Alkohol, Vitamine oder vielleicht ein Aftershave handeln, hätte der Herr Kommerzialrat es nicht in einer verschlossenen Schublade unter Schmuddelheften verstecken müssen. Es war kein gewöhnliches Geschenk gewesen, sondern ein Wetteinsatz. In dem Brief hatte es geklungen, als wäre es ein exklusives kleines Geheimnis, das die alten Freunde teilten. Sie musste an die Erzählung des Dienstmädchens aus der Villa Bárány denken. Nachdem der Graf aus seiner Sommerfrische in Baden zurückgekehrt war, hatte es seinen Koffer ausgepackt und ein paar blaue Fläschchen gefunden. Hatten die Fläschchen etwas mit dem Tod der beiden Männer zu tun?

Die Symptome waren bei beiden Männern dieselben gewesen, doch keiner der Ärzte hatte sie für ungewöhnlich befunden. Trotzdem fand Frau Ehrenstein es verdächtig, dass die beiden Freunde im Abstand von wenigen Monaten so plötzlich gestorben waren. Miss Marple würde in diesen Momenten die Gemeinsamkeiten der beiden Mordopfer aufzählen und mögliche Motive beleuchten. Die Gräfin Bárány kannte selbstverständlich den Herrn Kommerzialrat, er war nicht nur der Freund des Grafen, sondern auch der Gatte von dessen Cousine. Doch anders als bei ihrem Mann, dessen Vermögen sie geerbt hatte, brachte ihr der Tod des Kommerzialrats keine finanziellen Vorteile.

Das lag bei der Frau Kommerzialrat anders. Als Ehefrau würde sie auf jeden Fall etwas erben, vielleicht auch als Cousine. Das ewig Säuerliche war von ihr abgefallen. Sie war mitgenommen, sogar bestürzt, das hatte Frau Ehren-

stein ihr auch abgekauft. Dennoch hatte die Witwe gelöster, entspannter gewirkt. Beim Heurigen hatte sie sich über
das anzügliche Verhalten ihres Mannes mokiert. Und es
hatte nicht so gewirkt, als wäre es das erste Mal gewesen.

Was die gnä' Frau zu Martha Stelic führte. Der Großnichte mit den künstlerischen Ambitionen wurde eine
Affäre mit dem Grafen nachgesagt, und der Herr Kommerzialrat hatte sie – was war es …? Attraktiv? Hübsch?
Nein, *schoaf* hatte er sie genannt. Es würde die gnä' Frau
nicht wundern, wenn er der jungen Frau gegenüber ebenfalls zweideutige Zoten fallen gelassen hätte. Vielleicht war
sogar mehr vorgefallen. Vielleicht hatte es Martha einfach
gereicht, ständig von den alten Männern angegraben zu
werden, und sie wollte sich ihrer elegant entledigen. Und
dabei bequemerweise auch die Gefahr bannen, ihre finanziellen Zuschüsse zu verlieren.

Womit sie bei Eduard Klerger war. Nachdem er die letzten Jahre lediglich die rechte Hand des Grafen gewesen
war, konnte er jetzt endlich die Firma übernehmen. Wenn
er der Gräfin Bárány tatsächlich zugetan war – es musste
ja nicht einmal eine körperliche Beziehung sein –, war er
womöglich auch nicht glücklich über die Casanova-Aben-
teuer des Grafen. Außerdem war er am Abend vor dessen
Ableben mit dem Herrn Kommerzialrat zusammen gewesen.

Die letzte Verbindung, die Frau Ehrenstein zwischen
den beiden Toten einfiel, war die Dienerschaft. Die Angestellten aus den Haushalten des Grafen und des Kommer-
zialrates kannten sich aus dem Beisl. Außerdem arbeitete
der Gärtner für beide Dienstgeber. Wie hieß es nun? Der
Mörder war immer der Gärtner oder der Butler? Genau,
den aufgeblasenen Butler, der seit zwanzig Jahren bei den
Báránys war, gab es auch noch. Er hatte einen Hang zu

kostspieligen Restaurants und trank angeblich ganz gerne auch während der Arbeitszeit.

Marie würde jetzt wahrscheinlich lachen und ihrer Dienstgeberin vorhalten, zu viele Kriminalfilme gesehen zu haben. Überall Morde und Motive und Verdächtige zu erahnen, obwohl es immer noch fraglich war, dass überhaupt ein Verbrechen begangen worden war … Die junge Frau war oft die Stimme der Vernunft, während die gnä' Frau eher auf ihr Bauchgefühl hörte.

Etwas Asche wurde von dem leichten Herbstwind aus dem Aschenbecher geblasen, als Frau Ehrenstein ihre Zigarette ausdrückte. Sie zog die Haarnadeln und -klammern aus ihrer Frisur und ließ ihre Haare auf ihre Schulter fallen. Der Herbst würde noch ein paar goldene und warme Tage parat haben, bis sich der Winter wieder meldete. Dann würde es hier draußen etwas unangenehmer werden. Doch die Kälte störte Frau Ehrenstein nicht sehr. Die frische Luft, egal wie frostig oder windig, verband sie seit jeher mit Freiheit. Mit einer heimlichen Zigarette oder einem Spaziergang um die Gloriette, wo sie allein ihren Gedanken nachhängen konnte. Drinnen gab es das Zeremoniell und die Pflichten, hier draußen durfte sie durchatmen.

Sie wurde das Gefühl nicht los, etwas Offensichtliches zu übersehen. Doch der Tag war lang gewesen und hatte sie erschöpft. Heute würde sie das Rätsel nicht mehr lösen.

23

Zwischen Kunstwerken

Frau Ehrenstein zwinkerte Maria Theresia zu, während sie genüsslich an ihrer Zigarette zog. Die Landesfürstin saß auf ihrem Thron, fast zwanzig Meter über dem Boden, und war von bronzenen Reitern umringt. Als ob die Habsburgerin irgendeine Form von Schutz vor der Außenwelt bräuchte! Maria Theresia blickte wohlwollend auf die gnä' Frau herunter, ehe diese nach links abbog und damit dem Naturhistorischen Museum den Rücken zukehrte.

Sie hatte es nicht eilig. Um noch Zeit für eine Gauloise zu haben und ihre Gedanken zu sammeln, hatte sie sich vom Taxifahrer schon am Ring absetzen lassen und war gemütlich hierherspaziert. Die Sonne schien heute unentschieden zu sein, ob sie sich zeigen sollte oder nicht. Im Viertelstundentakt versteckte sie sich hinter den Wolken und ließ damit die Temperatur gleich um ein paar Grade purzeln. Frau Ehrenstein trug ein petrolfarbenes hochgeschlossenes Kostüm und einen leichten Trenchcoat, also störten sie die Launen des Wetters wenig.

Sie hatte bei der Gräfin Bárány angerufen, um zu kondolieren. Immerhin war der Kommerzialrat ein Freund der Familie gewesen und entfernt verwandt, wenn auch angeheiratet. Danach hatten sie ein wenig geplaudert, über das Befinden der Frau Kommerzialrat, ihre jeweiligen Reisen in den letzten Wochen und über *Es muss nicht immer Kaviar sein*, das die Witwe endlich ausgelesen hatte.

Schließlich hatte die Gräfin Frau Ehrenstein kurzerhand zu einer Ausstellungseröffnung ins Kunsthistorische Museum eingeladen. Ein ungarischer Sammler stellte einige seiner Schätze zur Verfügung, und die Gräfin sollte der Ehrengast sein.

Die gnä' Frau strich gedankenverloren über einen der zu Halbkreisen zurechtgestutzten Sträucher am Wegesrand und ging auf das längliche Gebäude mit den abgerundeten Fenstern und der großen Kuppel zu. Sie freute sich auf das Treffen, doch gleichzeitig wusste sie auch, dass die Lösung des Rätsels in der direkten Umgebung der alten Adeligen zu finden war. Also war sie auf der Hut.

Ihre Stiefeletten machten klackende Geräusche, als sie die Steinstufen hinaufschritt. Ein Mann zog seinen Hut und hielt ihr die hohe hölzerne Türe auf. Im Eingangsbereich war glücklicherweise nicht viel los. Wenn man sich an einem Wochenende oder in den Ferien, wenn die Stadt voller Touristen war, hierher verirrte und es vielleicht sogar noch regnete, waren die Enge und Lautstärke kaum auszuhalten. Willi liebte es immer, den dunklen Verschnörkelungen am Boden nachzulaufen oder sich herauszufordern, nur auf die weißen Stellen zu treten.

Frau Ehrenstein gab ihren Trenchcoat an der Garderobe ab und machte sich an den Aufstieg durch das Stiegenhaus. Sie ermahnte sich, nach vorne zu schauen, um mit ihren hohen Schuhen nicht ins Straucheln zu kommen, anstatt sich den Kopf zu verrenken bei dem Versuch die reichlich verzierten Wände und die Kuppeldecke zu bestaunen. Wenn sie in einem der alten Museen in Wien war, fühlte sie sich fast wie in einer Kirche: voller Ehrfurcht und kindlichem Staunen über die Schönheit und Meisterlichkeit der Architektur. Sie passierte den Halbstock und sah schon von Weitem die Menschentraube bei der ersten Etage in der Kuppelhalle. Es waren vielleicht zwanzig Menschen, die sich in Aufzug und Verhalten von gewöhnlichen Museumsbesuchern unterschieden. Hier musste der Empfang stattfinden. Zu ihrer Überraschung sah sie eine Figur zwischen den anderen herausragen.

»Frau Ehrenstein, wie schön, dass Sie es einrichten konnten!«

Das Lächeln in Eduard Klergers Miene wirkte aufrichtig, seine tiefe Stimme lenkte die Aufmerksamkeit einiger Umstehender auf die Dame. Sie hielt ihm ihre Hand hin, und er deutete mit einer Verbeugung einen Handkuss an.

»Herr Klerger, ich wusste gar nicht, dass Sie heute auch da sein würden!«

»Ach, wissen Sie, ich bin ein Freund der Künste!«

»Tatsächlich? Ich hätte Sie eher für einen Mann der Zahlen und Fakten gehalten!«

Als Klerger lachte, bildeten sich tiefe Falten um seine Augen und seinen Mund. Er schüttelte den Kopf, und in seinen Augen blitzte Vergnügen. Frau Ehrenstein konnte nicht umhin festzustellen, dass er ein attraktiver Mann war. Außerdem war er finanziell abgesichert und vermutlich erst Mitte vierzig. Dass nicht mindestens drei Frauen an seinem Arm hingen, war verwunderlich.

»Ja, das möchte man meinen, nicht wahr? Aber die Kultur war für mich immer schon ein Mittel der Entspannung. Das Museum, das Theater oder auch Konzerte genieße ich sehr! Ich versuche, immer Zeit dafür einzuplanen. Wussten Sie, dass es seit Kurzem im Café Museum nachmittags klassische Musik gibt? Ich finde es herrlich, nach der Arbeit bei einem Kaffee dem Klavierspiel zu lauschen. Aber abgesehen von alledem hat meine Firma ein wenig Geld beigesteuert, damit die Kunstwerke ihren Weg hierher zu uns finden.«

Der gnä' Frau entging nicht, dass Klerger mit größter Selbstverständlichkeit von *seiner* Firma redete. Die wenigen Monate seit dem Tod des Grafen hatten offenbar gereicht, um ihn in seiner Rolle als Chef zu festigen.

»Außerdem hat mich die Gräfin gebeten zu kommen. Ihr ist immer wichtig, jemand Vertrautes an ihrer Seite zu haben. Normalerweise ist das die Frau Kommerzialrat, nur momentan ist die leider ... na ja, indisponiert.«

Das war eine interessante Umschreibung für eine Frau, die gerade Witwe geworden war. Allerdings war es eine sehr wienerische. Der Tod gehörte nun mal dazu, und die Lebendigen mussten weitermachen. Es war kein Zufall, dass so viele Wienerlieder vom Tod handelten.

»Ja, meine Mutter und ich waren vor ein paar Tagen bei ihr und haben ihr beigestanden, so gut wir konnten. Eine schreckliche Tragödie! Und das so kurz nach dem Ableben seines Freundes, des Grafen!«

»Was für ein trauriger Zufall, Sie haben recht. 1972 ist wirklich ein erschütterndes Jahr, was da alles schon passiert ist!«

Auch Frau Ehrenstein wurde ganz schwummrig, wenn sie darüber nachdachte, was in den vergangenen Monaten alles geschehen war.

»Ach, was bin ich nur unsensibel! Ihnen muss ich ja ebenfalls mein Beileid ausdrücken! Wie ich gehört habe, waren Sie mit dem Herrn Kommerzialrat eng befreundet!«

»Äh, danke! Aber ich weiß nicht, ob ich es *eng* nennen würde ...«

»Aber Sie waren doch in der Nacht vor seinem – plötzlichen – Tod mit ihm zusammen, stimmt das nicht?«

Sein kordiales Lächeln erblasste. Er senkte den Blick und richtete seine Manschettenknöpfe. Ob das daran lag, dass er bestürzt über den Tod war, oder daran, dass er sich ertappt fühlte, wusste die gnä' Frau nicht. Das galt es herauszufinden.

»Nun … ja, das stimmt schon. Allerdings … war ich nicht der Einzige … müssen Sie wissen. Also was ich sagen will, es ist meistens eine ganze Gruppe von Freunden dabei.«

»Bei den Ausflügen in den Club, meinen Sie?«

»Ähm, also …«

»Ich freue mich sehr, dass Sie meiner Einladung gefolgt sind, mein Kind!«

Die Gräfin Bárány stellte sich an Eduard Klergers Seite, und Frau Ehrenstein machte einen Knicks.

»Vielen Dank, dass Sie dabei an mich gedacht haben, Gräfin! Ich freue mich immer über einen Vorwand, ins Kunsthistorische Museum gehen zu können!«

In diesem Moment wurden die Gäste in den Nebenraum gebeten. Um das Stiegenhaus herum waren große Säle mit Gemäldegalerien angeordnet, an die etwas kleinere Kabinette angrenzten. In einem davon gab es nun kurze Ansprachen von einem Kurator des Museums und einem Mann mit starkem ungarischem Akzent, der erklärte, dass die hier ausgestellten Artefakte von einem großzügigen Sammler aus Ungarn zur Verfügung gestellt worden waren. Frau Ehrenstein stand etwas hinter der Gräfin und Eduard Klerger. Er hatte seine Contenance wiedergefunden und hörte interessiert zu, während die Gräfin nickte, als ob sie ihr Einverständnis zu dem Vortrag geben wollte. Ihre Haltung mit durchgedrückter Wirbelsäule, erhobenem Kopf und festem Blick war majestätisch. Im Laufe der Rede schob sie ihre Hand in Eduard Klergers Armbeuge, und er tätschelte sie für einen Moment. Oder war es eher ein Streicheln?

Nach Ende der Reden wurde verhalten applaudiert und

Sekt gereicht. Die meisten Gäste verteilten sich im Raum bei den verschiedenen Kunstwerken, nur eine Handvoll scharte sich um die Gräfin. Die Frauen machten einen Knicks, die Männer verbeugten sich und gaben ihr einen Handkuss. Eduard Klerger klebte die ganze Zeit an ihrer Seite. Zuletzt wurde einer der Redner bei der Gräfin vorstellig. Er machte einen Kratzfuß, und die beiden begannen ein Gespräch auf Ungarisch. Frau Ehrenstein ging ein paar Schritte, achtete aber darauf, in der Nähe zu bleiben, um eine Gelegenheit abzupassen, noch ein paar Worte mit der Witwe zu wechseln. Sie betrachtete ein paar Helme mit goldenen Verzierungen und spitz zulaufender Oberseite in einer Vitrine.

»Gefallen Ihnen die Stücke?«

Die Gräfin sah freundlich zu Frau Ehrenstein herauf. Ihr Blick war herzlich, und die unnahbare Majestät, die sie noch vor ein paar Minuten gegeben hatte, war einer netten alten Dame gewichen.

»Ich finde sie wunderschön! Was für ein Glück, dass Ungarn sie uns Wienern überlassen hat!«

»Es war ein ungarischer Sammler, meine Liebe. Das ist ein Unterschied. Die *Regierung* in Ungarn würde das vermutlich nicht gutheißen.« Sie sprach das Wort »Regierung« aus, als wäre es ein Schimpfwort. Frau Ehrenstein fragte sich, ob es nur an der derzeitigen Regierung in Ungarn lag oder ob die Gräfin grundsätzlich alle Regierungsformen außer der Monarchie mit Naserümpfen betrachtete.

»Ist das auch ein Grund, warum sie gebeten wurden zu kommen? Sollte Kritik am ungarischen Staat deutlich gemacht werden, indem eine adelige Vertriebene eingeladen wurde?«, fragte die gnä' Frau stattdessen.

»Das haben Sie gut beobachtet, Kind! Die Veranstaltung hier ist dem kommunistischen Regime nicht wohlgesinnt.

Da man weiß, wie mit mir und meiner Familie umgesprungen worden ist, wurde ich freundlicherweise eingeladen. Ich habe den Herrn Nagy da drüben bei einer Messe unseres Erzbischofs kennengelernt. Der musste ja auch ins Exil, der Gute. Ach, Eduard, du verlässt uns schon?«

Klerger war in gebührendem Abstand stehen geblieben, um das Gespräch der beiden Frauen nicht zu unterbrechen, und trat nun näher.

»Ich fürchte, ja, liebe Adele, die Geschäfte erlauben mir nicht, dem Büro zu lange fernzubleiben. Aber es war eine faszinierende Veranstaltung. Vielen Dank, dass du mich mitgenommen hast. Frau Ehrenstein, es war mir eine Freude, Sie wiederzusehen!«

»Die Freude war ganz auf meiner Seite, Herr Klerger. Ich finde es nur schade, dass wir uns nicht länger unterhalten konnten! Es ist immer erfreulich, einen Freund der Künste zu treffen. Er hat mir von den Konzerten im Café Museum erzählt, müssen Sie wissen. Ich hatte ja keine Ahnung!«

Als Musik- und Kaffeehausliebhaberin hatte Frau Ehrenstein selbstverständlich davon gehört, doch sie spekulierte darauf, dass …

»Oh, Eduard, dann solltest du das der Frau Ehrenstein einmal zeigen! Du musst einfach! Das wäre ja auch eine schöne Gelegenheit, eure Unterhaltung weiterzuführen!«

In Klergers Augen flackerte etwas auf. War es Überraschung? Irritation? Der gnä' Frau fiel auf, dass er nicht sofort begeistert auf den Vorschlag der Gräfin einging, sondern ihr einen raschen Blick zuwarf und erst mit einem Moment Verzögerung zustimmte. Das spielte sich innerhalb einiger Sekunden ab und wäre nicht aufgefallen, wenn Frau Ehrenstein nicht so genau auf seine Reaktion geachtet hätte.

Er verabschiedete sich mit Handkuss von beiden und eilte die breiten Steintreppen hinunter.

»Müssen Sie auch schon gehen, mein Kind?«

»Nein, ich habe mir den Vormittag für Sie frei gehalten, Gräfin!«

»Das ist sehr gütig von Ihnen! Wissen Sie, ich bin sehr gerne hier, aber alleine fühl ich mich etwas unsicher.«

»Ich leiste Ihnen mit dem größten Vergnügen Gesellschaft! Aber …«, Frau Ehrenstein deutete in den Raum, »… haben Sie hier nicht sehr viele Bekannte? Fast alle Anwesenden haben Sie doch begrüßt, nicht wahr?«

Die Gräfin ging ein paar Schritte, und die gnä' Frau folgte ihr.

»Wissen Sie, man kann sich in einem Raum voller Leute allein fühlen. Die netten Leute hier sehen mich nicht als einen Menschen. Eher als ein Symbol für etwas. Etwas, das lange vergangen ist und – vermutlich – nicht mehr wiederkommt. Für die ist meine Vergangenheit Grund zu einer Art Nostalgie. Für mich etwas, womit ich mich abfinden muss.«

In den Worten der alten Dame schwang kein Selbstmitleid mit, nur kalte Sachlichkeit. Frau Ehrenstein hätte ihr gerne den Arm getätschelt, doch sie fühlte sich gehemmt, so als wäre sie dazu nicht berechtigt.

»Ich kann mir gar nicht vorstellen, wie es sein muss, sein ganzes Leben hinter sich zu lassen. Freunde, die gewohnte Umgebung, die Sprache. Die Heimat«, sagte sie.

»Ach, die Heimat ist immer bei mir, meine Liebe. Die kann mir keiner nehmen.«

Sie hatten das Kabinett verlassen und flanierten jetzt durch einen der großen Säle. Die Gräfin schien kein besonderes Ziel zu haben, sie ließ den interessierten Blick die Wände mit den Gemälden entlanggleiten.

»Sie sind im Jahr 56 nach Wien gekommen, nicht wahr? Ich meine, für immer?« Frau Ehrenstein hatte ihre Stimme gesenkt. Jetzt, wo sie den Sektempfang verlassen hatten und durch das Museum streiften, fühlte es sich frevelhaft an, zu laut zu sprechen.

»Ich und um die 180000 meiner Landsleute, ja. Wobei es mir besser ging als den meisten anderen. Ich konnte bei Freunden unterkommen, während ein Großteil in Lager gebracht wurde. Ich hatte nicht mehr als mein Gepäck und ein paar Heller.«

Die gnä' Frau war damals sechzehn Jahre alt gewesen und hatte mehr Interesse an ihren Büchern und Filmen gehabt als an Außenpolitik. Dennoch hatte sie die Migration aus dem Nachbarland mitbekommen. Die österreichische Bevölkerung zeigte sich größtenteils gastfreundlich und hilfsbereit. Allerdings wurden bald auch kritische Stimmen laut. Österreich sei überfordert, die Flüchtlinge integrierten sich nicht richtig, zeigten nicht genug Dankbarkeit. Manche warfen den Ungarn moralische Verfehlungen vor und nahmen ihnen übel, dass sie gratis mit öffentlichen Verkehrsmitteln fahren durften. Frau Ehrenstein ging davon aus, dass es für Adelige mit Freunden in Wien leichter war, dennoch war diese gereizte Stimmung sicher nicht spurlos an der Gräfin vorübergegangen.

»Sprachen Sie damals schon so gut Deutsch wie heute? Ich höre bei Ihnen gar keinen Akzent.«

»Ich sprach schon immer Österreichisch, meine Liebe!« Die Gräfin lachte verhalten, um die anderen Besucher im Saal nicht zu stören. »Als ich geboren wurde, müssen Sie wissen, gab es noch Österreich-Ungarn. Auch wenn man mich hier später als Fremde wahrgenommen hat – für mich war Österreich immer mein zweites Zuhause! Wir waren oft zur Sommerfrische hier. Vor dem Krieg …«

»Haben Sie schon damals Ihre Freunde kennengelernt, die Sie später bei sich aufgenommen haben?«

»Ja, so ist es. Ein reizendes Ehepaar. Die beiden führten eine Apotheke im 3. Bezirk. Sie ließen mich in einem Zimmer darüber wohnen. Ich habe ein wenig für sie gearbeitet: den Laden gekehrt, Kunden bedient, Inventur gemacht, solche Sachen. Sie haben versucht, mich davon abzubringen – einer Gräfin gebühre so etwas nicht, haben sie gesagt. Doch das war das Mindeste, nach allem, was sie für mich getan haben.«

Statt in den nächsten Saal abzubiegen, ging sie ins angrenzende Kabinett, dessen Fenster hinaus auf den Ring zeigten. Die Bäume waren noch nicht ganz kahl, dennoch war der rege Autoverkehr dahinter gut zu erkennen. Im Gegensatz zu den großen Sälen waren sie hier allein. Der kleine Raum hatte dadurch fast etwas Intimes.

Als ob sie eine unausgesprochene Übereinkunft getroffen hätten, verlangsamten die Frauen ihren Schritt, um die Gemälde genauer zu betrachten. Die Bilder zeigten Menschen bei der Arbeit oder bei Alltagsdingen und stammten größtenteils aus dem 17. Jahrhundert. Sie hatten Titel wie *Apfelschälerin*, *Dorfbarbier* oder *Alte Frau am Fenster Blumen gießend*. Eines hieß *Frau mit Kind und Dienstmagd*. Eine Frau mit einem Eimer am Arm wurde von einem Kind weggezogen, während eine andere vor dem Feuer saß und ein Baby stillte. Doch statt sich von den Kindern ablenken zu lassen, sahen sie einander an. Verständnisvoll, wissend, mit einem zarten Lächeln. Frau Ehrenstein dachte an Marie und lächelte ebenfalls.

»Das hier finde ich besonders beeindruckend. Ich nehme es mir immer als Mahnung.« Die Gräfin zeigte auf ein Gemälde von Leonhard Bramer, das den Titel *Allegorie der Eitelkeit* trug. »Sehen Sie, hier ist die Eitelkeit eine Frau. Sie ist umgeben von Schätzen und spielt ein Zupfinstrument. So wie die Musik eines Tages aufhört, werden auch die Schönheit, der Reichtum und der Ruhm vergehen.«

Frau Ehrenstein schnaubte amüsiert, und die Gräfin sah sie überrascht an.

»Verzeihen Sie, dass ich lache, aber ich kann mir kaum einen uneitleren Menschen vorstellen als Sie, Gräfin! Sie wirken tatsächlich eher bescheiden und, wie soll ich sagen, unaufgeregt.«

Die gnä' Frau musste an Martha Stelic denken, mit ihrer Jane-Fonda-Frisur, den aufgeklebten Wimpern und dem aufwendigen Lebensstil. Und auch ein wenig an sich selbst, wie sie häufig den Sitz ihrer Kleidung und ihrer Frisur überprüfte und wie wichtig es ihr war, die perfekte Garderobe für jeden Anlass zu haben.

»Ach, das ist nett, dass Sie das so sehen, meine Liebe! Aber ich bin mir meiner Unzulänglichkeiten bewusst und will sie auch nicht schönreden. Ich denke, je älter man wird, desto mehr denkt man *darüber* nach.«

Sie zeigte auf das Bild, das darunter hing. Es war von demselben Maler. *Allegorie der Vergänglichkeit.* Ein alter Mann saß lesend an einem Tisch, ihm gegenüber ein Skelett, um ihn herum zerbrochene Gefäße. Es war in dunklen Tönen gehalten und wirkte bedrückend.

»Kommen Sie öfter hierher? Ich meine, hier in diesen Raum?«, fragte Frau Ehrenstein. Das Amüsement war aus ihrer Stimme gewichen.

»Ich versuche, es einzurichten, wenn ich im Museum bin, ja. Die Gemälde hier üben eine gewisse Anziehungskraft auf mich aus.«

Die gnä' Frau stellte sich vor, wie die Witwe immer wieder herkam, um lange auf diese Metaphern von Eitelkeit und Vergänglichkeit zu starren. Sie, die vor Jahrzehnten allein in dieses Land gekommen war und jetzt, im Herbst ihres Lebens, wieder allein dastand. Es war ein trostloses Bild.

»Vermissen Sie Ihren Mann sehr?«

Die hellen Augen der Witwe richteten sich überrascht auf ihre Begleitung. Frau Ehrenstein hatte das Gefühl, einen Fauxpas begangen zu haben.

»Verzeihen Sie, dass ich frage. Ich wollte wirklich nicht aufdringlich sein. Es ist nur … Ich denke, es muss eine ziemliche Umstellung sein, wenn man plötzlich … Ich meine, wenn man plötzlich nicht mehr …«

Die Gräfin legte die Hand auf Frau Ehrensteins Arm und tätschelte ihn.

»Sie sind so eine liebe und achtsame Person, mein Kind! Dafür brauchen Sie sich wirklich nicht zu entschuldigen. Ich finde es schön, dass Sie so offen mit mir reden! Sie stellen zwar auffallend viele Fragen, das muss ich schon sagen, aber Sie sind eben aufmerksam und kümmern sich um andere, nicht wahr? So etwas gibt es nicht oft.«

Die gnä' Frau spürte, wie sie errötete. Die Worte der Gräfin waren aufrichtig, und es tat gut, von jemandem, den sie selbst so schätzte, auf diese Weise wahrgenommen zu werden.

»Ja, er fehlt mir schon, mein Friedrich. Nicht bei besonderen Anlässen, im Alltag eher. Beim gemeinsamen Frühstück oder beim Kaffee, wenn wir uns über das Tagesgeschehen unterhielten, verstehen Sie? Es klingt sicher kindisch, aber wir haben immer noch Händchen gehalten, können Sie sich das vorstellen? Er hatte bis zuletzt die Hände eines jungen Mannes, mit schlanken Fingern, gepflegten Nägeln. Ach, ich plappere vor mich hin.« Sie lächelte peinlich berührt wie ein ertapptes Schulmädchen. »Nach seinem Tod war der Schock noch so frisch. Da hat

alles wehgetan, und gleichzeitig hat sich alles taub angefühlt. Jetzt ist schon ein wenig Schorf drüber gewachsen,
und ich kann ihn vermissen. Und das tut auch gut. Das
zeigt mir, dass ich bereit bin, seinen Tod zu akzeptieren.
Und dadurch bin ich stärker, als ich es vorher war. Ach, ich
weiß gar nicht, ob das Sinn ergibt, was ich hier schnattere.«

Sie wollte ihre Hand wegziehen, doch Frau Ehrenstein
griff danach und drückte sie sanft. Die Haut der Gräfin
war warm und geschmeidig.

»Doch, doch, natürlich ergibt das alles einen Sinn, Gräfin. Wie Sie das alles mit so viel Kraft und Haltung meistern – ich kann Ihnen gar nicht sagen, wie bewundernswert
das ist. Ich wünschte, ich könnte mir davon eine Scheibe
abschneiden!«

»Ach, Kindchen, das ist lieb, aber Sie übertreiben maß-
los. Außerdem brauchen Sie sich doch nicht zu verstecken.
Sie sind nicht nur schrecklich freundlich, sondern auch
klug und humorvoll. O ja, das sind Sie! Ihr Mann kann
von Glück reden, dass er Sie hat!«

Unwillkürlich verzog Frau Ehrenstein das Gesicht, und
die Gräfin legte die Stirn in Falten. Sie hakte sich bei ihrer
Begleiterin unter und sagte mit freundlicher Bestimmtheit:
»Lassen Sie uns noch ein wenig gehen, meine Liebe. Und
dabei erzählen Sie mir, was Ihnen auf dem Herzen liegt.
Wir haben ja schon wieder die ganze Zeit nur von mir geredet! Wissen Sie, mit Männern kenne ich mich aus.«

Gemeinsam spazierten sie wieder gemächlich durch die
großen Säle, umringt von jahrhundertealten Gemälden,
und Frau Ehrenstein begann der Gräfin von ihrer Ehe mit
Oskar zu erzählen.

24

Eirisch Coffee oder Einspänner?

Verzeihen Sie, gnädige Frau. Sie sind Frau Ehrenstein? Herr Direktor Klerger hat angerufen. Er entschuldigt sich vielmals, aber er verspätet sich um ein paar Minuten.«

Die gnä' Frau bedankte sich bei dem Kellner, und er verbeugte sich vor ihr, ehe er sich wieder durch das voll besetzte Café Museum schlängelte. Die Musik hatte bereits begonnen. An einem schwarzen Pianino saß ein untersetzter Mann in einem Frack und spielte verzückt und mit geschlossenen Augen ein Menuett von Mozart.

Herr *Direktor* Klerger. Es wunderte sie nicht, dass die Kellner den Titel von Eduard Klerger kannten. Sobald man in einem Wiener Kaffeehaus regelmäßig einkehrte, kannten die Ober die Anrede, die Vorlieben, die Freunde – und auch die Feinde. Es war nicht selten, dass solche Alteingesessenen gar nicht mehr bestellen mussten, sondern vom Personal sofort den gewohnten Kaffee samt Mehlspeise vorgesetzt bekamen. Ebenso wie die favorisierte Tageszeitung, falls die gerade frei war. Es hieß, dass Kellner, die neu eingearbeitet wurden, diese Informationen über Stammgäste als Erstes lernen mussten.

Sicher war, dass Klerger den Titel »Herr Direktor« erst seit ein paar Monaten tragen konnte. Ob er das Personal im Café Museum darauf hingewiesen hatte?

»Einen Einspänner, die Dame! Kann ich Ihnen noch etwas bringen, oder wollen Sie noch warten?«

»Ich warte noch.«

»Sehr wohl, die Dame!«

Sie lehnte sich in der halbrunden Sitzloge zurück und ließ den Blick durch das Lokal gleiten. Die Einzelgänger blätterten in den Tageszeitungen, die an den großen hölzernen Gestellen hingen, die Geselligeren plauderten, während sie eine Schinkenrolle oder einen Punschkrapfen zerteilten. Hinten, im kleinen Nebenraum, konnte man durch den Zigarettenrauch gerade noch die Schachspieler erkennen, die sich konzentriert über ihre Bretter beugten.

»Ah, Herr Direktor! Habe die Ehre!«

Eduard Klerger wechselte ein paar Worte mit dem Oberkellner, und die gnä' Frau nutzte die Gelegenheit, um in einer der spiegelnden Metallkugellampen an der Decke ihr Aussehen zu überprüfen. Ihre Frisur und ihre Perlenkette saßen, ihre bordeauxfarbene Bluse harmonierte schön mit dem Strickkleid in Pfirsichtönen.

»Frau Ehrenstein, ich bin untröstlich! Man hat mich im Büro aufgehalten, aber meine Verspätung ist trotzdem unverzeihlich!«

»Machen Sie sich keine Gedanken, Herr Klerger. Ich habe ein wenig der Musik gelauscht.«

Klergers zerknirschte Miene hellte sich augenblicklich auf. »Wie schön, er spielt Bach, nicht wahr?«

»Ja, gerade vorhin war es noch Mozart.«

»Dann wird Schubert auch bald kommen!«

Er setzte sich nicht neben Frau Ehrenstein auf die Bank, sondern auf den schwarzen Holzsessel daneben. Sobald er ihn zurechtgerückt hatte, stand schon ein Kaffeehäferl vor ihm, und der Ober neigte den Kopf, um die weitere Bestellung aufzunehmen.

»Ich hätte heut gern ein Stück Topfentorte. Sie, Frau Ehrenstein?«

»Eine Kardinalschnitte, vielen Dank!«

Nachdem der Kellner gegangen war, sagten sie gar nichts. Das Stimmenwirrwarr um sie herum wurde von dem melodiösen Klavierspiel im Hintergrund und der in unregelmäßigen Abständen zischenden Kaffeemaschine begleitet. Klerger lächelte Frau Ehrenstein verlegen an. Als feine Dame der Gesellschaft wusste sie unangenehmes Schweigen zu brechen. Sie hätte aus dem Stegreif zehn Themen parat gehabt, mit denen sie ein Gespräch ankurbeln konnte. Doch sie wollte abwarten. Es interessierte sie, was er als Erstes sagen würde. Eventuell ein wenig Small Talk zur Musik, zum Wetter, zur Qualität des Kaffees – was natürlich lachhaft wäre, der Kaffee im Wiener Kaffeehaus war selbstverständlich der beste. Oder würde Klerger den Faden ihres letzten Gesprächs wiederaufnehmen? Über den Tod des Kommerzialrats und den Abend davor? Sie hatte eine Reihe offener Fragen, und sie hatte sich vorgenommen, alle beantwortet zu bekommen. Doch zuerst wollte sie sehen, welche Richtung er von sich aus einschlug.

Die Mehlspeisen wurden vor ihnen abgestellt, Klerger wünschte guten Appetit, um gleich nach nur einem Bissen über seine Topfentorte zu schwärmen. Ein Schweißfilm legte sich auf seine leicht ergrauten Schläfen. Sie fragte sich, was ihn wohl so nervös machte.

»Waren Sie schon einmal hier, während Klavier gespielt wurde?«, fragte er und tupfte sich mit der Serviette den Mund ab. Das war interessant. Sie hatte Klerger gegenüber doch behauptet, nicht zu wissen, dass es hier Musik gab. Also wollte er sie entweder testen, oder er war ein unaufmerksamer Mensch.

»Nein, aber ich bin sehr froh, dass Sie mir davon erzählt haben. Es ist so ein schönes Ambiente hier.«

»Ja, da haben Sie recht. Ich fühle mich hier fast wie in meinem Wohnzimmer!« Er lachte etwas übertrieben und legte die Gabel neben seinen leeren Teller.

Frau Ehrenstein war noch nicht einmal bei der Hälfte ihrer Kardinalschnitte. Sie genoss jeden einzelnen Bissen von dem weichen Biskuitteig und dem süßen Eischnee. Vor allem aber wollte sie sich Zeit lassen. Klergers Manieren würden es ihm nicht erlauben, sich zu verabschieden, während seine Gesellschaft noch beim Essen war.

Der Klavierspieler machte eine Pause, und das Publikum applaudierte freundlich, während er sich auf den Weg zur Budel und zu einem weißen Spritzer machte.

»Wissen Sie schon, wann das Begräbnis stattfindet?«, fragte Frau Ehrenstein.

»Bitte?«

»Das Begräbnis vom Herrn Kommerzialrat. Haben Sie schon gehört, wann es sein soll?«

»Oh, leider nein. Aber ich bin mir sicher, wir werden rechtzeitig Bescheid bekommen. Wissen Sie, vor ein paar Wochen war sogar ein Schrammelquartett hier. Wirklich wunderbar!«

»Tatsächlich? Das klingt ja … speziell. Glauben Sie, dass Martha auch zum Begräbnis des Kommerzialrats kommen wird? Ich hatte noch nicht die Möglichkeit, sie zu fragen. Es gab ja ein paar Ressentiments zwischen den beiden, wenn ich mich nicht irre.«

»Oh, davon weiß ich leider nichts. Schmeckt Ihnen die Schnitte? Der Zuckerbäcker hier ist Weltklasse, anders kann man es nicht ausdrücken!«

Das Gespräch verlief in unterschiedlichen Variationen so weiter, und Frau Ehrenstein wurde zunehmend frustrierter. Sein Kaffee war längst ausgetrunken, und ihr Einspänner, an dem sie zwischendurch nur nippte, wurde langsam kalt. Seine Mauer war undurchdringlich. Er verfiel immer wieder auf Allgemeinplätze oder stellte Gegenfragen. Es war zum Verzweifeln. Hätte sie nicht so viel Contenance besessen, sie hätte ihn am Revers gepackt wie Glenn Ford in *Heißes Eisen* und gezischt: »Sagen Sie's schon, Klerger! Was wissen Sie über den Tod von Ihren beiden Freunden?«

Der Klavierspieler hatte seine Pause beendet und ging beschwingt, mit rosigen Wangen, zurück zum Pianino.

»Schön, er fängt mit Gershwin an! Ich liebe die Klassik, aber etwas Abwechslung tut auch gut. Was trinken Sie eigentlich, Frau Ehrenstein?«

»Einen Einspänner. Hatten Sie schon mal einen? Wollen Sie vielleicht auch einen probieren? Ich sehe, Sie haben schon ausgetrunken.«

Klerger zögerte für einen Moment und blickte unschlüssig auf seine Tasse. Die gnä' Frau nutzte die Zeit und trank ihren Kaffee aus, woraufhin schon ein Ober in Habachtstellung neben ihrem Tisch auftauchte.

»Derf's no was sein, die Herrschaften?«

Klerger wirkte überrumpelt. In dem Moment passierten drei Dinge gleichzeitig, die Frau Ehrenstein später Marie gegenüber als Glücksfall bezeichnen würde:

1. Klerger sagte: »Für mich einen Einspänner, bitte schön.«

2. Ein vorbeigehender Mann sagte zu ihm: »Eduard, so ein Zufall!«

3. Der Pianist schlug beim Höhepunkt von »Rhapsody in Blue« lautstark auf die Tasten ein.

Klerger wechselte mit dem Mann, der ihn begrüßt hatte, ein paar Worte, und der Ober fragte Frau Ehrenstein: »Verzeihn'S, ich hab nicht recht verstanden. Was hat er gesagt? Einen Ei…«

Die gnä' Frau schaltete schnell. Als Whiskyliebhaberin

fiel ihr beim Wortbeginn »Ei« nämlich automatisch etwas ganz anderes ein.

»Einen Eirisch Coffee, hat er gesagt, ganz genau. Mit einem extra Schuss Whiskey. Zum Aufwärmen, Sie verstehen. Und für mich diesmal einen Verlängerten. Danke!«

Der Hauch eines Stirnrunzelns ließ die Verwunderung des Obers erkennen, doch was sollte er an den Worten einer feinen Dame zweifeln? Er ging mit einer knappen Verbeugung, und Frau Ehrensteins Bauch kribbelte vor Aufregung. Vielleicht würde sich Klergers Zunge ein wenig lockern, wenn er etwas getrunken hatte.

Klerger stellte den Mann als einen Ingenieur Soundso vor. Just als der sich verabschiedete, sah die gnä' Frau, wie ein Kellner mit einem kleinen Tablett auf sie zusteuerte. Noch ehe er etwas sagen konnte, verkündete sie: »Der Verlängerte ist für mich, und das ist für den Herrn Direktor!«

Klerger nahm einen Schluck, und Frau Ehrenstein wartete gespannt. Er verzog nur leicht das Gesicht. »Interessanter Geschmack …«

»Ja, ganz typisch für Einspänner.«

Ein Einspänner war ein doppelter Espresso mit einem großen Gupf Schlagobers darauf. In Größe und Aussehen war er nicht von einem Irish Coffee zu unterscheiden, der zwischen den beiden Schichten noch einen – oder mehrere – Schüsse irischen Whiskeys enthielt. Es überraschte Frau Ehrenstein immer wieder, dass viele Wiener die verschiedenen Kaffeearten gar nicht unterscheiden konnten. Die meisten tranken ihr Leben lang einfach eine Melange oder einen kleinen Schwarzen und machten sich nicht die Mühe zu experimentieren.

Frau Ehrenstein merkte, wie Klerger verwirrt auf den Kaffee sah, und beschloss, noch etwas nachzuhelfen.

»O nein! Schmeckt er Ihnen etwa nicht? Habe ich Sie falsch beraten?«

»Aber nein, er ist köstlich! Ganz exquisit!«

Er nahm zwei große Schlucke, um ihr das zu veranschaulichen. Sie wartete noch das Ende der *Fantasie* von Bruckner ab, ehe sie ihre erste Frage stellte. Beim Herrn Kommerzialrat hatte er sofort abgeblockt, also wollte sie mit einem anderen Thema anfangen und sich langsam dorthin vorarbeiten.

»Ich hatte übrigens noch einen schönen Vormittag mit der Gräfin im Kunsthistorischen Museum. Wir haben uns sehr angeregt unterhalten! Sie hat wirklich eine außergewöhnliche Lebensgeschichte. Kein Wunder, dass sie so ein bewundernswerter Mensch ist!«

»Sie ist wundervoll, ja, da geb ich Ihnen recht. Ich kann von Glück reden, eine Person ihres Formats zu kennen.«

Er hatte einen Gesichtsausdruck, den man fast verträumt nennen konnte. In dem Moment erinnerte er sie an Warren Beatty in *Bonnie und Clyde*. Wobei sie sich die Frage stellte, wer seine Bonnie sein könnte. Die Gräfin war in der Rolle schwer vorstellbar. Martha?

»Wann haben Sie sie kennengelernt?«

»Vor fünfzehn, nein, achtzehn Jahren mittlerweile. Wie die Zeit vergeht! Ich habe in der Stahlfirma des Grafen eine Ausbildung begonnen. Er war mit meiner Mutter befreundet und hat mich sehr herzlich aufgenommen. Ich war ja noch ein halbes Kind damals, knapp zweiundzwanzig, müssen Sie wissen. Hatte keine Ahnung vom Geschäft. Er hat mich geduldig eingearbeitet und mich … ja, man kann es wohl so sagen, von Anfang an zu seinem Nachfolger herangezogen.«

»Und die Gräfin?«

»Ach ja, die Gräfin, genau, das war ja die Frage. Ja, sie

habe ich wohl etwa ein halbes Jahr später kennengelernt. Bei einem netten kleinen Abendessen. Anfangs war sie etwas reserviert, aber ich nahm an, das lag an ihrem blauen Blut, Sie verstehen? Ja, aber dann, im Laufe der Jahre, scheine ich ihr ans Herz gewachsen zu sein. Ich genieße ihre Gesellschaft, wissen Sie, sie ist so klug und belesen. Aber nicht nur das, sie hat auch Humor und ist einfühlsam und … sie hat einfach ein unglaubliches Charisma. Es ist … es ist schwer zu beschreiben, wie sie ist.«

»Oh, ich finde, Sie haben sie eben ganz gut beschrieben! Ich sehe, Sie haben schon ausgetrunken. Herr Ober, noch einen für den Herrn Direktor, bitte! Doch, doch, ich bestehe darauf! Erzählen Sie doch bitte weiter, ich finde das unglaublich faszinierend! Haben Sie damals auch Martha kennengelernt?«

Klerger lächelte unsicher und verschränkte die Hände auf dem runden Marmortisch.

»Faszinierend, sagen Sie? Na, ich weiß nicht. Und ich dachte immer, Frauen reden lieber, als dass sie zuhören. Nein, Martha ist erst etwas später in die Familie gekommen, so … vor zwölf Jahren, glaube ich, muss das gewesen sein. Sie ist ein Wirbelwind, sagt Adele immer. Ungefähr so ist sie auch damals in die Villa gerauscht.«

»Tatsächlich? Ich hatte angenommen, dass sie schon immer zur Familie gehört hat. Ja, noch ein Glas Wasser bitte, dank'schön!«

Klerger erzählte, dass Marthas Mutter in jungen Jahren aus Liebe von Ungarn nach Österreich ausgewandert war und deswegen Funkstille mit ihrer Familie geherrscht hatte. Sie war die Tochter von einem der Brüder der Gräfin Bárány, und ihr Verhalten wurde als nicht statthaft angesehen. Im Zuge des Zweiten Weltkriegs und der späteren Vertreibung durch die Kommunisten waren so viele

Kontakte zu Freunden und Familienmitgliedern abgebrochen, dass keiner mehr so recht wusste, wer eigentlich noch lebte und wo. Als dann eines Tages Martha Stelic an der Haustür im 19. Bezirk aufgetaucht war, hatte man sie zunächst mit Skepsis empfangen. Der Titel und das große Vermögen des Grafen lockten viele Betrüger an. Doch ihre Dokumente wiesen die junge Frau eindeutig als Verwandte der Gräfin Bárány aus.

»Ihr Vater und ihr Bruder waren im Krieg verstorben. Aber erst als ihre Mutter gestorben war, ist sie bei Adele vorstellig geworden.«

»Warum erst dann?«, fragte Frau Ehrenstein. Nun war sie wirklich gebannt von seiner Erzählung. Er war nun überhaupt nicht mehr verschlossen, sondern plauderte freimütig aus dem Nähkästchen, während er seinen zweiten Irish Coffee trank.

»Weil Marthas Mutter immer noch so einen Groll gehegt hat. Selbst am Totenbett wollte sie nichts mehr von ihrer ungarischen Familie wissen! Können Sie sich das vorstellen? Jedenfalls, Martha hat sich dann schlaugemacht, sie war ja praktisch mittellos, und hat die Báránys gefunden, und dann war alles sehr schön. Adele war letztendlich sehr froh darüber. Sie liebt Martha abgöttisch, müssen Sie wissen.«

Der reservierte Herr Direktor war kaum noch wiederzuerkennen.

»Wissen Sie, als ich damals gesehen habe, wie Sie diesem Kretin Prenz gegenübergetreten sind – so mutig und so entschlossen! Das hat mich wirklich beeindruckt.«

»Das ist ja nett. Wissen Sie, was mich jetzt wirklich interessieren würde?«

Klerger lehnte sich erwartungsvoll nach vorne und schaute ihr tief in die Augen.

»Was?« Seine tiefe Stimme war kaum noch ein Flüstern.

»Ob jemals zur Sprache kam, dass Martha und Sie heiraten sollten.«

25

Die gnä' Frau
als Humphrey Bogart

W ie bitte?« Er wirkte so bestürzt, als hätte sie behauptet, Mozart wäre ein Deutscher.

»Nun ja, nach allem, was Sie mir erzählt haben – Sie, der Protegé des Firmenbesitzers, und Martha, die einzig lebende Verwandte der Gräfin … Es kann Sie doch nicht überraschen, dass Ehen manchmal so geschlossen werden, oder?«

In Frau Ehrensteins Kreisen war das keine Seltenheit. Eltern tauschten sich bei gesellschaftlichen Anlässen untereinander über ihren Nachwuchs aus, und so wurden für so manche Partnerschaft die Weichen gestellt. Bei Oskar und ihr war es nicht anders gewesen.

»Aber Martha ist noch ein wenig jung, finden Sie nicht?«, fragte Klerger, als er seine Stimme wiedergefunden hatte.

»Nun ja, in dieser Konstellation wurde das noch nie als Hindernis gesehen, oder? Beispielsweise war die Frau Kommerzialrat ja noch weitaus jünger als ihr Mann, hab ich nicht recht? Also Sie hatten nie das Gefühl, dass der Graf oder die Gräfin Bárány eine Ehe zwischen Ihnen beiden gutgeheißen hätten? Manchmal geschieht das ja subtil. Man lässt das zukünftige Paar nicht wissen, was man für sie geplant hat, damit sie glauben können, es wäre ihre Idee gewesen.«

Frau Ehrensteins Eltern hatten so einige Mängel, aber wenigstens waren sie von Anfang an ehrlich zu ihr gewesen, was Oskar anging. Ihre Mutter meinte, Oskar wäre eine gute Partie und sie sollten heiraten. Und die gnä' Frau hatte eingewilligt.

»Nein, nein, nein. Wirklich nicht. Das stand nie zur Debatte. Glauben Sie mir, der Friedrich, ich meine, der Graf ... Nein, der hätte nicht gewollt, dass die Martha und ich ... Außerdem war da auch nie wirklich Interesse von meiner Seite, das können Sie mir glauben!«

»Wieso hätte der Graf nicht gewollt, dass Sie und Martha heiraten? Hatte er vielleicht selber Interesse an ihr?«

»Wie bitte? Also, wie kommen Sie darauf ... Ich meine ...«

»Ich bitte Sie, Herr Klerger, schenken wir uns das doch! Martha hat dem Grafen gefallen, das war kein Geheimnis. Auch der Herr Kommerzialrat hat sie *schoaf* genannt, da war ich sogar dabei!«

Klerger schien so überrumpelt, dass die gnä' Frau fast Mitleid mit ihm hatte. Er öffnete und schloss mehrmals den Mund. Der Charme eines Warren Beatty war verflogen. Jetzt erinnerte er mehr an Buster Keaton oder Oliver Hardy.

»Also hat er was mit ihr gehabt, ja oder nein?«

Jahrelanges Gescholtenwerden von den Nonnen in der Privatschule hatte sie gelehrt, wie man einschüchternd wirkte, ohne die Stimme zu erheben. Das war jetzt ganz nützlich. Das restliche Kaffeehaus bekam dadurch gar nicht mit, dass sie gerade ein beinhartes Verhör mit einem Zeugen – oder gar Verdächtigen – führte. Die Begeisterung darüber durchflutete sie mit Adrenalin und machte sie furchtlos.

»Ich warte, Herr Klerger.«

»Ja, ich meine, ich weiß es nicht. Er hat damit geprahlt, aber das muss nicht heißen, dass es so war. Ich meine, er hat andauernd davon geredet, mit welchen Frauen er … und mit wie vielen … Martha geht recht offen mit ihrer … ähm, Körperlichkeit um, aber ich kann mir trotzdem nicht vorstellen, dass sie mit ihm … Natürlich war da die Sache mit dem Geld und mit dem Testament, aber … Ich meine, also, ich glaube nicht, dass das ein passendes Thema für eine Dame ist.«

»Machen Sie sich nur keine Sorgen um mich, ich kann damit umgehen. Was war mit dem Testament und Martha?«

»Na ja, er hat es ständig geändert. Jedenfalls hat er uns das gesagt, mir und Martha und auch der Frau Kommerzialrat selbstverständlich. Das ging ständig so, wenn er mit uns nicht zufrieden war, und das war er oft. Hat uns vorgehalten, dass das Einzige, was uns interessiere, nur sein Vermögen sei, und wenn wir nicht nach seiner Pfeife tanzten, dann … na ja, dann war's das halt. Zeitweise wollt er mich sogar entlassen …«

»Das heißt, es war nicht immer so selbstverständlich, dass sie die Firma übernehmen würden?«

»Oh Gott, nein! An manchen Tagen war ich zu dumm, um mir die Schuhe zuzubinden. Das hat er zumindest gesagt.«

Klerger war mittlerweile so in sich zusammengesunken, dass man seine zwei Meter Körpergröße nicht einmal mehr erahnen konnte. Seine Finger waren nun verkrampft ineinandergeschlungen, und die Farbe war aus seinen Wangen gewichen.

Im Gegensatz zu ihm schien Frau Ehrenstein über sich hinauszuwachsen. Sie stellte fest, dass das stundenlange Studieren von Kriminalfilmen nicht umsonst gewesen war.

»Und was war mit Martha und dem Geld?«

»Nun, er wollte ihr nicht mehr das Studium finanzieren. Er meinte, sie solle endlich einer richtigen Arbeit nachgehen. Und, ja, also in den letzten Monaten vor seinem … Ableben wollte er sie aus dem Testament streichen. Jedenfalls hat er das gesagt.«

»Und die anderen Frauen? Sie haben gesagt, bei Martha sind Sie nicht sicher, aber er hatte Affären, von denen Sie wissen?«

»Ja. Also … ja, ohne Zweifel. Einige. Tatsächlich. Was soll man sagen?«

Er schüttete den Rest des Irish Coffee hinunter und verzog das Gesicht dermaßen, dass die gnä' Frau für einen Moment befürchtete, er würde sich übergeben.

»Möchten Sie vielleicht kurz die Toiletten aufsuchen?«, fragte sie vorsichtig.

»Ja, bitte.«

Er erhob sich mühsam aus seinem Sessel und trottete mit gesenktem Kopf zum WC. Frau Ehrenstein lehnte sich erschöpft in der Sitzloge zurück und befühlte nachdenklich den roten Stoffbezug. Er war weich und fast plüschig, ihn anzufassen hatte etwas Beruhigendes. Das half bei der Konzentration.

Das Bild vom Grafen wurde immer hässlicher. Nach allem, was sie bisher gehört hatte, konnte sie verstehen, dass der Mörder keine Lust mehr gehabt hatte, auf das natürliche Ableben dieses Tyrannen zu warten.

Frau Ehrenstein dachte an das erste Mal zurück, als sie Eduard Klerger getroffen hatte. Er hatte sich damals recht schnell von Prenz provozieren lassen. Fast hätte er ihn geschlagen. Hatte das nur an den tragischen Umständen gelegen, oder neigte er grundsätzlich zu impulsiver Gewalt? Hatte es ihm gereicht, von dem Grafen wie ein Spielzeug behandelt zu werden?

Klerger kam wieder an den Tisch zurück und schien sich gefasst zu haben.

Er setzte sich auf seinen Sessel und lächelte sie distanziert an. Der Pianist war zu Chopin übergegangen.

»Frau Ehrenstein, ich muss schon sagen, Ihre Konversationsthemen sind höchst ungewöhnlich. Ich frage mich, weshalb Sie sich so für derart private Details interessieren.«

»Sagen wir einfach, dass ich mich für die Menschen interessiere, mit denen ich zu tun habe. Und ich bin nun mal neugierig.«

»Ja, Frauen sind so, heißt es. Ich weiß nicht genau, was Sie damit bezwecken, aber seien Sie gewarnt: Wenn ich Details aus unserem Gespräch demnächst im *Wiener Telegramm* lesen sollte, wird es ein Nachspiel haben.«

Das traf die gnä' Frau unvorbereitet. Nie hätte sie gedacht, dass jemand glauben könnte, sie spioniere für diese Schlammschleuder Prenz. Sicherlich war sie etwas forsch vorgegangen, aber dass Klerger ihr so etwas zutraute, war … eventuell nur eine Taktik, das Thema zu wechseln. Zwar traute sie ihm nicht zu, so gefinkelt zu sein, aber womöglich unterschätzte sie ihn.

»Was sagt Ihnen Aqua Tofana?«

»Woher wissen Sie …«

Die überhebliche Pose, die er für knapp zwei Minuten innegehabt hatte, zerfiel schon wieder. Seine Kinnlade kippte herunter, und er riss die Augen auf. Nein, Mitleid hatte sie nun definitiv nicht mehr mit ihm, nachdem er ihre Absichten dermaßen in den Schmutz hatte ziehen wollen.

»Es tut nichts zur Sache, woher, aber Sie können versichert sein, ich weiß genug. Die kleinen blauen Fläschchen zum Beispiel …«

»Nicht so laut!« Klerger raufte sich die Haare und neigte sich über den Tisch zur gnä' Frau herüber.

»Ich hab das Zeug nicht angerührt, auch wenn er es mir immer aufschwatzen wollte. Ich meine, ich hatte es nie …«

»Nötig? Ja, meistens sind Potenzmittel für ältere Herren gedacht.«

Frau Ehrenstein lehnte sich nun ziemlich weit aus dem Fenster, aber aus ihren Filmen wusste sie, dass Verdächtige eher gestanden, wenn sie annahmen, dass der Ermittler ohnehin alles schon wusste.

»Pssst, ich bitte Sie!«

Nun beugte sich die gnä' Frau ebenfalls über den Tisch, sodass ihr Gesicht nur wenige Zentimeter von seinem entfernt war. Er roch nach Kaffee und einer zarten Note guten irischen Whiskeys. Sie senkte die Stimme und bemühte sich, so bedrohlich zu klingen wie Humphrey Bogart bei einem Verhör.

»Herr Klerger, je klarer Sie meine Fragen beantworten, desto schneller sind wir hier fertig. Die delikaten Details interessieren mich nicht, das können Sie mir glauben. Wenn Sie nichts weiter verbrochen haben, verspreche ich Ihnen, dass alles unter uns bleibt.«

»Gut, gut, in Ordnung. Arbeiten Sie für das Gesundheitsamt?«

»Das … das kann ich weder bestätigen noch dementieren. Also: In den kleinen blauen Fläschchen waren Potenzmittel, die sowohl der Graf als auch der Herr Kommerzialrat zu sich genommen haben. Woher kamen die?«

»Vom Grafen. Er … er hat sie von der Firma Aqua Tofana geschickt bekommen.«

»Wieso? Ich meine, abgesehen vom Offensichtlichen.«

»Na ja, zu Werbezwecken, jedenfalls stand das im beiliegenden Brief. Der Graf mit seinem Renommee und seinen Verbindungen könne das Produkt ganz nach oben bringen.

Er sollte es testen und weiterempfehlen, aber natürlich diskret.«

»Und kannte er jemanden von dieser Firma? Von Aqua Tofana?«

»Nein, nicht persönlich, soviel ich weiß. Aber die Idee hat ihm gefallen. Er wurde ja auch nicht jünger, hat er gesagt.«

Frau Ehrenstein verkniff sich ein Lachen. Sie durfte Klerger jetzt nicht provozieren.

»Irgendjemand schickt ihm also ein Potenzmittel wie Waschmittelproben mit der Post, und er schluckt das einfach? Das wollen Sie mir weismachen?«

Klerger rutschte auf dem Sessel herum, als säße er auf einem Ameisenhügel.

»Ja, wenn Sie es so sagen, klingt es komisch. Aber … aber er hat es zuerst unserem Buchhalter zum Probieren gegeben, sicherheitshalber. Der hat es gut vertragen. Und dann hat er's auch genommen.«

»Er hatte einen Vorkoster?«

»Nun ja, wenn Sie es so sagen. Aber wissen Sie, solche Mittel, solche Fläschchen, das war nicht ungewöhnlich. Im Club gab es Derartiges dauernd. Wir sind davon ausgegangen, dass Aqua Tofana jemand von dort war, wissen Sie? Ich meine, ich gehe ja davon aus, dass in diesen Flaschen meist nichts anderes als Zuckerwasser ist, aber manchmal hilft ja schon der Glaube, wissen Sie?«

»Ach ja, der ominöse Club. Darauf wollte ich als Nächstes zu sprechen kommen. Lassen Sie mich raten: Das war so eine Art Herrenclub, nicht wahr?«

»Bitt'schön, die Rechnung, Herr Direktor!«

Frau Ehrenstein wechselte von einer Sekunde auf die andere von Verhörstimme zum süßlichen Ton einer feinen Dame und sagte charmant lächelnd: »Der Herr Direktor braucht noch einen Moment, vielen Dank!«

Der Ober warf einen Seitenblick auf den zerstörten Eduard Klerger, ehe er mit einem Schulterzucken und einer angedeuteten Verbeugung wieder seiner Wege ging. Die Rechnung blieb zwischen den beiden liegen. Frau Ehrensteins Miene verhärtete sich wieder. Sie ging unglaublich in ihrer Rolle auf. Marie wäre begeistert gewesen.

»Also ein Herrenclub mit Damen der Nacht zur Unterhaltung, hab ich recht? Ja, so etwas in der Art hab ich schon angenommen. Was hat der Herr Kommerzialrat in der Nacht vor seinem Tod dort gemacht? War irgendetwas anders als sonst?«

Klerger fuhr sich durch die Haare und schüttelte den Kopf, ehe er antwortete. Er hing jetzt praktisch über dem Tisch. »Nein, ich würde sagen, nicht sonderlich. Er war … aufgekratzt und besonders guter Laune, weil er ein gutes Geschäft gemacht hatte. Jetzt, wo Sie's aber sagen … Ja, ich hatte dem gar keine große Bedeutung beigemessen, aber er hatte diese Fläschchen wieder dabei! Er hat gesagt, wir sollten sie uns teilen, um Friedrich zu gedenken, so etwas in der Art. Ich meine, er war schon ziemlich angetrunken. Ich hab wie immer abgelehnt, und da hat er alle auf einmal runtergeschüttet.«

»War das die, wie soll ich sagen, normale Dosis?«

»Nein, eigentlich war in der Anleitung nur ein Teelöffel knapp … vorher angegeben. Aber … Sie glauben doch nicht, das hätte etwas mit seinem … Der Graf hat es doch so lange Zeit genommen …«

Frau Ehrenstein spürte das Blut in ihren Ohren rauschen. Diese Herren der Gesellschaft hatten sich wie pubertierende Schuljungen aufgeführt und nicht einen Moment daran gedacht, dass sie sich damit in Gefahr bringen konnten.

»Wenn der Graf die Fläschchen so lange genommen hat,

muss er doch irgendwoher Nachschub bekommen haben. Wie hat er das angestellt, wenn er diese Firma gar nicht kannte?«

»Es gab eine Adresse, also eher eine Postkastenadresse, so nennt man das wohl. Er hat seine Bestellungen dort hingeschickt und dann die Päckchen erhalten. Ich … ich muss jetzt wirklich gehen. Darf ich?«

Sie brauchte einen Augenblick, ehe ihr klar wurde, dass er sie um Erlaubnis bat. In ihren Fingerspitzen juckte es, alles in ihr Notizbuch einzutragen, doch sie würde noch warten, bis sie allein war. Klerger winkte dem Ober und bezahlte die Rechnung, ohne einen genaueren Blick darauf zu werfen. Er gab ein überaus großzügiges Trinkgeld. Sie verabschiedeten sich förmlich auf der Operngasse vor dem Café.

Der Abend war frisch, aber nicht kalt, die gnä' Frau genoss die frische Luft nach der langen Zeit im warmen und verrauchten Kaffeehaus.

»Ich wünsche Ihnen noch einen schönen Abend, Herr Klerger! Danke für Ihre Offenheit! Warten Sie, eine Frage hätte ich noch …«

Er drehte sich mit gequältem Gesichtsausdruck zu ihr um.

»Wo ist eigentlich dieser Club?«

»Im 8. Bezirk. In der Daungasse.«

Sie brauchte eine Sekunde, dann fiel ihr wieder ein, woher sie die Adresse kannte.

»Im letzten Sommer habe ich eine recht interessante Nacht in der Daungasse in einem Lokal verbracht. Kennen Sie zufällig das Voom Voom?«, fragte die gnä' Frau beiläufig.

»Ähm, ja, das ist ein paar Häuser weiter. Aber drin war ich noch nicht. Wieso?«

»Ach, aus reinem Interesse, Herr Klerger. Aus reinem Interesse.«

26

Ein Butler im Beisl

Probiern'S es, gnä' Frau! Es wird Ihnen guattun!«
Frau Ehrenstein beäugte skeptisch den Fußball vor
ihren neuen braunen Nappalederstiefeln.

»Ich werd mir die Schuh ruinieren.«

»Des bezweifel i. Gnä' Frau, i geh kan Schritt weiter mit
Ihnen, solang'S so an Grant mit sich herumtragen. Lassen'S es raus! Dann geht's Ihnen besser, glauben'S ma!«

Unsicher sah sich die gnä' Frau um. Es war weit und
breit keine Menschenseele zu sehen.

Eigentlich waren die beiden Frauen auf dem Weg zur
nahe gelegenen Mariahilfer Straße. Die Dame wollte zum
Stafa und zum Gerngross, eventuell würde sie noch einen
Blick in den Schuhpalast Hermes werfen. Das Dienstmädchen brauchte ein neues Geldbörserl und Strümpfe. Beide
wollten ein wenig im Plattenladen stöbern. Marie suchte
eine billige Single von den Rolling Stones als Geschenk für
ihren Jugendfreund Pendl. Das Gespräch mit Klerger übers
Voom Voom hatte Frau Ehrenstein an ein Lied erinnert, das
sie dort knapp vor der Sperrstunde gehört hatte. Den Titel
wusste sie nicht mehr, aber der Sänger hatte Lou Reed geheißen. Sie hatten sich verabredet, um gemeinsam einkau-
fen zu gehen. Da hatte die gnä' Frau allerdings noch nicht
gewusst, dass ihre Laune dermaßen im Keller sein würde.

Zuvor war die Dame im Sicherheitsbüro gewesen, um ihrem alten Bekannten Major Raab einen Besuch abzustatten.
Außer Marie war er der Einzige, der wusste, dass sie den

Würger von Hietzing geschnappt hatte. Nun, er hätte das vermutlich anders formuliert: Sie habe Glück gehabt, dass nicht mehr geschehen war. In Zukunft solle sie derlei der Polizei überlassen. Sie hatte es sich nicht verkneifen können zu sagen, dass sie sich nicht hätte einmischen müssen, wenn die Polizei ihre Arbeit getan hätte.

Seine anfängliche Freude, sie zu sehen, hatte sich rasch gelegt, als sie ihm unumwunden mitgeteilt hatte, dass der Graf und der Herr Kommerzialrat keines natürlichen Todes gestorben seien und dass er sofort eine Ermittlung einleiten müsse. Sie bestand darauf, dass der Herr Kommerzialrat exhumiert und das blaue Fläschchen, das sie bei sich hatte, nach Gift untersucht wurde. Motive waren wie in jedem guten Film Sex und Geld, und der Major könnte sich einen ihrer zahlreichen Mordverdächtigen aussuchen. Die restliche Arbeit sollte er erledigen, sie hatte es ihm leicht gemacht. Bald war seine Geduld überstrapaziert gewesen, und er hatte ihr auf den Kopf zugesagt, dass sie sich das alles nur einbilde und er in riesige Kalamitäten käme, wenn er aufgrund von Mutmaßungen in hohen Kreisen herumschnüffelte. Ihre Hoffnung war erst in Verzweiflung umgeschlagen und zuletzt in Wut.

»Versprechen Sie mir wenigstens, dass Sie sich den Fall anschauen?«

»Frau Ehrenstein, ich schätze Sie viel zu sehr, als dass ich Sie anlügen würde, nur damit Sie sich besser fühlen.«

»Aber ...«

»Nein! Marandjosef, jetzt geben'S doch eine Ruh! Beim Würger haben'S Glück gehabt, aber jetzt müssen'S es sein lassen. Ein für alle Mal! Lassen'S das Detektivspielen, ich mein's ernst, Frau Ehrenstein! Sie sollten wirklich weniger dieser Boulevardblätter lesen!«

Das hatte sie am meisten getroffen. Das Nicht-ernstgenommen-Werden war nichts Neues für sie. Die Leute sahen ihre Aufmachung und unterschätzten sie. Aber dass der Major annahm, sie hätte sich alles aus den Fingern gesogen, und das wegen der Skandalmeldungen aus dem *Wiener Telegramm* – das war zu viel.

Vor einer Viertelstunde hatte sie sich mit Marie beim Rathaus getroffen, und nicht lange danach hatte das Dienstmädchen ihre Chefin in den Ballkäfig gezogen, wo sie den vereinsamt liegenden Ball vorgefunden hatten.

»No, was soll's!« Dank ihrer weiten Hosen konnte sie bequem ausholen, traf den Fußball schön mittig, und er rollte in gemächlichem Tempo gegen den Ballkäfig. Marie erklärte, dass sie nicht weitergehen würden, ehe die gnä' Frau das richtig machte, und legte den Ball erneut vor die Dame.

Dieses Mal war etwas mehr Kraft dahinter. Der Käfig schepperte, als das Leder dagegenknallte. Frau Ehrenstein war es nicht gewohnt, ihren Frust körperlich abzureagieren. In ihren Kreisen schluckte man alles herunter, weil Gefühlezeigen ein Zeichen von Schwäche war. Ihr Rist tat jetzt etwas weh, aber sie musste gestehen, dass der Tritt gutgetan hatte.

Marie und Frau Ehrenstein setzten sich auf eine Bank außerhalb des Ballkäfigs. Der Wind war heute unerbittlich, er brachte den Geruch von Schnee mit. Nach dem drückend heißen Sommer war das eine Wohltat, auch wenn die gnä' Frau ein wenig fröstelte. Sie entzündete sich eine Zigarette.

»Was mache ich jetzt, Marie? Soll ich's gut sein lassen, wie der werte Herr Major vorgeschlagen hat?«

»Eher friert die Hölle zu, als dass Sie was gut sein lassen, mit Verlaub, gnä' Frau.«

»Ich hab sogar meiner Mutter davon erzählt, Gott steh

mir bei. Also nicht alles, selbstredend, aber dass ich glaub, dass da was nicht mit rechten Dingen zugegangen ist. Sie müsse sich meinetwegen so genieren, hat sie gesagt. Sie hat sogar kurz so getan, als würd sie der Schlag treffen, als ich ihr erzählt habe, dass ich zur Polizei gehe deswegen. Ah ja, und sie hat gesagt, dass sie mich nie wieder wohin mitnimmt.«

»Na, des nenn i a Drohung.«

»Ma, ich sollte mich wirklich zurücknehmen. Wenn schon nicht einmal die Polizei was davon hören will!«

»Ja, oba des werdn'S net, oiso lass ma des. Des Problem is, dass die Kieberer schon beim Grafen net von an Mord ausg'angen san, oiso glauben's a net, dass des mi'm Kommerzialrat irgendwie z'sammhängt.«

»Das größere Problem ist, dass er vielleicht nicht das letzte Opfer war. Was, wenn da jemand rumläuft und alte Männer umbringt?«

»Reiche, grindige alte Männer, die miteinander befreundet san, ins gleiche Freudenhaus g'angen san und denselben Umgang gepflegt ham.«

Frau Ehrenstein trat die Zigarette mit dem Absatz ihres Stiefels aus und lehnte sich nachdenklich zurück. »Wenn wir von diesem Muster ausgehen, würden vermutlich die Herren Pickerl und Stadler die Nächsten sein.«

»Pick hat er g'heißen.«

»Wenn jetzt noch einer unter diesen Umständen zu Tode kommt, hätte ich wenigstens die Genugtuung, ins Büro von dem verbohrten Major zu gehen und zu rufen: Hab ich's Ihnen nicht gesagt?!«

Marie stand auf und rieb ihre geröteten Hände aneinander. Sie trug eine kurze Jacke aus festem Stoff, der an manchen Stellen schon etwas dünn wirkte. Als Frau Ehrenstein ihr einmal angeboten hatte, ihr eine neue zu kaufen, hatte ihr die junge Frau einen Blick zugeworfen, den die Dame mit »Wollen'S mi pflanz'n?« übersetzte, und dann das Thema gewechselt.

»Ja, oba des werd ma net zulassen. Ihre Genugtuung müssen'S irgendwie anders finden. Kommen'S. Des Platteng'schäft schließt bald, wir müssen uns tummeln!«

Frau Ehrenstein ging zügig neben Marie her und bat ihre Gefährtin, von der Feier des Vorabends zu erzählen. Eins der Dienstmädchen aus der Villa Bárány war schwanger oder verlobt oder beides, jedenfalls quittierte sie ihren Dienst, und ihre Kollegen hatten ein Fest veranstaltet. Das Ganze fand in dem Beisl in Döbling statt, in dem sich das Personal nach Feierabend zu treffen pflegte, und Marie war auch eingeladen worden.

»Dafür schauen Sie heute aber sehr frisch aus.«

»Dank'schön recht herzlich! Jedenfalls war's echt leiwand, a wenn ma nix trunken hat. Jemand hat a bissl Gitarre g'spült, und wer anderer hat g'sungen. Es gab was zu essen, ma hat sich guat unterhalten können.«

»Das klingt wirklich schön!«

»Vor allem war's aufschlussreich. I hab mi'm Chauffeur vom Herrn Kommerzialrat plaudern können!«

»Und das sagen'S erst jetzt? Sie lassen mich stundenlang über diesen depperten, nutzlosen Major herziehen, während Sie Informationen über den Tathergang haben?«

»Jetzt übertreiben'S net. Stundenlang! Außerdem mussten'S erst den Grant loswerd'n, bevor ma in Ruhe red'n können.«

Die gnä' Frau wollte sich erneut echauffieren, doch ihr Dienstmädchen brachte sie mit erhobener Hand zum Schweigen.

»Er hat ma eh net vü sag'n können, weil er nie mit drin war. Oba er hat ma die genaue Adresse g'sagt, weil von außen erkennt ma net, dass da was wär, hat er g'sagt. Alles inkognito, damit die Kieberer net glei drauf stoß'n. Wobei a gnua von der Kieberei dort absteig'n, oba halt net die von der Sitte. Er hat ma a g'sagt, des i dort sicher guats Geld verdienen könnt.«

»Jesusmariaundjosef!«

»Entspannen'S Ihnen, gnä' Frau. Des is a Hack'n wie jede andere. Oba i hab eh mei Auskommen und kann mi net beschwer'n.«

Der Chauffeur hatte erzählt, dass der Herr Kommerzialrat am besagten Abend aufgrund steigender Aktienkurse in besonders guter Stimmung gewesen sei und schon im Auto zu trinken begonnen habe. Leider hatte er nicht sagen können, ob da irgendetwas Ungewöhnliches dabei war, wie ein blaues Fläschchen beispielsweise.

»Wobei er, wie i nachg'fragt hob, scho davon ausg'angen is, dass der Oide irgendwas g'nommen hat, weil an dem Abend hat er scho an'kündigt, dass er … na ja, dass er sich's eben richtig geben wollt, und anders hätt sich des der Chauffeur net vorstell'n können. Sie versteh'n.«

Im Morgengrauen hatte er den Herrn Kommerzialrat nach Hause gebracht. Der Alte war zwar benommen, doch bester Stimmung gewesen. Aus dem Auto war er schon nicht mehr alleine herausgekommen, der Chauffeur hatte ihn nach oben tragen müssen. Die Frau Kommerzialrat war sehr wütend gewesen, wobei sie eigentlich ständig wütend war, nur diesmal hatte sie den alten Mann richtig angeschrien und dann den Chauffeur aus dem Zimmer geworfen. Ein paar Stunden später, er war gerade bei einem Kaffee in der Küche gesessen, war das Geschrei losgegangen, weil der alte Herr nicht mehr aufwachte. Er hatte es irgendwie schön gefunden, dass der Herr Kommerzialrat noch eine schöne Nacht vor seinem Tod gehabt hatte.

»Direkt rührend, Ihr Herr Chauffeur.«

»Er is net meiner, a wenn er's gern wär. Oba vü interessanter war's, ois i erm nach der Großnichte g'fragt hab.«

Er hatte gehört, wie sich der Herr Kommerzialrat mit dem Grafen über Martha unterhalten hatte, und da war es um die Überlegung gegangen, dass sich die junge Frau ihr Geld ja auch im Club verdienen könnte. So würde sie wenigstens nicht mehr den Báránys auf der Tasche liegen und könnte ihre »gottgegebenen Talente« vollends ausnützen.

»Das hat er also gemeint, als er sagte, sie solle sich eine richtige Arbeit nehmen. Wollte er ihr den Geldhahn zudrehen, um sie dazu zu bewegen?«

»Der Chauffeur hat g'meint, das war nur ein Schmäh, oba i waaß net. Wos is'n da los?«

Sie hörten entfernt Rufe und Pfiffe, doch erst, als sie auf die Mariahilfer Straße traten, sahen sie, dass dort gerade eine Demonstration stattfand. An der Spitze wurde ein Karren mit einem Käfig gezogen, darin stand eine Frau in Sträflingsuniform. Neben dem Käfig gingen ein Priester, ein Arzt und ein Richter, jedenfalls waren sie so gekleidet. Dahinter gingen viele Männer und Frauen, einige trugen Transparente:

Selbstbestimmung über den eigenen Bauch!
Nieder mit § 144!
Ob Kinder oder keine, entscheiden wir alleine!

In Österreich stand auf Abtreibung eine Haftstrafe, noch dreißig Jahre zuvor war es sogar die Todesstrafe gewesen. Marie war vor nicht allzu langer Zeit nach der Behandlung einer Engelmacherin beinahe gestorben. Sie hatte überlebt, konnte nun aber keine Kinder mehr bekommen. Bevor Frau Ehrenstein die junge Frau kennengelernt hatte,

hatte sie sich nie Gedanken über das Thema Abtreibung gemacht. Sie bekam natürlich mit, wenn in ihrem Bekanntenkreis mit vorgehaltener Hand über Schwangerschaftsabbrüche gesprochen wurde. In ihren Kreisen galt das als kleiner Eingriff, der für genügend Geld von einem diskreten Arzt in sicherer Umgebung vorgenommen werden konnte. Doch dieses Privileg hatten wenige Frauen.

Frau Ehrenstein war froh, dass Marie sich ihr damals anvertraut hatte. Jetzt griff sie nach der Hand der jungen Frau und drückte sie sanft. Marie sah sie mit gerunzelter Stirn an, doch dann glätteten sich ihre Züge, und sie lächelte sie an.

»Des is guat.« Die junge Frau nickte zu den Demonstranten und wiederholte: »Des is guat.«

Sie zog die Dame an der Hand an der Demonstration vorbei und steuerte den Plattenladen an.

»Der Butler war übrigens a da. Bei der Feier. Die andern ham g'sagt, dass er sich herablass'n hat, weil's a Abschiedsfeier war. Oba i sag Ihnen, dafür, dass er in der Villa so etepetete 'tan hat, hat er sich ganz schö ang'soffn, je später es g'wordn is.«

»Haben Sie sich mit ihm unterhalten können?«

»Na, der is hauptsächlich für sich blieb'n. Nur mi'm Gärtner hat er z'samm g'soffn. Oba Sie wissen eh, wenn ma scho bissl andudelt is und in so beengten Räumlichkeiten, da kann's halt scho amal vorkommen, dass ma bissl belauscht wird, Sie versteh'n?«

Der Gärtner und der Butler hatten erbarmungslos über die Herrschaft hergezogen. Wie dekadent und herrschsüchtig die Witwe war, wie ungeniert die Großnichte halb nackt durchs Haus tanzte, wie sie die Bediensteten als ihre Sklaven ansahen und dass sie beide an dem ganzen Geld ersticken sollten.

»Der Butler besonders! I sag's Ihnen, der hat sich gar nimma einkriegt vor lauter Giftspuckerei! Am Schluss hat er scho a bissl durcheinanderg'redt, oba er hat so was g'sagt wie, dass dem Grafen die Villa gar net g'hört hat, sondern er sie wem im Krieg abg'nommen hat. Na, was war des Wort? Einverleibt, hat er, glaub ich, g'sagt.«

Die gnä' Frau unterbrach ihre Gefährtin an dieser Stelle und fragte nach der Garderobe des Butlers. Marie verdrehte die Augen und erklärte, wie wurscht ihr so etwas sei und dass Männer in Anzügen eh alle gleich aussahen. Dennoch beschrieb sie pflichtschuldig Hose, Sakko, Schuhe und Hut und erinnerte sich sogar an kleinste Details wie die Beschaffenheit des Leders und den Zustand des Stoffs, als Frau Ehrenstein sie danach fragte.

»Jedenfalls hat no der Gärtner g'sagt: *Die G'stopften kommen halt immer mit allem durch.* Und der Butler hat g'sagt: *Irgendwann kriegt a jeder, was er verdient.*«

Sie waren beim Plattenladen angekommen, und Frau Ehrenstein sah nachdenklich dem Demonstrationszug nach, der laut pfeifend und skandierend die Mariahilfer Straße hinaufmarschierte.

»Gnä' Frau? Was meinen'S?«

»Ich mein, wir sollten hineingehen, bevor der Besitzer vor unserer Nase zusperrt.«

»Und außerdem?«

»Und außerdem frag ich mich, ob der Graf das gekriegt hat, was er verdient.«

27

Die gnä' Frau ist schmähstad

Frau Ehrenstein hatte die neue Platte von Lou Reed aufgelegt und konnte sich nicht entscheiden, ob sie die A- oder die B-Seite besser fand.

Sie füllte einen zwölfjährigen Dalmore nach und stellte sich an den Kamin, wo zum ersten Mal in diesem Jahr wieder Feuer brannte. Aus dem Lautsprecher ertönte ein kratziges Rauschen, ehe ein neues Lied mit leichter Akustikgitarre begann. Der Bass kam hinzu, dann sanft das Schlagzeug, bis zuletzt die hohe Männerstimme erklang: *»Holly came from Miami …«*

Frau Ehrenstein sah Oskar hinter den offenen Flügeln der Wohnzimmertür vorbeigehen. Er hielt inne und legte den Kopf schief, als ob er auf den Text hören würde. Sie erwartete, dass er eine Bemerkung über ihren Musikgeschmack oder über die Lautstärke machen würde. Doch dann ging er, in seine Papiere vertieft, weiter.

Sie hatte sich nie viele Gedanken über das Privatleben ihres Mannes gemacht. Die beiden hatten schon sehr bald nach der Hochzeit gemerkt, dass ihnen gemeinsame Körperlichkeiten keine Freude bereiteten, also fand die gnä' Frau es nachvollziehbar, dass er sich eine Geliebte gesucht hatte. Verkehrte er vielleicht auch in solchen Etablissements für Herren wie der Graf und seine Freunde? Sie konnte es sich nicht so recht vorstellen. Er war nie der Typ Mensch gewesen, der in Gruppen aufging. Selbstverständlich war er geübt darin, in Gesellschaft Konversation zu führen, ging zu Geschäftstreffen und veranstaltete Soireen in der Villa. Aber sie hatte ihn nie als jemanden wahrgenommen, der sich mit anderen Getränke und Geliebte teilte. Er war eher ruhig und diskret statt polternd und laut wie so viele seiner Freunde.

Kurz entschlossen ging sie durch die Eingangshalle zu seinem Arbeitszimmer und klopfte an die offen stehende Tür, um sich bemerkbar zu machen. Er sah kurz auf, mit einer tiefen Falte zwischen den Augen, widmete sich dann aber wieder den Dokumenten auf dem Schreibtisch.

»Oskar, ich wollt dich fragen, weißt du, wo die Daungasse ist?«

»Ich denke, nicht. Du solltest einen Stadtplan konsultieren.«

»Danke für den Tipp.«

Er wirkte nicht ertappt, aber er ließ sich seine Gefühlsregungen selten anmerken. Sie strich ihren Bleistiftrock glatt und überprüfte den Sitz ihrer Hochsteckfrisur.

»Ist noch etwas?«

»Nein, nein. Ich dacht nur, dass du vielleicht jemanden in der Daungasse kennst.«

»Da ich nicht weiß, wo das ist, ist das nicht sehr wahrscheinlich.«

»Vielleicht bist du ihm schon einmal beruflich über den Weg gelaufen. Er hat mit Chemikalien zu tun.«

Oskars Import-Export-Firma arbeitete mit einigen internationalen Herstellern für Plastik und Waschmittel zusammen, das wusste die gnä’ Frau, also war das nicht einmal so abwegig. Und Potenzmittel bestanden aus Chemikalien. Jedenfalls hatte sie ihr Ziel erreicht: Er hob endlich den Kopf, um sie ein wenig irritiert anzusehen.

»Wem?«

»Er arbeitet für eine Firma namens Aqua Tofana.«

Er hob nur ganz leicht die Augenbrauen.

»Er hält sich häufig in der Daungasse 12 auf. Im 8. Bezirk«, sagte sie und wartete gespannt auf seine Reaktion.

Doch sein Gesicht blieb weiterhin ahnungslos, wenn auch interessiert.

»Das sagt mir gar nichts. Und dort ist sein Büro? Wie heißt dieser Jemand überhaupt? Er hat mit Chemie zu tun, sagst du?«

Oskar klang jetzt sogar ein wenig zu interessiert, und sie überlegte fieberhaft, wie sie aus der Situation wieder herauskam. Aus einem Gefühl heraus hatte sie nur nachhorchen wollen, ob er möglicherweise manchmal Gast des Clubs in der Daungasse war. Sie schalt sich für diese Kindereien. Selbst wenn es so wäre, wäre das seine Sache. Denn diesmal – und da war sie sich sicher – hatte er gewiss nichts mit den Morden zu tun. Wenn Oskar jetzt eventuell nach Aqua Tofana oder nach der Adresse suchte, würde er eine delikate Überraschung erleben.

»Ja, nein, sein Büro nicht, glaub ich. Ich bin mir auch grad gar nicht mehr sicher, ob es die Nummer 12 war. Oder überhaupt die Daungasse. Es ist im Grund komplett unwichtig. Vergiss es einfach! Tut mir leid, wenn ich dich gestört habe!«

»Was …«

»Wir sehen uns beim Abendessen!«

Ihre Absätze klackerten in schnellem Rhythmus auf dem Marmorboden, als sie zurück ins Wohnzimmer eilte. Lou Reed sang mittlerweile mit schleppender Stimme über einen »Perfect Day«. Die Dame ließ sich in den großen Ohrensessel sinken und fand, dass das jetzt gar nicht perfekt gelaufen war.

Sie nahm einen Schluck Whisky und dachte angestrengt nach.

Der Werbebrief mit den Fläschchen war in die Villa des Grafen geschickt worden. Laut Klerger hatte er ihn nicht im Club bekommen, doch alle waren davon ausgegangen, dass das Potenzmittel etwas mit dem Club in der Daungasse zu tun hatte, weil diese Art Medizin dort gang und gäbe war. Es wäre interessant herauszufinden, ob man diese kleinen blauen Fläschchen dort kannte und ob es dort womöglich einen Angestellten gab, der sich mit solchen Geschäften ein Zubrot verdiente. Kannte man dort vielleicht auch Martha Stelic und ihre Schauspielerfreunde? Ihr Stammlokal, das Voom Voom, war nur zwei Häuser weiter. Vielleicht hatte sie den Grafen und seine Freunde dort schon einmal gesehen.

Die gnä' Frau spielte mit dem Gedanken, sich dort umzuhören. Sie könnte untertags auftauchen, unter dem Vorwand, Spenden zu sammeln oder etwas zu verkaufen? Oder Marie könnte sich dort für eine Arbeit als Putzkraft bewerben?

Sie hatte die Firma Aqua Tofana im Telefonbuch gesucht und beim Meldeamt danach gefragt, doch ohne Erfolg. Der zweite Teil des Briefes, in dem angeblich eine Adresse stand, unter der man nachbestellen konnte, fehlte. Letzte Nacht hatte sie dieses Briefchen wieder studiert, war den Text durchgegangen, hatte die Maserung des Papiers begutachtet, sein Gewicht in den Händen abgeschätzt. Mittlerweile ging sie jede Nacht die Beweise durch, die sie gesammelt hatte. Suchte, verglich, stellte Hypothesen auf. Die Sache ließ ihr keine Ruhe. Sie hatte das Gefühl, die Antworten lägen genau vor ihrer Nase und dass sie ihr vermaledeites Hirn nur noch nicht dazu bringen konnte, sie zu verstehen.

Sie fragte sich, ob der Herr Kommerzialrat ein Zufallsopfer gewesen war oder ob man es gezielt auf ihn abgesehen hatte. Seine Frau verfügte jetzt auf jeden Fall über ein stattliches Erbe und genügend Platz für sich und ihren sabbernden Dackel. Martha Stelic brauchte sich fürs Erste keine Sorgen mehr um Geld zu machen, und Eduard Klerger hatte seine Firma. Der Butler hegte offensichtlich einen Groll gegen die Familie. Lag es nur daran, wie die Báránys an ihr Geld gekommen waren, oder hatte er eine persönliche Rechnung mit ihnen offen? Und die Gräfin? Der Tod ihres Mannes hatte sie mitgenommen, keine Frage. Doch es konnte nicht leicht für sie gewesen sein, mit so einem Menschen zusammenzuleben.

Frau Ehrenstein hatte der Gräfin im Kunsthistorischen Museum ein wenig über ihr Leben mit Oskar erzählt. Was sie ärgerte, was sie verletzte, wo sie sich unverstanden fühlte. Ehe sie es sich versah, hatte sie der Gräfin ihr Herz ausgeschüttet. Sie hatte sich gleich dafür entschuldigt, sich so über ihren Mann zu echauffieren, und das auch noch gegenüber einer Witwe. Doch die Gräfin war warmherzig und verständnisvoll gewesen und hatte ihr Mut zugesprochen.

»Die Ehe ist ein heiliges Sakrament, mein Kind! Machen Sie sich keine Sorgen, der Herrgott wird schon ein Auge auf Sie beide haben!«

Frau Ehrenstein war kein gläubiger Mensch, doch die Zuversicht, mit der die alte Frau diese Worte gesagt hatte, hatte sie aufgebaut. Es ging ihr nicht darum, eine Vorzeigeehe zu führen, aber sie wünschte sich, in guter Freundschaft mit Oskar zusammenleben zu können, ohne dass sie sich ständig in die Haare kriegten.

Erst jetzt bemerkte sie, dass wieder das erste Lied von Lou Reeds Album spielte. Jemand musste den Tonarm des Plattenspielers wieder vorne auf die Platte gesenkt haben. Die gnä' Frau erwartete, Marie zu sehen, und wollte ihr gleich ihre Gedanken zum Fall unterbreiten. Doch sie musste überrascht feststellen, dass ihr Mann vor dem Plattenspieler stand und das Cover mit dem bleichen Gesicht von Lou Reed auf schwarzem Hintergrund betrachtete. Etwas, das nicht oft passierte, geschah nun: Frau Ehrenstein war schmähstad. Oskar kam im Grunde nur zu ihr ins Wohnzimmer, wenn er sich über die Lautstärke beschwerte. Vor allem konnte sie sich an kein einziges Mal erinnern, dass er auch nur ein entferntestes Interesse an ihrer Musiksammlung gezeigt hätte.

Sie hatte Angst, ihn zu verscheuchen, wenn sie etwas sagte oder sich bewegte, so als wäre er ein seltenes Tier. Also beobachtete sie ihn mit anthropologischer Faszination, bis er die Plattenhülle wieder an ihren Platz gelegt hatte und sie ansah.

»Interessant!« Er nickte in Richtung der Schallplatte.

Sie studierte seine Miene genau. War Sarkasmus oder Häme zu erkennen? Geringschätzung? Doch sein Gesicht war ausdruckslos.

Die gnä' Frau bemerkte, dass ihr Gatte auf irgendeine Reaktion ihrerseits wartete, doch da sie immer noch zu überrumpelt war, sagte sie nur etwas unelegant: »Ähm, ja.«

Er stand einfach nur da, mitten im Wohnzimmer, und taxierte sie. Sie hatte nicht die geringste Ahnung, welches Spiel er trieb. Um sich für eventuelle Auseinandersetzungen zu wappnen, trank sie sicherheitshalber den Whisky aus.

Er seufzte. Vermutlich würde er sie jetzt über die Unschicklichkeit einer whiskytrinkenden Dame aufklären, und sie verdrehte schon vorsorglich die Augen.

»Ich weiß, was du tust.«

Oskars Stimme war ernst, und auf seiner glatten Stirn bildeten sich Falten. Zu Frau Ehrensteins Unsicherheit gesellte sich nun etwas, das Panik nahekam. Was wusste er? Dass sie eine heimliche Hobbydetektivin war, die Morde aufklärte, sich mit Würgern prügelte und in Arztpraxen einbrach? Oder dass sie manchmal nachts in die Küche ging, um Reste vom Schweinsbraten zu naschen?

Sei's, wie's sei, sie musste sich zusammenreißen. Sie strich über ihre Perlenkette und sagte mit kräftiger Stimme: »Was weißt du?«

Er seufzte erneut und schüttelte den Kopf. »Ich weiß, was du da … tust.« Er gestikulierte ungelenk und wirkte auf einmal genauso unsicher, wie sich Frau Ehrenstein fühlte. »Was du … was du versuchst, Helene. Und ich wollte dir nur sagen, dass es wirklich nicht nötig ist.«

»Oskar, ich bitte dich, wovon redest du überhaupt?«

»Ach, du weißt schon. Du bist ja nicht einmal dezent dabei.«

»Wenn du nicht gleich mit der Sprache rausrückst, werf ich die Nerven weg, ich sag's dir!«

Die gnä' Frau fuhr sich überrascht an den Mund. Sie hatte nicht vorgehabt, das laut auszusprechen, aber irgendwie war es aus ihr herausgerutscht. Oskar sah sie für einen Moment entgeistert an, doch er fand seine Sprache rasch wieder.

»Ich rede davon, wie du mich vor meinen Eltern in Schutz genommen hast. Wie du für mich geschäftliche Kontakte mit einem Chemiker herstellen willst. Ich … ich weiß, du versuchst, das wiedergutzumachen, was … na ja, was geschehen ist mit den Amerikanern. Aber …«

»Oskar …«

»Aber es ist nicht nötig. Der Firma geht's gut. Mir geht's gut. Mein Vater ist einfach nur …«

Ein Idiot? Ein Wappler? Ein kaltherziger Patriarch, der die Bedeutung von wahren Gefühlen nicht einmal erkennen würde, wenn sie ihn in den Allerwertesten beißen würden? Frau Ehrenstein wünschte sich von ganzem Herzen, dass ihr Mann den Satz so beenden würde.

»... altmodisch. Er lebt zu sehr in der Vergangenheit, aber ich kann dir versichern, dass uns kein größerer Schaden durch den gescheiterten Vertrag mit den Amerikanern entstanden ist.«

»Oskar ...«

»Nein, bitte lass mich ausreden. Ich war wütend, das geb ich zu. Aber ich hab gemerkt, dass es dir leidgetan hat.«

»Das hat es auch wirklich. Mir leidgetan. Ich wollte nicht, dass du wegen meiner Spompanadeln in Schwierigkeiten gerätst!«

Oskar lächelte schief und steckte seine unruhigen Hände in die Hosentaschen. »Danke. Ich weiß. Ich wollt dir einfach nur sagen ... Ich weiß gar nicht genau, was ich sagen wollte. Ich denk, ich wollt einfach sagen, dass alles in Ordnung ist und du dir keine Gedanken mehr drüber zu machen brauchst!«

»Ich ...«

»Und noch etwas: Ich weiß, du wolltest helfen, aber mit Arsen fangen wir nicht mehr viel an. Natürlich wird es in der Industrie immer noch verwendet, aber es ist schon etwas überholt ...«

Das Telefon im Vorzimmer klingelte, doch Frau Ehrenstein nahm das nur entfernt wahr.

»Was ... warte, Arsen?«

»Ja, du sagtest doch Aqua Tofana. Wenn ich mich richtig erinnere, war das eine bekannte Arsenikmischung im ... ich glaub, im 17. Jahrhundert. Du weißt doch, Chemie ist mein Steckenpferd. Ich nahm an, dass jemand seine Firma so nennt, weil er mit Arsen handelt.«

»Gnä' Frau?«

Marie war ins Wohnzimmer geeilt. Frau Ehrenstein hielt die Luft an. Ihre Gefährtin hatte zu viel Feingefühl, um grundlos in eine Unterhaltung hineinzuplatzen. Außerdem verriet ihr Gesichtsausdruck höchste Dringlichkeit.

»Was wollen'S denn?« Oskars Freundlichkeit war aus seiner Stimme verflogen, ebenso wie sein Lächeln aus seiner Miene.

»Verzeihen Sie, gnädiger Herr. Es ist ein Anruf für die gnädige Frau, und ich fürchte, er kann nicht warten.«

Oskar nahm die Hände aus den Taschen, strich seine Hose glatt und räusperte sich. »Nun gut, ich muss wieder an die Arbeit. Wir … wir sind hier ohnehin fertig, denke ich.«

Er nickte seiner Frau zu und verließ ohne ein weiteres Wort das Zimmer. Frau Ehrenstein rief ihm noch »Danke, Oskar!« nach, doch dann war sie schon bei ihrem Dienstmädchen.

»Was ist denn geschehen, um Himmels willen?«

»Es is die Gräfin. Und sie hat g'sagt, es geht um Leben und Tod!«

28

Eine zache Rossnatur

Die schweren Stoffvorhänge waren halb zugezogen und ließen nur ein wenig vom matten Dezemberlicht ins Zimmer. Die Stehlampe auf der anderen Seite des Bettes warf nur einen schwachen Schein, der gelblich wirkte. Dennoch konnte Frau Ehrenstein das Gesicht der Gräfin deutlich erkennen. Es war eingefallen und farblos, und die sonst so wachen, freundlichen Augen waren gerötet und wässrig. In dem großen Himmelbett sah der Körper der alten Frau ganz verloren aus.

»Ach, mein Kind, ich bin so froh, dass Sie da sind!«

Die Gräfin streckte ihre zarte Hand nach der gnä' Frau aus, die sofort zu ihr eilte und sie ergriff. Ihre Haut fühlte sich schrecklich kalt an. Frau Ehrenstein spürte Tränen in ihre Augen steigen, mahnte sich aber, sich zusammenzureißen.

»Setzen Sie sich doch, meine Liebe! Kann ich Ihnen etwas anbieten? Einen Kaffee oder eine Mehlspeis?«

Frau Ehrenstein ließ sich auf dem bereitgestellten Holzsessel mit bestickten Blumen nieder und schüttelte heftig den Kopf.

»Ich bitte Sie, Gräfin, Sie dürfen sich jetzt nicht um mich kümmern! Wie geht es Ihnen? War der Arzt schon da?«

»Ach der, ja. Er war fast den ganzen Vormittag da, der Gute! Er hat mir aufgetragen, mich zu schonen, und mir ein paar Pulver verschrieben. Er meinte, wenn es nach dem Wochenende nicht besser ist, muss ich ins Krankenhaus. Eine grausliche Vorstellung!«

Ihr Gesicht verzog sich, als hätte sie etwas Saures gegessen. Sie fuhr sich mit einem Stofftaschentuch an den Mund und stöhnte. Die gnä' Frau war bereits aufgesprungen und an ihrer Seite, doch die Gräfin schüttelte den Kopf.

»Es geht schon wieder, meine Liebe!« Doch ihre Stimme war plötzlich ein schwaches Krächzen. »Es tut mir leid, dass ich Sie so aufgeschreckt habe! Ich habe mich gehen lassen, das ist unverzeihlich. Aber ich bin ... wie sagt man in Wien so schön, ich bin zach!«

Die gnä' Frau tätschelte ihr bekümmert die Hand und versicherte ihr, froh zu sein, dass man sie gerufen hatte. Dann bat sie die Gräfin, ihre Symptome zu beschreiben. Wie Frau Ehrenstein befürchtet hatte, waren es dieselben wie beim Herrn Kommerzialrat. Bis gestern war sie in bester Verfassung gewesen, doch mitten in der Nacht hatten die Beschwerden eingesetzt.

»Ich weiß, ich bin nicht mehr die Jüngste, meine Liebe, aber ich versichere Ihnen, ich habe eine Rossnatur! Dass ich so einfach zusammenbreche, das ... das ist nicht normal!«

»Ich glaube Ihnen, Gräfin.«

»Vielleicht bin ich manchmal müde, ja eventuell müder als früher. Besonders nach dem Ableben meines ... Aber auch wenn die anderen mich nicht ernst nehmen, ich bleib dabei: Da stimmt etwas nicht!«

»Sie haben recht, Gräfin.«

»Ich hatte schon früher Lebensmittelvergiftungen, das können Sie mir glauben! Nicht nur im Krieg, auch vor drei Jahren, als damals die Forelle schlecht gewesen ist. Aber so ... so hat sich das nicht angespürt. Als ob mein Körper nicht mehr könnte. Ich habe zwei Kriege und zwei Ehemänner überlebt, aber das ... das macht mir Angst!«

»Gräfin!«

»Ja, ich weiß, mein Kind, ich echauffier mich zu sehr. Aber wissen Sie, ich dachte mir, vielleicht wissen Sie ja was. Weil ... ich hab gehört, Sie glauben, dass beim Tod von meinem Friedrich und dem Herrn Kommerzialrat etwas nicht mit rechten Dingen zugegangen ist. Und dann hat es geheißen, dass Sie sogar vorhaben, mit der Polizei zu sprechen, also dachte ich mir, Sie würden mir vielleicht glauben! Ach, ich muss wie eine Irrsinnige klingen! Die anderen haben schon recht, ich werde einfach alt.«

»Gräfin, ich bitte Sie!«

Frau Ehrenstein setzte sich auf den Bettrand neben die alte Frau und nahm ihre zarten Hände in die ihren.

»Wenn Sie sich echauffieren, dann zu Recht. Es ist eine Frechheit, dass man Ihnen nicht glaubt. Ich fürchte sogar, dass Ihr Mann noch leben könnte, wenn der Arzt ihn nicht als Hypochonder angesehen hätte.«

Die Augen der Witwe weiteten sich.

Frau Ehrenstein hielt es für das Sinnvollste, die Polizei zu verständigen. Doch die Erinnerung, wie Major Raab sie aus dem Sicherheitsbüro geschoben hatte, war noch schmerzlich frisch. Ihr blieb nichts anderes übrig, als die Dinge selbst in die Hand zu nehmen.

»Gräfin, ich will Ihnen keine Angst machen, aber es ist von enormer Wichtigkeit, dass Sie mir genau erzählen, was passiert ist. Waren Sie gestern Abend allein, oder war jemand bei Ihnen?«

»Oh, Eduard und Martha haben mit mir gegessen, das machen sie jeden Freitag, wissen Sie? Und dann haben wir den Tag noch mit ein wenig Sherry ausklingen lassen.«

»Waren alle vom Personal anwesend, oder hat jemand gefehlt?«

»Nein, es ... es waren alle wie gewohnt da. Wissen Sie,

der Butler wohnt ja hier, damit ich immer versorgt bin. Was ein Glück ist, muss ich sagen! Nur die Dienstmädchen haben so um 21 Uhr Schluss.«

»Gut. Als Nächstes möchte ich Sie bitten, dass Sie mir genau erzählen, was Sie gestern Abend zu sich genommen haben, Gräfin. Außerdem …«

»Kindchen?«

»Ja, brauchen Sie etwas, Gräfin?«

Die Witwe sah sie müde, aber mit diesem freundlichen Lächeln an, das Frau Ehrenstein schon an ihr kannte. »Ich werde Ihnen, so gut ich kann, auf alles antworten, aber ich denke, es ist mittlerweile an der Zeit, dass Sie mich Adele nennen!«

Frau Ehrenstein bedankte sich verlegen für die Ehre und bestand darauf, ab jetzt »Helene« genannt zu werden. Doch dann kam sie wieder auf den Fall zurück. Die Gräfin bemühte sich, alle Fragen gewissenhaft und genau zu beantworten. Mit einer Klingel neben ihrem Bett rief sie noch ein Dienstmädchen, das Frau Ehrenstein einen riesigen Punschkrapfen brachte, doch die Dame war zu aufgebracht, um zuzugreifen.

Die Witwe hatte am Abend zuvor, wie jeden Freitag, ein Mahl mit ihrer Großnichte und Eduard Klerger eingenommen. Es hatte Grießnockerlsuppe, Ente und zum Nachtisch ein Schokoladensoufflé gegeben. Alle hatten das Gleiche gegessen, nur Martha hatte sich etwas weniger genommen, da sie am nächsten Tag ein wichtiges Fotoshooting hatte und »nicht zu blad« wirken wollte. Getrunken wurde ein kräftiger Cabernet Sauvignon und Leitungswasser. Der Abend klang in der Bibliothek aus, bei Gesprächen über Eduards Arbeit, Marthas Kunst, Bücher und Politik. Keine außergewöhnlichen Themen, nichts, worüber sich jemand aufgeregt hätte. Eduard und

Martha hatten einen Cognac getrunken, während die Witwe wie immer auf ihren Sherry bestand. Auf Frau Ehrensteins Nachfrage bestätigte sie, dass sie die Einzige war, die diesen Likörwein trank.

Frau Ehrenstein fand heraus, dass die Gräfin tagsüber ebenfalls ihren Sherry getrunken hatte, und da war es ihr nicht schlecht gegangen. Die gnä' Frau ging davon aus, dass ihr eine größere Menge Gift verabreicht worden war, sonst wäre ihr Zustand nicht so schnell so ernst geworden. Also musste es am Abend geschehen sein. Die Witwe hatte sich während des Essens nicht vom Tisch erhoben, doch beim Umtrunk war sie auf die Toilette gegangen und hatte Eduard und Martha allein gelassen. Allein mit dem Sherry.

Frau Ehrenstein ging in die Bibliothek, um nach der Flasche zu suchen, doch sie war nicht mehr da. Das herbeigerufene Dienstmädchen beteuerte, dass der Sherry immer an derselben Stelle stehe, damit sich die Gräfin selbst bedienen könne, und war fassungslos, dass eine halb volle Flasche verschwunden war.

»Meiner Seel! Oba vielleicht is zerbroch'n, und wer andrer hat's weggeräumt?«

»Das würden wir riechen.« Frau Ehrenstein hatte einmal – eventuell nicht ganz unabsichtlich – Oskars Brandyflasche zerbrochen. Obwohl das Malheur sofort weggeputzt worden war, hatte es Tage gedauert, bis der Geruch sich verzogen hatte. »Nein, irgendjemand muss sie fortgeschafft haben. Und zwar zwischen gestern Nacht und gerade eben.«

29

Kommunistin, Detektivin
oder gnä' Frau?

Frau Ehrenstein hatte für die sitzende Goethestatue keinen Blick übrig, als sie wutentbrannt an ihr vorbei in den Burggarten stöckelte. Vor der Oper hatte sie aus einer Telefonzelle noch Marie angerufen, um sie auf den neuesten Stand zu bringen. Hätte sie gewusst, dass ihr nach dem Besuch bei der Gräfin noch ein längerer Fußmarsch bevorstand, hätte sie sich vermutlich nicht für die hochhackigen Stiefeletten entschieden. Doch vielleicht würde ihr die Stahlspitze noch nützlich sein, wenn es zu einer Auseinandersetzung kommen sollte. Und so, wie ihre Laune war, hatte sie nicht übel Lust, jemanden zu verprügeln.

Das Wetter war ungewöhnlich mild für Dezember, selbst der unerbittliche Wind, der in den letzten Tagen gewütet hatte, war heute ausgeblieben. Der Park roch nach Gras und verwelkten Blättern, der Rasen zeigte zwar nicht mehr das saftige Grün des Sommers, doch er war tadellos in Schuss. Ein Parkaufseher in dunklem Mantel und mit Schirmmütze diskutierte beim Kaiser-Franz-Joseph-Denkmal mit ein paar Hippies, die es sich eben auf diesem Rasen bequem gemacht hatten.

»Heast, ihr schleicht's euch jetzt do!«

»Oida, weißt, wos des für a Lercherlschas is verglichen mit der Hungersnot in Afrika?«

»Hier herrscht *Rasenverbot*! Und ihr Tschecheranten wisst's des a!«

»Geh, red's in a Sackl und stell's vor mei Tür!«

Frau Ehrenstein ging an den Streithansln vorbei und ließ den Blick über das Gelände gleiten. Es war nicht mehr viel los, das Tageslicht wurde schon schwächer, und der Burggarten würde bald zusperren. So brauchte sie nicht lange, bis sie das Grüppchen beim Herkulesbrunnen entdeckte. Sie ballte die Fäuste in ihren Handschuhen, als sie den Jane-Fonda-Kurzhaarschnitt entdeckte.

Die Gruppe war anscheinend gerade dabei zusammenzupacken, als sich ein Mann daraus löste und mit offenen Armen auf die gnä' Frau zukam.

»Helene! Voll leiwand, dich wiederzusehen!«

Es war Adriano Celentano aus dem Voom Voom, an seinen richtigen Namen erinnerte sich Frau Ehrenstein nicht mehr. Er umschlang sie mit seinen langen Armen und drückte ihr ein feuchtes Bussi auf die Wange, ehe sie ihn mit einer Hand wegdrückte und mit der anderen ihren Hut festhielt.

»Ja, schau an, die Helene! Was machst denn du da?«

Martha Stelic wickelte sich gerade eine lila Hose um und verknotete sie unter einem engen orangen T-Shirt. Die gnä' Frau wollte ihr eine Gegenfrage entgegenschleudern, in der Art: »Was machst du hier, während deine Tante beinahe stirbt?«, doch sie verkniff sich das und bemühte sich, verbindlich zu klingen. Es wäre hinderlich, die junge Frau zu früh zu alarmieren.

»Ich wollte mit dir reden! Deine Tante hat mir gesagt, dass du hier bist. *Arbeiten.* Hättest du etwas Zeit für mich?«

»Ich mein, wir wollten grad ins Café Central zur Nachbesprechung. Weißt eh, wir ham hier grad ein total superes Shooting g'habt. Die andern ham nur schau'n müssen, dass der G'schaftlhuber von an Aufseher das nicht mitkriegt!«

Sie lachte übertrieben laut, und die um sie herumstehenden jungen Leute stimmten mit ein.

»Nein danke, ich würde gerne alleine mit dir reden. Du kannst nachher ja zu deinen Kollegen dazustoßen.«

Martha verging das Lachen. Die anderen rollten mit den Augen und drehten den beiden Frauen den Rücken zu. Frau Ehrenstein musste ziemlich barsch geklungen haben, aber das war ihr egal. Nur Adriano Celentano stand noch an ihrer Seite und legte nonchalant einen Arm um ihre Schultern.

»Ach, Helene, ich steh so drauf, wenn du die feine Zurückhaltung übern Haufen wirfst. Diese Fassade der *gnädigen Frau* ist ja sooo fad, ich kann's dir gar nicht sagen!«

Während Martha sich einen schicken Ledermantel anzog, verabschiedete sie sich von den anderen und bedeutete Frau Ehrenstein, dass sie am Weg entlangspazieren sollten. Der Parkaufseher hatte die Hippies erfolgreich vom Rasen verscheucht und marschierte nun Richtung Mozartdenkmal. Den Menschen, die er passierte, raunte er etwas mit wichtigtuerischer Miene zu. Die gnä' Frau nahm an, dass er ihnen sagte, dass der Burggarten bald schließen würde. In den Wintermonaten war das immer so um halb, drei viertel sechs der Fall.

Frau Ehrenstein merkte, wie sich der Park langsam leerte, und ein ungutes Gefühl beschlich sie. Vor einiger Zeit hatte sie einen italienischen Thriller gesehen, *Der Killer von Wien*. Sie hatte ihre Fingernägel in den roten Stoff des Kinosessels vergraben, so blutig und aufregend war er gewesen. In einer Szene wurde eine Frau im Schönbrunner Schlosspark erstochen, und niemand hörte ihr Schreien, weil schon Sperrstunde war. Die Dame ermahnte sich, auf der Hut zu sein. Auch wenn es sich bei Martha um eine Giftmörderin handeln sollte, schloss das nicht aus, dass sie auch zu tätlichen Angriffen in der Lage war. Frau Ehrenstein war froh, dass ihr Marie vor einigen Monaten ein paar Handgriffe gezeigt hatte, mit denen sie sich verteidigen konnte.

»Also, du warst bei Tante Adele? Ich mein, natürlich warst bei ihr, das hast ja g'sagt, außerdem wüsstest du sonst nicht, wo ich bin. Ich mein, was du bei ihr wolltest, wollt ich fragen, weißt eh.«

Martha sprach in halsbrecherischem Tempo, und Frau Ehrenstein fiel auf, dass ihre Pupillen eigenartig groß aussahen.

»Hast du etwas … eingeschmissen, Martha? Einen Trip? Acid oder so was?«

Die Großnichte lachte so heftig, dass sie sich vornüberbeugen musste.

»Geh, bitte, sag das noch mal! Wie du das sagst, klingt das sooo lustig! Ich mein, du bist a Wahnsinn, Helene! Aber ja, ich hab was eing'schmissen, wennst so fragst. Für die Inspiration, weißt eh. Magst auch was haben?«

»Ich habe deine Tante heute besucht, weil es ihr nicht gut ging. Sie ist sehr schwach. Machst du dir keine Sorgen?«

Die gnä' Frau meinte das als Vorwurf, doch die junge Frau nahm das gar nicht wahr. Der Vorteil von Marthas Rausch war, dass sie Nuancen nicht erkannte und Frau Ehrenstein so nicht Gefahr lief, sie durch einen falschen Unterton zu düpieren. So konnte sie sich auf das Wesentliche konzentrieren.

»Ich mein, sie hat sich schwach g'fühlt, hat's g'sagt, und ist heut schlecht aus dem Bett gekommen. Aber, weißt eh, sie ist zach, die haut nichts so schnell um. Warte, du meinst, du bist extra hing'fahrn, weil's schwächelt? Hat's dich ang'rufen?«

»Das hat sie. Kannst du dir vorstellen, warum sie eine

praktisch Fremde ins Haus holt, wenn es ihr nicht gut geht?«

Martha lachte erneut mit dieser kreischigen, überdrehten Stimme, und Frau Ehrenstein fragte sich, ob das nur an den Substanzen lag oder ob ihr das Thema unangenehm war.

»Na, echt nicht! Ich mein, du weißt eh, sie hat zwei Kriege und zwei Ehemänner überlebt. Die überlebt uns noch alle, das kann ich dir sagen!«

»Nicht, wenn man sie vergiften will.«

Martha wollte wieder loslachen, doch nach einem Blick auf Frau Ehrenstein sackten ihre Mundwinkel nach unten.

»Ich mein, Helene, das ist … also das ist irgendwie uncool. Dass du so was …«

Die Großnichte wirkte auf einmal völlig entgeistert und hielt sich den Bauch, wie um sicherzugehen, dass sie nicht auch vergiftet wurde. Frau Ehrenstein beschloss, das noch etwas sacken zu lassen und abzuwarten. Vor ihnen erhob sich das gläserne Palmenhaus mit den grünen Eisenverstrebungen, welches der Thronfolger Franz Ferdinand einst so passend als Bahnhof bezeichnet hatte. Doch anstatt die steinernen Treppen hinaufzusteigen, gingen die beiden weiter in Richtung Heldenplatz. Die gnä' Frau hatte den Parkaufseher aus den Augen verloren und hoffte inständig, dass er sie nicht vergessen und hier einsperren würde.

»Vergiftet. So wie der Friedrich?«

Marthas Schritt war plötzlich langsamer geworden, und sie blickte mit ausdruckslosem Gesicht auf den Asphalt.

»Ich dachte, alle waren sich einig, dass dein Onkel nicht vergiftet worden ist und der Artikel nur erstunken und erlogen war?«

»Er war nicht mein Onkel.«

Frau Ehrenstein ließ das unkommentiert. Das Klacken

ihrer Stöckelschuhe hallte laut durch den mittlerweile menschenleeren Burggarten. Die ohnehin schon tief stehende Sonne war nun hinter dicken Wolken verschwunden. Das Licht, das blieb, war gräulich und freudlos.

Die gnä' Frau war sicher, dass der Mörder die Sherryflasche hatte verschwinden lassen. Sollte die Gräfin sterben, würde sich keiner mehr Gedanken darum machen, und ansonsten könnte sie leicht ersetzt werden. Die Gräfin hatte Frau Ehrenstein erzählt, dass sie und Martha Eduard zur Tür gebracht hatten, um ihm Gute Nacht zu sagen. Danach hatten sie sich zur Nachtruhe auf ihre Zimmer begeben. Laut der Gräfin hatte er an jenem Abend einen Anzug getragen und zum Hinausgehen einen Mantel und einen Hut. Er hätte keine Flasche hinausschmuggeln können, ohne dass es aufgefallen wäre. Blieben nur diejenigen, die im Haus lebten.

»Stimmt. Er war nicht dein leiblicher Onkel. Und er hat sich dir gegenüber nicht gerade verwandtschaftlich verhalten, habe ich recht?«

»Da war nie was zwischen uns.« Marthas Blick blieb die ganze Zeit stur auf den Boden gerichtet. Ihr Ton wirkte nun ganz gleichgültig. »Ich weiß, was in der Zeitung g'standen hat. Aber da war nie was.«

»Er war nicht gerade ein feinfühliger Mensch, wenn ich das richtig verstanden habe. Er hat dir Avancen gemacht …«

»Avancen«, die junge Frau lachte trocken. »Es war um einiges primitiver.«

»Er ist dir nachgestiegen und hat dir gedroht, dich mittellos dastehen zu lassen, wenn du ihm nicht nachgibst.«

»Das hätte Tante Adele nie zugelassen!«

»Aber in Wahrheit war sie doch ebenso hilflos. In einer Ehe bestimmt der Mann über die Frau. Sie hätte ihm gut zureden können, doch letztendlich war sie seinen Launen ausgeliefert. Du bist vor der Wahl gestanden: Entweder ihn gewähren lassen oder ihn ein für alle Mal loswerden.«

Jetzt blieb Martha abrupt stehen und sah die gnä' Frau an. Es war erschreckend, wie leer ihr Blick war. Er erinnerte Frau Ehrenstein an die Statuen, deren aus Stein gemeißelten Augen die Pupillen fehlten.

»Du meinst, ich hätt ihn umgebracht? Ein für alle Mal loswerden … Ja, ja, natürlich, das hat scho was. Es war scho eine Erleichterung, als er weg war.«

»Hat der Herr Kommerzialrat was geahnt? Wurde er zu neugierig oder einfach zu aufdringlich, und du hast dafür gesorgt, dass er genügend Nachschub bekam, damit auch er von der Bildfläche verschwindet? Jetzt kannst du dein Leben in Frieden so weiterleben wie bisher. Ich frage mich bloß, wie du den neugierigen Privatdetektiv losgeworden bist.«

»Oh, um den musste ich mich gar nicht kümmern.« Marthas Stimme klang verklärt, beinahe verträumt. Nun betrachtete sie mit großer Faszination die vorbeiziehenden Wolken, während sie weitersprach. »Um den haben sich schon die Herren Pick und Stadler gekümmert.«

Frau Ehrenstein musste schlucken. Hatte die junge Frau die beiden alten Freunde des Grafen auf ihre Seite bringen können, und sie hatten dafür gesorgt, den Privatschnüffler aus dem Weg zu räumen? Dass der Mann mit einem Mal keinen Druck mehr ausgeübt hatte und plötzlich von der Bildfläche verschwunden war, hatte Frau Ehrenstein an der ganzen Geschichte am meisten irritiert.

Frau Ehrenstein ging ein paar Schritte. Sie wollte, dass die Großnichte ihr folgte, in Richtung Hofburg, wo der nächstgelegene Ausgang war. Doch die junge Frau blieb wie angewurzelt stehen. Gut, dann musste es so gehen.

Die gnä' Frau würde darauf achten, dass der Abstand zwischen ihnen groß genug war, damit sie einen herannahenden Angriff rechtzeitig abwehren konnte. Sie stellte sich breitbeinig hin, um einen besseren Stand zu haben. Sollte Martha auf sie losgehen, würde sie ihr als Erstes ihre schwere Handtasche auf den Kopf donnern, ihr dann einen gezielten Tritt verpassen und so schnell wie möglich zum Ausgang laufen. Ihr Herz bumperte wie verrückt, doch ihr Plan erfüllte sie mit Zuversicht. Den Gedanken, dass die Großnichte eine Schusswaffe bei sich führen könnte, schob sie für den Moment beiseite.

»Es wäre vermutlich alles glattgegangen. Zwei alte Lebemänner, die nicht sonderlich auf sich achteten, starben eines auf den ersten Blick natürlichen Todes. Dafür interessierte sich die Polizei nicht weiter. Doch dein Fehler war, dass du gierig geworden bist. Wenn du auch deine Tante noch aus dem Weg geräumt hättest, würde dir das ganze Vermögen gehören. Du müsstest niemandem mehr Rechenschaft ablegen!«

Marthas verschwommener Blick wurde mit einem Mal klarer. Ihre Augenbrauen zogen sich zusammen, ihr Mund verhärtete sich. Endlich kam sie aus der Reserve. Frau Ehrensteins Griff um den Henkel ihrer Tasche wurde fester.

»Ging es dir nur ums Geld, oder steckte noch ein anderer Gedanke dahinter? Wolltest du deine Mutter rächen? Sie ist von der Familie verstoßen worden, weil sie eigene Entscheidungen getroffen und sich nicht um die Konventionen des Adels geschert hatte. Wolltest du deine Tante dafür bestrafen?«

Martha machte einen plötzlichen Schritt auf die gnä' Frau zu. Diese streckte den Arm mit ihrer Behelfswaffe zur Seite, bereit, zuzuschlagen. Die Großnichte stockte und griff nach ihrer Tasche.

»Ich möchte dich darauf hinweisen«, sagte die gnä' Frau, »dass ich jemandem Bescheid gegeben habe, wo ich bin. Und mit wem ich hier bin. Dieser Jemand wird Alarm schlagen, sollte mir etwas zustoßen.« Ihre Stimme war so ruhig und eiskalt, dass sie selbst überrascht war. Denn innerlich kreischte sie wie eine bremsende Tramway.

Martha griff in ihre Tasche und holte ein Packerl Virginia-Slims-Zigaretten heraus. Sie steckte sich eine lange dünne Tschick in den Mundwinkel und kramte in ihren Manteltaschen.

»Hast Feuer für mich, Helene?«

Die gnä' Frau zögerte für einen Moment. Ohne die Großnichte aus den Augen zu lassen, fischte sie ihr Feuerzeug aus der Tasche und warf es ihr zu. Diese fing es geschickt mit einer Hand.

»Schick. Ist das echtes Gold? Na, Hauptsache, es funktioniert.«

Sie steckte sich die Zigarette an.

»Die Frau Kommerzialrat war die ganze Zeit der Meinung, dass du eine Kommunistin bist. Nachdem du ihren Mann ausgraben wolltest, hält's dich für gefährlich noch dazu. Aber Tante Adele hat gesagt, dann hätten's dich längst festg'nommen.«

»Und du? Was glaubst du von mir?«

»Ich weiß ehrlich g'sagt nicht, was ich von dir halten soll. Meistens bist die feine Dame der Gesellschaft, zwischendurch gehst dann aber ins Voom Voom und brüllst im Burggarten rum. Neugierig bist du, daran gibt's kein Zweifel. Gestern Abend in der Villa gab's kein anderes Thema beim Essen. Die neugierige Helene, wie sie ständig Dreck aufwirbelt. Der Edi is sogar recht krawutisch g'wordn, hat eine richtige Szene gemacht. Hat g'sagt, man dürfe dich nicht mehr empfangen und so was. Die Tante

Adele hat dich in Schutz genommen, und schließlich hat's ihn beruhigen können. Das schafft sie immer. Er hängt ihr ständig am Rockzipfel.«

»Das ist mir schon aufgefallen. Vermutlich stammt daher das Gerücht, dass die beiden eine Affäre hätten.«

Martha lachte. Es war ein tiefes, kehliges Geräusch, ganz anders als das Quietschen, mit dem sie Frau Ehrenstein empfangen hatte. Tatsächlich kam es Frau Ehrenstein vor, als stünde jetzt eine ganz andere Person vor ihr.

»Ja, das fand ich zum Schreien. Na, Sex holt er sich von den Frauen im Club. Er ist ein Muttersöhnchen. Seine leibliche Mutter hat kein großes Interesse an ihm, drum saugt er sich wie ein Blutegel an Tante Adele fest. Er tut alles, damit sie ihm den Kopf streichelt und ihm sagt, wie stolz sie auf ihn ist.«

»Deswegen konnte ich mir auch nicht vorstellen, dass er der Gräfin Schaden zufügen würde.«

»Und natürlich blieb da nur ich übrig. Die geldgierige Schlampe ohne Scham, hab ich recht?«

»Tatsächlich lag es eher daran, dass du nicht nur ein Motiv, sondern auch die Möglichkeit hattest. Dein Onkel … der Graf, wollte deine Mittel kürzen und hat dir Avan…, hat dich bedrängt. Und du hattest Zugang zu Substanzen. Du hättest ihn leicht vergiften können.«

»Was bist jetzt eigentlich, Helene? Gnädige Frau? Kommunistin? Detektivin? Ich krieg fast das G'fühl, dass du dich nicht entscheiden kannst.«

»Mir fällt auf, dass du nichts bestreitest.«

»Und mir fällt auf, dass du deine Hausaufgaben nicht gründlich g'macht hast. Ich kann mit vielem dienen, was ein Hochgefühl macht, aber Arsen ist mir bissl zu altmodisch. Und unberechenbar.«

»Also weißt du, dass es Arsen war.«

»Wobei ich gehört hab, dass die Bauern und die Kumpel im Bergwerk gern welches g'nommen haben. Zum Durchhalten. Und Gäulen soll ma's auch g'eben haben, damit ihr Fell schön glänzt. Beim Friedrich hat das aber nicht so funktioniert.«

»Herrgott, Martha, ist das alles nur ein Schmäh für dich?«

»Was willst du denn hören? Dass ich ihn umgebracht hab? Ich wünschte, ich hätte den Mut dazu gehabt!«

Jetzt schrie Martha, und ein paar Krähen in den umliegenden Bäumen flogen erschrocken auf. Das Gesicht der Nichte war ganz verzerrt, doch anscheinend mehr vor Schmerz als vor Wut.

»Und dann wirfst du mir noch vor, dass ich meine Tante vergiften würde! Den einzigen Menschen, der mich in meinem Leben nicht wie Dreck behandelt hat? Warte, ich weiß jetzt, was du bist. Du bist ein Oaschloch, Helene!«

»Das heißt, du hast niemanden vergiftet?«

»Ja, verdammt, das heißt es, du Blitzgneißer!«

Die junge Frau schleuderte den Zigarettenstummel in den gepflegten Rasen und ging, die Hände in die Hüften gestützt, ein paar Schritte im Halbkreis. Frau Ehrenstein gab ihr ein paar Momente, ehe sie weitersprach.

»Dann sag mir, woher du weißt, dass er mit Arsen vergiftet worden ist.«

»Der Detektiv hat's g'sagt. Ich hab's nicht glauben wollen. Nicht bis jetzt. Aber … aber wenn jetzt noch jemand versucht, der Tante etwas anzutun, dann …«

Martha sackte in sich zusammen. Sie hockte am Boden und vergrub den Kopf in den Händen. Frau Ehrenstein erinnerte sich, wie schlecht es ihr gegangen war, nachdem sie die Joints in der Hippiekommune geraucht hatte. Vorsichtig näherte sie sich der jungen Frau.

»Musst du dich übergeben?«

»Nein, nein. Das ist nur eine g'schissene Art runterzukommen. Du hast nicht zufällig was zu essen dabei?«

Frau Ehrenstein, die sich vor knapp einem Jahr noch wie ein Spatz ernährt hatte, um auch ja kein Gramm zuzunehmen, trug mittlerweile fast immer eine Nascherei bei sich. Es konnte helfen, die berühmten kleinen grauen Zellen, von denen Hercule Poirot immer redete, anzukurbeln. Außerdem gab es ihr Kraft, um für die Ermittlungsarbeit längere Fußwege zurückzulegen.

Sie holte einen grünen Bensdorp-Riegel aus der Tasche, und Martha griff gierig danach. »Mit Nüssen. Hab ich am liebsten.«

»No, das freut mich aber«, erwiderte Frau Ehrenstein trocken.

Sie nutzte die Zeit, um ihre Gedanken zu ordnen. Sie hatte das Gefühl, dass sich die Zahnräder langsam ineinanderfügten. Martha erhob sich aus der Hocke und fuhr sich übers Gesicht. Die gnä' Frau stellte kurze Fragen, so präzise wie möglich, um die junge Frau nicht zu überfordern. Sie konnte herausfinden, dass Martha den Detektiv insgesamt dreimal aufgesucht hatte. Sie hatte seinen Beruf einfach spannend gefunden, auch wenn er selbst eher wie ein grauer Bürohengst gewirkt hatte.

»Woher wusste der Detektiv, dass es sich um Arsen handelt?«

»Er ... er hat gesagt, laut den Symptomen, die Pick und Stadler ihm beschrieben haben, käme nur das infrage. Aber dadurch, dass die Leiche verbrannt worden ist, könnte man nichts mehr nachweisen.«

»Sein Zustand war mal besser, mal schlechter. Ich nehme an, das kam von unterschiedlichen Dosierungen. War da sonst noch etwas?«

»Na ja, ich mein, das, was uns allen irgendwie eh auch aufgefallen ist. Er hat schlechter ausg'schaut, sein Haar ist dünner g'wordn, hat plötzlich viele so, wie heißt das, Altersflecken g'habt. Seine Hände sind grauslich g'wordn. Die Nägel besonders, da … waren so Streifen, und da unten, da ham sie eine andere Farbe bekommen. Aber ich hab mir nichts gedacht dabei. Weißt, er war halt alt.«

»Wieso hat der Detektiv dann nicht weiter nachgebohrt?«

»Na, wegen den beiden Wapplern. Ich mein, ich war eh froh, ich hab nicht viel drauf geben, was er g'sagt hat. Und erst recht nicht, was er von der Tante wollte. Aber Pick und Stadler ham halt aufgehört, ihn zu zahlen, und das war's dann.«

»Wieso sollten sie das machen? Sie waren doch anscheinend davon überzeugt, dass ihr Freund ermordet worden ist!«

Martha schnaubte amüsiert. Die Farbe war in ihr Gesicht zurückgekehrt, und allmählich klang sie auch wieder wie sie selbst.

»Das hat die doch an Schas interessiert in Wahrheit. Der Friedrich hat sich immer um sie gekümmert, also finanziell. Als das weg'fallen ist, wollten's beweisen, dass die Tante schuld an seinem Tod ist, damit sie das Erbe nicht antreten kann, verstehst? Weil die Tante Adele hat ja im Traum nicht dran dacht, die beiden weiter auszuhalten. Ich mein, irgendwann ham's kein Geld mehr g'habt, und die Tante hat dann das Erbe fix g'habt, und dann war's vorbei.«

»Und der Tod vom Herrn Kommerzialrat hat sie natürlich überhaupt nicht interessiert.«

»Also du glaubst, der ist auch …?«

Martha griff nach Frau Ehrensteins Arm. Die Dame war

mittlerweile überzeugt, dass keine Gefahr von ihr ausging. Sie hakte die Großnichte bei sich unter und stellte weiter Fragen, während sie sie zum Ausgang zog. Er war glücklicherweise noch geöffnet, doch der Parkaufseher schimpfte die Frauen auf höflich-beleidigende Weise aus, wie es in Wien nun mal Usus war, weil sie so lange im Burggarten geblieben waren.

Frau Ehrenstein musste noch wissen, wie viel die Gräfin von dem wusste, was der Privatdetektiv gesagt hatte, und ob er eventuell kleine blaue Fläschchen mit Potenzmittel erwähnt hatte. Weder Martha noch der Privatdetektiv hatten davon gehört. Tatsächlich waren Pick und Stadler davon ausgegangen, dass die Witwe ihren Mann zu Hause vergiftet hätte.

»Es gibt da noch etwas, was ich mir nicht ganz erklären kann. Kannst du dir vorstellen, warum der Graf beim Arzt eine Blutabnahme verweigert haben könnte?«

»Pff, wennst den jungen Arzt mit dem Zahnpastalächeln und dem Faible für Prominente meinst, kann ich's ma vorstell'n. Du glaubst nicht, wie eitel der Friedrich war! Der hätt doch nie und nimmer woll'n, dass der Arzt weiß, dass er was einwirft zum … na, du weißt schon.«

Sie überquerten den Heldenplatz, und Frau Ehrenstein bat die Großnichte, ihr alles über den vorigen Abend zu erzählen. War die Frau Kommerzialrat irgendwann aufgetaucht? Wann war Eduard Klerger eingetroffen? War der Butler die ganze Zeit anwesend gewesen? Wann hatte der Umtrunk in der Bibliothek geendet? Waren sie die ganze Zeit nur zu dritt gewesen?

Martha antwortete konzentriert, verlor sich jedoch manchmal in Details, sodass die Dame sie wieder auf den rechten Weg zurückführen musste.

»Trinkst du eigentlich auch manchmal Sherry, Martha?«

»Wäh, na, mit dem kann ich gar nichts anfangen. Die Tante hat den schon in Ungarn getrunken, das war immer schon ihrs.«

»Weißt du noch, ob die Flasche gestern noch dort gestanden hat, als du zu Bett gegangen bist?«

»Ich mein, natürlich. Ich hab da doch immer meine Tschick liegen, auf dem Tischchen, die sind daneben gelegen. Die war ja noch halb voll, wer hätt die denn wegnehmen sollen? Na, die steht immer da, an derselben Stelle.«

Am Michaelerplatz blieben die beiden Frauen stehen. Frau Ehrenstein würde an der Spanischen Hofreitschule vorbei zurück zur Oper spazieren und Martha in die entgegengesetzte Richtung zum Café Central.

Martha stand jetzt unschlüssig vor der gnä' Frau und wirkte unsicher wie ein Schulmädchen.

»Okay, dann … mach's gut, Helene. 'tschuldige, dass ich dich Oaschloch genannt hab!«

»Martha?«

Die junge Frau drehte sich mit fragendem Blick wieder um.

»Gib mir bitte noch mein Feuerzeug zurück!«

Martha lachte nervös und drückte es der Dame in die Hand.

»Entschuldige, ja, natürlich. Helene. Du … du weißt, wenn ich echt gedacht hätte, der Tante geht's nicht gut … also echt nicht gut. Dann wär ich bei ihr blieben, das wollt ich nur sagen.«

»Ach Martha, weißt du …«

»Ich mein, ja, sie hat gesagt, sie fühlt sich nicht so und legt sich nachher hin, aber sonst war alles wie immer, verstehst? Bevor ich losgegangen bin, haben wir in der Bibliothek zusammen einen Kaffee getrunken, und sie hat wissen wollen, was wir heut beim Shooting so vorhaben.

Und wie lang es dauern wird. Ja, stimmt, da hab ich ja noch dacht, wir wären früher fertig, aber die Sache mit dem Parkaufseher, weißt eh, da hat alles länger gedauert. Aber …«

»Martha, warte. Bitte denk nach! War die Sherryflasche noch da, als du mit ihr dort gesessen hast?«

Die Großnichte verdrehte übertrieben die Augen und wedelte mit ihrem Packerl Virginia Slims vor Frau Ehrensteins Nase. Sie sprach extra langsam, wie um es der gnä' Frau verständlicher zu machen.

»Ich mein, hast nicht zugehört? Meine Tschick sind immer neben der Sherryflasche, sonst vergess ich sie ja. Natürlich war die Flasche da, wie immer. Hab ich doch schon g'sagt. Was hast du nur damit?«

Sie schüttelte amüsiert den Kopf, machte auf dem Absatz kehrt und rief Frau Ehrenstein ein »Baba!« über die Schulter zu.

Die gnä' Frau betrachtete für einige Augenblicke geistesabwesend das Feuerzeug in ihrer Hand, bis sie sich schließlich eine Zigarette anzündete. Sie machte ein paar zögerliche Schritte in die Reitschulgasse. Dann entschied sie sich um und eilte in Richtung Schauflergasse davon.

30

Einsames Sterneschauen

Mein Kind, ich hätte ja gar nicht mehr mit Ihnen gerechnet heute! Sie sind ja so eine Liebe, dass Sie
sich um mich kümmern!«

»Haben Sie sich umgezogen, Grä… Adele?«

»Oh, das? Ja, ich fürchte, mein Nachthemd hat schon etwas gerochen, da wollte ich mir etwas anderes anziehen.«

Wie ein paar Stunden zuvor lag die Gräfin in ihrem
Himmelbett, nur hatte sie diesmal eindeutig mehr Farbe auf
den Wangen. Außerdem wirkte sie ein wenig außer Atem.

»Ich dachte, ich hätte Sie schon früher ins Haus kommen gehört. Hat … hat Sie etwas aufgehalten?«

»Ja. Ich wollte noch etwas überprüfen. Und ich habe ein,
zwei Wörter mit dem Butler gewechselt. Das Dienstmädchen, das heute Nachmittag Dienst hatte, ist schon fort,
wie ich gehört habe?«

»Tatsächlich? Ja, das kann gut sein. Abends brauchen wir
ja nicht so viel Personal. Ich verliere mitunter den Über-
blick über all die Mädchen. Wieso fragen Sie? Ach, wissen
Sie was, meine Liebe? Das ist so doch ungemütlich, setzen
wir uns an mein Tischchen am Fenster. Da kann ich Ihnen
auch etwas anbieten. Nein, nein, diesmal dulde ich keine
Widerrede! Sie wissen doch, als gute Gastgeberin gibt es
nichts Schlimmeres, als wenn die Gäste nicht anständig
versorgt sind.«

Sie zog an der langen Kordel, die neben ihrem Bett hing
und als Klingel diente.

»Sind Sie auch wirklich sicher, dass das nicht zu anstrengend für Sie ist?«

»Ach was, ach was. Das ist gut für meinen Kreislauf, wenn ich mich ein bissl bewege. Vielleicht leihen Sie mir nur Ihren Arm, bis ich bei meinem Sessel bin? Ja, so funktioniert das doch wunderbar, mein Kind! Ah, Herr Wrenk, seien Sie doch so freundlich und bringen Sie die Erfrischungen für die liebe Frau Ehrenstein.«

Der Butler stand mit ausdrucksloser Miene in der Tür und warf dem Gast einen flüchtigen Blick zu, ehe er sagte: »Selbstverständlich, gnädige Frau!«, und wieder verschwand.

Schwerfällig ließ sich die Gräfin auf ihren Sitz sinken. Frau Ehrenstein setzte sich ihr gegenüber und sah aus dem Fenster. Es war erst knapp vor 19 Uhr, doch der Himmel war schon tiefschwarz. Anders als am Nachmittag waren die schweren Vorhänge nicht zugezogen, und man konnte den Balkon vor den Glastüren erkennen. Er war größer als der von der gnä' Frau in der Ehrenstein'schen Villa, hatte sogar Platz für einen grünen Metalltisch und vier dazu passende Stühle. Die Dame fragte sich, ob die Gräfin auch so oft wie sie da draußen saß und über ihre Vergangenheit, ihre Gegenwart und ihre mögliche Zukunft nachdachte. Die gnä' Frau zweifelte nicht daran, dass die Witwe oft einsam war. Obwohl sie einige Menschen um sich hatte, die sich um sie kümmerten. Die sie liebten, sogar vergötterten. Bei einer so warmen, einfühlsamen Person war das auch kein Wunder.

»Da sind sogar ein paar Sterne, sehen Sie? Hier in der Stadt kann man ja von Glück reden, wenn man mal welche zu Gesicht bekommt, nicht wahr, meine Liebe?«

»Ich nehme an, in Ungarn konnten Sie viele Sterne sehen.«

»O ja, früher, als wir jung waren, sind mein Tamás und ich viel draußen auf der Veranda gesessen und haben die Sterne gezählt. Es waren so viele, wir sind nie zu einem Ende gekommen.«

Ihr Kichern klang wie das eines Mädchens, und in diesem Moment sah Frau Ehrenstein die junge Gräfin genau vor sich. Wie sie, an den Arm eines jungen Mannes geschmiegt, in den Nachthimmel emporblickte und keine Sorgen hatte.

Das Eintreten des Butlers riss sie aus ihren Gedanken. Er stellte ein silbernes Tablett vor Frau Ehrenstein und nickte nur, als sich die Gräfin bedankte. Eine Tasse mit dampfendem Tee stand neben einem kleinen Teller, auf dem ein fettig glänzender Punschkrapfen lag.

Die Dame hatte seit Stunden nichts gegessen. Sogar den Notfall-Schokoriegel hatte ihr Martha weggegessen. Sie spürte ein Grummeln in ihrem Magen und hoffte, dass ihr die Peinlichkeit eines Magenknurrens erspart bleiben würde.

»Sie wollen gar nichts?«

»Nein danke, mein Kind. Wenn ich nach dem Abendessen noch etwas esse, schlafe ich schrecklich schlecht.«

»Ich muss mich entschuldigen, dass ich so spät noch bei Ihnen hereinschneie. Noch dazu, ohne mich anzukündigen. Aber nach allem, was geschehen ist, fühle ich mich nicht wohl, wenn Sie hier alleine sind. Was ist, wenn derjenige, der Sie vergiften wollte, seine Sache zu Ende bringen will?«

Die Gräfin führte ihr Stofftaschentuch an den Mund.

»Verzeihen Sie mir, ich will Ihnen keine Angst machen! Aber nach allem, was Sie mir erzählt haben, liegt es nahe, dass jemand in Ihrer unmittelbaren Umgebung versucht hat, Sie umzubringen. Natürlich hat Martha das geleugnet ...«

»Sie haben sie also gefunden?«

»Ja, sie war etwas durcheinander, aber ich konnte ihr einige Fragen stellen. Sie wissen ja, wie sie ist.«

»Ja, meine Nichte redet manchmal etwas wirr, das liegt an ihrer künstlerischen Seele, wissen Sie? Aber bitte seien Sie nicht … g'schamig, sagt man doch, oder? Also seien Sie nicht g'schamig und greifen Sie zu! Der Tee wird sonst noch kalt! Na, sehen Sie! Schmeckt er Ihnen?«

»Er ist hervorragend, vielen Dank! Vor allem kräftig!«

»Jetzt erzählen Sie mir, was Sie alles herausgefunden haben, mein Kind. Vielleicht schaffen wir es zusammen, dieses Mysterium aufzuklären!«

»Nun ja«, Frau Ehrenstein legte die Hände um die Teetasse und genoss die Wärme, die sich in ihr breitmachte. Sie war erschöpft, und ihre Füße schmerzten. Es fiel ihr schwer, ihre Gedanken zu ordnen. »Martha hat mir vom Privatdetektiv erzählt und was er so herausgefunden hat. Jedenfalls was er glaubt, herausgefunden zu haben. Hat sie Ihnen davon erzählt?«

»Nein, nein. Ich meine, ich wusste, dass sie mit ihm gesprochen hat. Sie waren ja zufällig bei mir, erinnern Sie sich noch, unten in der Bibliothek, als sie davon erzählt hat. Aber sie meinte, er hätte nur allgemeine Fragen zum Erbe und zur Versicherung gestellt. Wollen Sie nicht den Punschkrapfen probieren? Ich weiß doch, wie sehr Sie Mehlspeisen lieben!«

»Ich bin so gerührt, wie sehr Sie sich um mich kümmern, Adele! Dabei sind Sie doch diejenige, die umsorgt werden sollte!«

»Ach, ich kann einfach nicht anders, mein Kind. Das liegt in meiner Natur!«

Mit ihrem freundlichen Lächeln nickte sie der gnä' Frau ermutigend zu. Die zuckerlrosa Glasur knackte, als Frau

Ehrenstein hineinbiss. Die Rumnote in der Füllung war ausgeprägt, das Biskuit drum herum samtig weich. In dem Moment klopfte es an der Tür.

»Herr Wrenk, was ist denn? Sie wissen doch, dass ich nicht gern gestört werde, wenn ich Besuch habe!«

»Verzeihen Sie, gnädige Frau, aber es erscheint mir ausgesprochen wichtig! Ein Telefongespräch, vielleicht könnten Sie …«

Die Gräfin verzog ungeduldig den Mund und ging mit forschem Schritt zur Zimmertür, wo sie mit gesenkter Stimme ein Gespräch zu führen begann. Frau Ehrenstein konnte nur einzelne Wörter ausmachen. Doch der Ton der Hausherrin war eindeutig zurechtweisend, während der des Butlers unterwürfig war.

Die gnä' Frau stellte gerade die Teetasse hin, als sich die Gräfin wieder auf ihren Platz begab.

»Verzeihen Sie die Unterbrechung, meine Liebe! Manchmal bin ich richtiggehend fassungslos, wie hilflos die Leut sein können! Es ging um eine Lappalie, die ein Butler eigentlich alleine regeln könnte. Hat es Ihnen geschmeckt?«

»Es war hervorragend! Ist Herr … Wrenk, nicht wahr? Ist er schon lange bei Ihnen?«

»Ja, seit Jahrzehnten. Aber ich fürchte, er wird immer unzuverlässiger. Haben Sie auch so Probleme mit dem Personal?«

»Ach, ich hatte eine Zeit lang Schwierigkeiten mit meiner Haushälterin, Berkovics ist ihr Name. Aber nach einem klärenden Gespräch hat sich das gebessert. Ein wenig. Sie schien mit mir als Hausherrin nicht zufrieden zu sein, stellen Sie sich das vor!«

»Eine Frechheit, möchte ich meinen! Aber ja, mein Butler trägt die Nase auch etwas hoch, muss ich sagen. Manchmal rümpft er sie tatsächlich auch!«

»Das überrascht mich wenig. Vermutlich hat er sich deswegen bei Otto Prenz über Sie und Ihr Haus ausgelassen.«

Die Gesichtszüge der Gräfin entgleisten, und sie starrte ihr Gegenüber für einen Moment mit offenem Mund an. Frau Ehrenstein hatte keinen Zweifel, dass das Neuigkeiten für die alte Frau waren.

»Wo… woher wissen Sie das? Sind Sie sich sicher?«

»Erst war es eine Vermutung, aber mittlerweile bin ich sicher. Wissen Sie, Ihr Butler macht tatsächlich keinen Hehl daraus, dass er nicht viel von den Herrschaften in diesem Haus hält. Jedenfalls vor seinesgleichen.«

»Woher wissen Sie das? Haben Sie darüber mit ihm gesprochen, ehe Sie zu mir heraufgekommen sind?«

»Unter anderem. Und woher ich das weiß, ist für den Moment unerheblich. Jedenfalls stimmten seine Äußerungen eins zu eins mit einigen Ausschnitten aus der Artikelreihe von Prenz überein. Es war kein Geheimnis, dass der Informant aus dem engsten Kreis des Grafen stammen musste. Aus dem eigenen Haus.«

»*Die dekadente Großnichte lief halb nackt durchs Haus! Die Gräfin war herrschsüchtig und behandelte ihr Personal wie Sklaven!*« Marie hatte erzählt, dass sich der Butler bei der Feier im Beisl mit diesen Worten über die Herrschaften ausgelassen hatte. Frau Ehrenstein waren sie äußerst bekannt vorgekommen, und so war sie ihre Beweismittel in ihrem Schrank noch einmal durchgegangen. Die alten Ausgaben vom *Wiener Telegramm* hatten dann ihre Vermutung bestätigt. Abgesehen davon war ihr der exquisite Geschmack des Butlers in Bezug auf Kleidung und Restaurants verdächtig vorgekommen.

Die Gräfin schien sich wieder zu fassen. Sie ballte die Hand so zur Faust, dass ihr kleines Taschentuch zwischen den Fingern hervorquoll. Es wirkte, als wollte sie aufspringen, doch nach einem Blick auf die gnä' Frau löste sich ihre Anspannung wieder, und sie setzte ein schwaches Lächeln auf.

»Das … das sollte mich vermutlich nicht schockieren, nicht wahr? Denunzianten sind mir eigentlich nichts Neues. Dennoch … trifft es mich unvorbereitet. Ich sollte ihn auf der Stelle hinausschmeißen.«

»Das ist natürlich ganz Ihre Entscheidung. Vorher sollten wir aber noch über den Mord an Ihrem Gatten sprechen.«

»*Istenem!* Natürlich, er hat es getan! Aus Hass auf die Besitzenden hat er Friedrich umgebracht und aus Geldgier die Geschichte diesem Kretin gesteckt! Diese Schlange!«

»Nein. Der Tod des Grafen wurde offiziell als natürlich angesehen. Dass durch die Berichte zusätzlich Staub aufgewirbelt wurde, war für den Mörder, wie soll ich sagen, hinderlich. Abgesehen davon wäre es für den Butler ein Leichtes gewesen, dem Grafen das Gift unter sein Essen zu mischen. Wozu also das aufwendige Spiel mit den Fläschchen und dem Potenzmittel? Ich dachte …«

Frau Ehrensteins Mund war trocken geworden, und sie musste husten. Die Teetasse war bereits leer, also versuchte sie, ein paarmal zu schlucken, um ihren Hals wieder anzufeuchten. Erst jetzt fiel ihr auf, dass das Zimmer stark geheizt war. Sie spürte, wie sie an Schläfen und Nacken zu schwitzen begann, und öffnete den obersten Knopf ihrer Bluse.

»Geht es Ihnen nicht gut, mein Kind?«

»Doch, doch. Es war nur … nur einfach ein langer Tag. Wo war ich?«

»Sie sprachen über die Fläschchen und das Potenzmittel.«

»Ach ja. Ich hatte mir die ganze Zeit gedacht, dass die

Sache mit den Fläschchen so … so ungenau war. Natürlich, wenn man wusste, dass sein Opfer mit Potenzmitteln vertraut war und sie auch gerne einsetzte, dann war das eine offensichtliche Wahl. Aber … ich hatte dabei ständig den Eindruck, als wollte der Mörder hier auf etwas hinaus. Dass es ihm nicht nur um den Mord an sich ging, sondern um mehr. Eine perfide Form der Rache vielleicht? Für was? Dass man von ihm bedrängt worden war? Wie Martha zum Beispiel?«

»Martha könnte so etwas nicht! Dagegen verwehre ich mich!«

»Sie haben doch gerade gesagt, dass sie manchmal etwas wirr sei. Sie hätte die Möglichkeit gehabt und wusste, was Ihr Mann so alles trieb!«

»Da war sie aber nicht die Einzige!«

»Nein, Eduard Klerger wusste auch davon. Und er hat jetzt nicht nur eine eigene Firma, sondern auch Ruhe vor den Wutanfällen des Grafen.«

»Das ist ja lächerlich! Eduard würde nie …«

»Allerdings auch hier: Warum sollte er die Form des Potenzmittels wählen? Außerdem hätte er den Kommerzialrat davon abgehalten, die ganze Flasche Gift auf einmal zu trinken. Wäre er der Mörder, hätte ihn ein weiterer Tod nur noch mehr in die Bredouille gebracht.«

Frau Ehrenstein hielt inne, um sich mit einer Serviette den Schweiß von der Oberlippe zu tupfen, und strich sich ein paar Haare aus der Stirn.

»Sie wirken etwas blass, meine Liebe. Sind Sie sicher, dass es Ihnen gut geht?«

»Ja, das heißt, mir ist nur etwas … flau.«

»Das tut mir aufrichtig leid, mein Kind. Vielleicht wollen Sie sich ein wenig ausruhen?«

»Nein, nein, wirklich. Wo war ich?«

»Bei Eduard. Der es nicht gewesen sein konnte, wie Sie meinen.«

»Ganz genau. Es war mir relativ schnell klar, dass Ihr Mann vergiftet worden war. Und als ich das mit den Fläschchen in Verbindung gebracht hatte, hatte sich der Kreis der Verdächtigen sehr eingeengt. Und ich meine, jetzt, wo ein Mordanschlag auf Sie verübt wurde, kann kein Zweifel mehr daran bestehen, dass es sich um jemanden aus nächster Umgebung handeln muss.«

»Ich denke, ich muss Ihnen nicht sagen, wie sehr mich das erschreckt, meine Liebe. Wenn ich nicht direkt davon betroffen wäre, dann fände ich das Ganze aber ungeheuer spannend. Ist das der Grund, warum Sie sich damit so intensiv beschäftigen? Warum Sie nicht damit aufhören, obwohl weder der Privatdetektiv oder die Polizei noch dieser Klatschreporter der Sache weiter nachgehen?«

Frau Ehrenstein schüttelte langsam den Kopf. Sie wollte eigentlich heftig widersprechen. Es ging hier nicht nur um Recht, sondern auch um Gerechtigkeit. Dennoch erinnerte sie sich nur zu gut an ihre Ermittlungen zu dem Würger von Hietzing, die sie im Grunde nur aus Langeweile begonnen hatte – ganz unrecht hatte die Witwe nicht.

»Wissen Sie, Adele, ich wollte den Mörder Ihres Mannes finden, um Ihren Ruf reinzuwaschen. Ich wollte Sie schützen, weil Sie mir so schnell ans Herz gewachsen waren.«

»Ach, mein liebes, liebes Kind.«

»Hab ich Ihnen schon gesagt, dass Ihre Sherryflasche verschwunden ist? Nach Ihren Berichten gehe ich davon aus, dass Sie mit deren Inhalt vergiftet wurden. Doch auch Ihr Personal weiß nicht, wo sie abgeblieben ist. Ich dachte …«

Die gnä' Frau rutschte vom Sessel.

31

Kollateralschaden

Frau Ehrenstein konnte die Wucht des Sturzes gerade noch mit den Händen abfangen, ehe sie mit der Nase auf dem weichen Teppichboden landete. Sie spürte, wie sich zarte Hände um sie legten und sie wieder hochzogen.

»Kommen Sie, Helene. Legen Sie sich ein wenig hin. Das wird Ihnen guttun!«

Die beiden Frauen stolperten gemeinsam ein paar Schritte, ehe Frau Ehrenstein sanft auf das weiche Bett gedrückt wurde. Die Gräfin schob ihr ein paar Polster hinter den Rücken, und sie atmete tief durch, während ihre Finger die tröstlichen Rundungen der Perlenkette erkundeten.

»Ich weiß wirklich nicht, was mit mir …«

»Es ist schon gut, mein Kind. Ruhen Sie sich nur aus. Wollen Sie vielleicht etwas schlafen?«

»Nein, wirklich. Lassen … lassen Sie uns noch ein wenig reden, wenn es Ihnen nichts ausmacht.«

»Natürlich, meine Liebe. Sie sagten, Sie hätten mit meinem Personal über die Sherryflasche geredet?«

Die Gräfin zog den Sessel, auf dem ihr Frau Ehrenstein ein paar Stunden zuvor beigestanden hatte, neben das Bett und setzte sich.

»Ja und mit Martha.«

»Tatsächlich?«

»Ich muss auch sagen, es war ein … ein Glück, dass ich Martha noch im Burggarten antreffen konnte. Das Fotoshooting hätte schon viel früher fertig sein sollen, doch

260

Martha und ihre Freunde wurden aufgehalten. Unter anderen Umständen hätte ich sie verpasst. Und mir wäre einiges entgangen.«

»Ist das so? Welch glücklicher Zufall!«

Frau Ehrenstein sprach schleppend und mit schwacher Stimme.

»Das kann man sagen. Übrigens war sie schockiert, als sie erfahren hat, dass man Sie vergiften wollte! Sie liebt Sie so sehr, es hat ihr richtig wehgetan!«

»Sie ist … sie ist eine Liebe. Und alles, was ich an Familie noch habe, wissen Sie?«

»Das weiß ich. Ihnen ist wichtig, dass es ihr an nichts fehlt, nicht wahr?«

»Ich will, dass sie es besser hat. Sie soll nicht … Sie können sich nicht vorstellen, wie es war, als die Kommunisten mir alles weggenommen haben und ich als Bettlerin nach Wien gekommen bin. Von Tag zu Tag zu leben, immer auf die Großzügigkeit anderer angewiesen zu sein … Martha sollen solche Sorgen erspart bleiben.«

»Und sie soll nicht von einem Mann abhängig sein müssen, um zurechtzukommen, nicht wahr? Nicht heiraten müssen, um zu überleben. Nicht ihre Rechte an einen Ehemann abtreten, damit er sie versorgt. So wie es bei Ihnen war.«

Die besorgte Miene der Gräfin verhärtete sich, und sie nickte grimmig, während sie auf ihre Hände blickte.

»Es wäre vermutlich leichter gewesen, wenn es mir nur ums Geld gegangen wäre. Aber ich habe mich in ihn verliebt. Er war grobschlächtig und ungebildet, aber er hat mich vergöttert. Wissen Sie, vielleicht ist es heute schwer vorstellbar, aber vor zwanzig Jahren war ich eine sehr schöne Frau. Er hat mich angebetet und mir die Sterne vom Himmel versprochen, wenn ich ihn wähle. Er war das

Gegenteil von meinem ersten Mann. Vielleicht war das das Ausschlaggebende. Heute weiß ich es gar nicht mehr.«

»Nach der Hochzeit ist Ihnen bewusst geworden, dass er nur hinter Ihrem Titel her war?«

»Ach, nein, nein. Das war von Anfang an kein Geheimnis. Wieso sollte sich ein Mann mit einem derartigen Vermögen sonst für eine Frau Ende fünfzig entscheiden? Es war schön, für ein paar Jahre. Wir haben unsere Zeit miteinander wirklich genossen. Und irgendwann, ach, ich weiß nicht … wurde es ihm langweilig, nehme ich an. Sind Sie sicher, dass Sie nicht ein wenig schlafen wollen? Ihre Augen fallen schon zu …«

»Vielleicht … ja, vielleicht ist das eine gute Idee. Nur ein wenig ausruhen. Aber ich möchte Ihnen gerne noch ein wenig zuhören. Ihre Stimme beruhigt mich. Und ich muss wissen, was weiter … geschehen ist.«

»Ich denke, das ist Ihr gutes Recht, nachdem Sie so viel Zeit damit verbracht haben, mein gutes Kind.«

»Bitte, verzeihen Sie. Ich möchte nicht unhöflich sein, aber ich habe das Gefühl, dass ich bald einschlafe, und möchte es wissen: Weiß Eduard, dass er der Sohn vom Grafen ist?«

Die Gräfin schwieg so lange, dass die gnä' Frau schon glaubte, sie würde gar nicht mehr antworten. Doch schließlich seufzte die alte Dame lautstark und sagte mit fester Stimme: »Ich denke, Eduard ist der Einzige, der es nicht einmal vermutet hat. Er ist ein lieber, gut aussehender Junge. Aber etwas beschränkt in seiner Phantasie. Die meisten anderen konnten sich denken, dass mein Mann nicht einfach irgendeinen dahergelaufenen jungen Mann ohne Vorkenntnisse zu seinem Protegé machen würde. So wie Sie sich das gedacht haben, nehme ich an.«

»Das … muss schwer für Sie gewesen sein.«

»Eduard? Nein, es war … nun ja, anfangs war ich natürlich wütend, dass er in unser Leben eingedrungen ist.
Doch letztendlich war er so ein ehrlicher, aufopfernder
junger Mensch. Es war schön, ihn um mich zu haben.
Aber die Affären meines Mannes? Ich dachte, es würde
leichter werden mit der Zeit … Wenn ich mich daran gewöhnt hätte.«

»Ich nehme an, er war nicht sehr diskret.«

Die Gräfin sprang auf und lief im Zimmer auf und ab,
während die Worte aus ihr hervorsprudelten.

»Ganz und gar nicht! Es schien ihm egal zu sein, wer es
wusste. Freunde, Arbeitskollegen, das Personal …«

»Und Sie.«

»Und ich. Als ob er nicht den geringsten Respekt vor
mir hätte. Oder vor unserer Ehe.«

»Also wollten Sie ihm zeigen, dass Sie Bescheid wussten.
Sie schrieben den Brief, der den kleinen blauen Fläschchen
beigelegt war, auf Ihrem Briefpapier mit Ihrer Schreibmaschine. Er hätte es erkennen können. Es als Warnung
oder Rüge von Ihnen wahrnehmen. Aber er hat nicht
darauf geachtet, nicht wahr?«

Die Witwe blieb mitten im Zimmer stehen und starrte
Frau Ehrenstein an. Diese drückte sich hoch, um gerade
zu sitzen, und fuhr mit ihren Ausführungen fort: »Sie haben das gleiche Papier verwendet wie für die Nachrichten,
die Sie mir geschickt hatten. Bevor ich zu Ihnen heraufgekommen bin, habe ich eine Probe auf der Schreibmaschine
gemacht. Wissen Sie, die sogenannten Typenträger dieser
Maschinen entwickeln bei Abnutzung ihre eigenen Erken-
nungszeichen. Auch das Schriftbild ist das gleiche.«

Martha und ihre Jane-Fonda-Frisur hatten sie wieder an
den Film *Klute* denken lassen: Donald Sutherland hatte
darin als Provinzpolizist, der das Verschwinden eines

Freundes aufklären wollte, die Schriften von Schreib-
maschinen verglichen.

»Jeder könnte das Papier und die Maschine verwenden.«

»Vielleicht nicht jeder. Aber Sie und Martha, nicht
wahr?«

»Ich habe Ihnen doch schon gesagt, dass …«

»Dass Martha so etwas nicht könnte, ich weiß. Nur sehen Sie, Adele, das Problem ist, dass es entweder auf Sie
oder auf Ihre Großnichte hinausläuft. Und das war vermutlich mein Problem. Ich wollte nicht, dass Sie es sein
könnten, deswegen habe ich in alle Richtungen geschaut,
nur nicht in Ihre. Ich wollte es nicht sehen. Aber es sind
zu viele Hinweise geworden, Adele, so viele, dass ich nicht
mehr wegschauen kann. Sherlock Holmes hat immer gesagt, dass ein Detektiv seine Gefühle im Griff haben muss.
Ich glaube, Poirot hat so etwas auch einmal erwähnt …«

»Wovon reden Sie eigentlich?«

»Verzeihung, ich drifte ab. Wie gesagt, ich bin momentan nicht auf der Höhe …«

Die Miene der Gräfin wurde sanft. Sie blickte auf ihre
Hände, die sie ineinandergeschlungen hatte, und nickte
leicht. »Ich weiß. Ich weiß, mein Kind.« Langsam ging sie
zu Frau Ehrenstein und setzte sich zu ihr auf die Bettkante.
»Was wollten Sie denn alles nicht sehen?«

Die gnä' Frau lächelte, als amüsierte sie sich über ihre
eigene Naivität.

»Sie haben die ersten Jahre in Wien in einer Apotheke
gelebt und gearbeitet. Sie wussten nicht nur, wie man an
Gift herankommen kann, sondern auch, wie es einzuset-
zen ist. Vielleicht kannten Sie Arsen sogar von Ihrem Gut
in Ungarn. Es wurde auch für Pferde verwendet.«

»Arsen. Nein, nein, das haben wir nie für unsere Voll-
blüter genommen.«

»Arsen verändert wohl auch das Aussehen, insbesondere die Finger und die Nägel. Es kam mir komisch vor, dass Sie das nicht erwähnt hatten, als Sie von den Händen Ihres Mannes sprachen. Insbesondere weil es den anderen aufgefallen ist.«

»Um ehrlich zu sein, habe ich etwas übertrieben, als ich von unserem Händchenhalten gesprochen habe.«

Frau Ehrenstein sprach weiter, als hätte sie die Gräfin gar nicht gehört.

»Martha erzählte, dass sie mit Ihnen nach dem Mittagessen wie immer in der Bibliothek gesessen hat. Kein Wort von einem Arzt, der den ganzen Tag an Ihrer Seite war und Sie nach dem Wochenende ins Krankenhaus einweisen wollte.«

»Dazu muss ich sagen, dass ich nicht dachte, dass Sie sie noch antreffen würden. Ich musste improvisieren.«

»Die ganze Geschichte mit der Vergiftung war ein gelungenes Ablenkungsmanöver. Als ginge es Ihnen nur darum, Zeit zu gewinnen. Haben Sie die Flasche irgendwo hier in Ihrem Zimmer versteckt? Ich habe meinen Whisky auch gern in meiner Nähe …«

»Sie wirken verwirrt, meine Liebe. Und erschöpft.«

»Das mag sein. Aber ein paar Dinge muss ich noch klären. Der Herr Kommerzialrat … Ist er tatsächlich nur zufällig Opfer geworden, oder haben Sie ihn so geködert wie Ihren Mann?«

Die hellen Augen der Gräfin blickten die gnä' Frau lange an. Die kleine Standuhr auf dem Nachtkastl tickte laut. Draußen hörte Frau Ehrenstein den Wind toben. Das wilde Rascheln der Blätter erinnerte an das Meeresrauschen, dem sie mit Willi in Italien am Strand gelauscht hatte. Frau Ehrenstein fragte sich, ob er wohl schon im Bett lag und vorgab zu schlafen, während er in Wahrheit unter der Bettdecke eines seiner Abenteuerbücher las. Eine große Sehnsucht nach ihrem Sohn ergriff sie.

»Im Krieg nannten wir so etwas Kollateralschaden.« Die Stimme der Gräfin riss sie aus ihren Gedanken. Nicht weil sie so kalt oder berechnend klang – im Gegenteil: Sie sprach in dem freundlichen Plauderton, den Frau Ehrenstein so gut von ihr kannte.

»Es ist natürlich traurig, in gewisser Weise. Aber letztendlich hat er sich das selbst zuzuschreiben. Genauso wie mein Friedrich.«

Die gnä' Frau hielt die Luft an und bedeutete der alten Dame mit einer Kopfbewegung, weiterzusprechen.

»Es lag alles in seinen Händen, meine Liebe. Wenn er mich nicht betrogen hätte, hätte er das Mittel niemals genommen. Je öfter er mich hintergangen hat, desto kränker wurde er. Ich dachte, er hätte den Zusammenhang begriffen. Als es ihm wieder besser ging, wusste ich, dass er damit aufgehört hatte. Doch dann … dann hat er Nachschub von Aqua Tofana bestellt. Für seine *Kur*.«

Frau Ehrenstein erinnerte sich an die Einträge des Arztes. Der Zustand des Grafen hatte sich nach dem Aufenthalt in Baden rapide verschlechtert. Er musste die verordnete Ruhe am Land für etwas ganz anderes genutzt haben.

»Ich hatte schon gedacht – gehofft –, ich müsste nicht mehr in dieses vermaledeite Postkastl schauen. Als ich seine Fläschchen befüllte, habe ich gleich die doppelte Dosis verwendet. Wussten Sie, dass Arsen geruchlos ist, mein Kind? Man bemerkt gar nicht, dass man es zu sich nimmt.«

»Ich glaube, ich habe davon schon mal gelesen. Aber warum ihn töten? Warum keine Trennung? Ich kann mir vorstellen, dass so etwas beängstigend sein muss, in Ihrem Alter. Aber ich habe keinen Zweifel daran, dass sich Eduard und Martha um Sie gekümmert hätten!«

»Scheidung ist eine Sünde! Was Gott zusammengeführt hat, darf der Mensch nicht trennen!«

Für einen Augenblick war die gnä' Frau so perplex, dass sie ihr Gegenüber nur anstarrte. »Ich ... ich muss zugeben, ich bin nicht sehr versiert in der Heiligen Schrift. Aber ich bin mir ziemlich sicher, dass da auch ein Gebot über Mord vorkommt. Äh, *Du sollst nicht töten*, glaub ich, war das.«

Die Gräfin sah so verständnisvoll drein wie eine geduldige Mutter, die ihrem Kind das Alphabet beibringen will.

»Ich habe niemanden getötet. Alles lag in den Händen meines Mannes. Und in denen Gottes, wenn man so will. Genauso wie jetzt, mein liebes, liebes Kind.«

»Was ...«

Die Witwe griff nach der Hand der gnä' Frau und streichelte sie liebevoll. »Es wurde leider zu ... unangenehm, wie viel Sie in meinen Angelegenheiten herumgeschnüffelt haben. Sie haben recht, entweder hätte man mich oder Martha verdächtigt. Und beides konnte ich nicht zulassen.«

»Wollen Sie damit sagen ...«

»Für jemanden, der so bereitwillig alles in sich hineinschlingt wie Sie, war es ein Wunder, den Punschkrapfen heute Nachmittag zu verschmähen. Aber ich bin davon ausgegangen, dass Sie hier wieder auftauchen würden. Damit ich mein Werk vollenden kann. Sie sind wie ein Bluthund, Helene. Sie können es einfach nicht gut sein lassen.«

»Sie wollten mich also ...«

»Ich hatte alles so hergerichtet, dass es Ihnen nur noch serviert werden musste. Ich wollte sichergehen und habe den Tee und den Punschkrapfen präpariert. Es wäre ungünstig, wenn Sie mir jetzt erneut entwischen würden, wissen Sie? Aber ... es tut mir auch weh, mein Kind. Ich möchte, dass Sie das mit ins Grab nehmen. Sie sind eine

ganz Liebe, aber eben auch ein wenig, wie soll ich sagen …
naiv.«

»Denken … denken Sie nicht, dass es auffallen wird,
wenn ich in Ihrem Haus tot zusammenbreche?«

»Ach, ursprünglich wollte ich Ihre Leiche verschwinden lassen. Aber ich denke, ich könnte es als Selbstmord
hinstellen. Die bösartigen Artikel im *Wiener Telegramm*,
die unglückliche Ehe … Ich denke, das würde nicht
gänzlich überraschend kommen. Ich weiß, dass Sie keine
strenggläubige Katholikin sind, deswegen wird Ihnen
diese Notlüge auch nicht so viel ausmachen, meine
Liebe.«

»Adele …«

»Sch, sch, mein Kind. Sie werden bald friedlich einschla-
fen, und alles ist vorbei. Es tut mir leid, aber es ging nicht
anders. Es tut mir wirklich leid, das müssen Sie wissen!«

»Es tut mir auch leid, Adele.«

»Ich weiß, meine Liebe.«

»Nein, ich will damit sagen, es tut mir leid, dass ich Ihren schönen Teppich ruiniert habe. Unglückseligerweise
meine Tasche von Chanel noch dazu.«

Frau Ehrenstein blickte an der Gräfin vorbei zu dem
Tisch, an dem sie gerade noch gesessen hatten. Und zu
ihrer Tasche, unter der sich der Teppich mit einer bräun-
lichen Flüssigkeit vollgesogen hatte.

»Als ich merkte, dass der Tee heraussickerte, musste ich
unseren Standort verlegen. Glücklicherweise studiere ich
seit Jahrzehnten das Spiel der besten Schauspielerinnen.
Ich weiß, wie man einen Schwächeanfall vortäuscht.«

Die alte Dame löste ihren Griff um Frau Ehrensteins
Hände und sprang auf.

»Das … das ist nicht möglich!«

»Ja, ich mag naiv sein, und mit Sicherheit beeinflussen

mich meine Gefühle mehr, als mir lieb ist. Aber ich bin doch nicht so deppert und nehme etwas zu mir, das Sie mir auftischen!«

»Aber … aber wie …«

»Bevor ich mich an Ihre Schreibmaschine gesetzt habe, habe ich mir Ihren Butler zur Brust genommen. Nachdem er gestanden hatte, der Informant von Otto Prenz zu sein, und ihm klar geworden war, dass sein regelmäßiges Einkommen bald ausbleiben würde, hat er meine Bezahlung für seine Dienste gerne angenommen.«

»Welche Dienste?«

»Er sollte Sie ablenken. Und zwar kurz nachdem er meine *Erfrischungen* serviert hat. Leider hat er sich ein wenig Zeit gelassen, und ich musste einen Schluck nehmen. Den Bissen vom Punschkrapfen konnte ich glücklicherweise noch in meine Tasche spucken. Da ist übrigens auch der Rest gelandet. Schad drum. Aber tatsächlich ein gutes Beweismittel. No, jetzt werden Sie ja ganz blass, wollen *Sie* sich jetzt vielleicht hinlegen, Gräfin?«

Die alte Frau wankte, und Frau Ehrenstein sprang auf und stützte sie. »Kommen Sie, ruhen Sie sich aus. Sie sehen ganz … erschöpft aus. Als hätten Sie von Ihrem eigenen Gift getrunken.«

Sie half der entgeisterten Gräfin auf das Bett. Widerwillig legte sie die Beine hoch. »Machen … machen Sie Witze? Finden Sie das etwa lustig?«

»Ja, offenbar versuche ich, die Situation mit Humor zu nehmen, aber nur, weil ich sonst so wütend werden würde, dass ich kein klares Wort mehr herausbrächte. Ich bin hierhergekommen mit dem Wissen, dass Sie eine Mörderin sind. Und ich wollte herausfinden, ob Sie so weit gehen würden, auch mich umzubringen. Ich weiß, da kommt wieder das Naive bei mir durch. Aber ich habe aufrichtig gehofft, dass Sie mich verschonen würden, weil Sie mich mögen.«

»Ich mag Sie. Mochte Sie. Im Moment aber …«

»Ja, im Moment wollen Sie mich erwürgen, und glauben Sie mir, ich bin auf der Hut, auch wenn es nicht so aussieht. Ich habe meinen Aufenthaltsort und mein Vorhaben an meine … Partnerin weitergegeben. Sollte mir etwas zustoßen, wüsste sie über alles Bescheid.«

»Aber das … das … *Istenem!* Ich glaube, ich kriege einen Herzinfarkt!«

Die alte Frau griff sich ans Herz und verdrehte die Augen.

»Gräfin, ich bitte Sie. Die Vergiftung habe ich Ihnen abgenommen. Aber ein Herzinfarkt ist jetzt doch ein bissl viel. Aber wenn Sie wollen, rufe ich schnell einen Arzt. Natürlich einen, dem ich vertraue. Der hilft uns vielleicht auch gleich bei der Untersuchung des Punschkrapfens. Ah, na, schaun'S, schon geht es Ihnen wieder besser!«

»Sie sind eine … eine Schlange! Ein Monster!«

»Und ein Oaschloch, jedenfalls hat das Martha gesagt. Das trifft mich wenig, vermutlich weil es mitunter auch stimmt. Wissen Sie, wann mir klar war, dass Sie nicht vorhaben, mich lebend hier herauszulassen?«

»No, sagen'S es schon!«

»Als ich Potenzmittel und blaue Fläschchen erwähnt habe und Sie nicht einmal mehr so getan haben, als wären Sie überrascht. Sie waren nur noch darauf erpicht, dass ich das Gift zu mir nehme, um mich loszuwerden.«

»Ich habe Sie unterschätzt. Offensichtlich.«

Mit einer ruckartigen Bewegung riss sie das Türchen des Nachtkastls auf und hob eine Kristallkaraffe mit rötlicher Flüssigkeit heraus. Sie warf den gläsernen Stöpsel neben sich auf die Decke und nahm nonchalant einen Schluck von dem Sherry.

»Ich fand das mit der Vergiftung eine gute Idee. Sie sollte einerseits von meiner Spur ablenken und andererseits Sie hierherlocken.«

»Ja, eine nette Idee. Und ich wertschätze, wie viel Gedanken Sie sich dazu gemacht haben. Sogar die Flasche verschwinden zu lassen, damit ich mich schön darauf konzentriere!«

»Und was jetzt? Schleifen Sie mich zum nächsten Kommissariat und lassen mich dort in einen Käfig werfen?«

Frau Ehrenstein hatte sich um einen fast fröhlichen Ton bemüht, um die Anspannung aus der Luft zu nehmen. Und um ihre Angst nicht zu zeigen. Man hatte gerade versucht, sie umzubringen – bereits zum zweiten Mal in diesem Jahr. Ihre Souveränität war nur gespielt gewesen, doch als sie jetzt weitersprach, war sie über den Ernst in ihrer Stimme selbst überrascht.

»Es sind zwei Menschen ums Leben gekommen. Und Sie sind dafür verantwortlich. Mir ist egal, wie sehr Sie sich auf höhere Mächte oder Gott oder das Schicksal herausreden. Ohne Sie wären diese zwei Menschen noch am Leben.«

»Ich … ich bin bereit, die Konsequenzen dafür zu tragen. Ich schäme mich für nichts! Die Welt um uns herum hat sich so sehr verändert, Anstand, Respekt und Ehre sind nur noch Fremdwörter hier …«

»Bitte, Adele, ersparen Sie mir das. Ich werde dem Sicherheitsbüro sämtliche Beweise, auch die blauen Fläschchen und meine Chanel-Tasche, vorlegen. Und der Herr Kommerzialrat wird exhumiert. Das Gift ist sicher noch nachweisbar. Sie können es einfach und schmerzlos haben, indem Sie gestehen. Oder es wird einen Schauprozess geben, an dem Aasfresser wie Otto Prenz ihre wahre Freude haben werden.«

Alles, was der Gräfin noch geblieben war, war ihr Stolz, und das *Wiener Telegramm* würde darauf nicht die geringste Rücksicht nehmen. Ein Geständnis würde die Schmach wenigstens verringern.

Die alte Frau nahm noch einen Schluck direkt aus der Flasche. Sie taxierte die gnä' Frau. Die nette alte Dame schien verschwunden zu sein. Oder vielleicht war sie nie da gewesen. Beim ersten Anblick der Witwe hatte Frau Ehrenstein an *Arsen und Spitzenhäubchen* denken müssen. An die fröhlichen, betagten Tanten, die reihenweise Männer umbrachten. Damals wäre sie nie auf die Idee gekommen, dass sie damit ganz nah an der Wahrheit war. Sie erinnerte sich noch, wie gut sie sich amüsiert hatte, über Cary Grants überbordende Mimik, über Peter Lorres schüchternes Lächeln und über die alten Damen, die sich keiner Schuld bewusst waren. Doch hier in der Realität war Frau Ehrenstein gar nicht mehr zum Lachen.

Die Gräfin kniff für einen Moment die Augen zusammen, dann atmete sie lautstark aus, öffnete sie wieder und stellte die Flasche auf ihr Nachtkastl.

»Gut, ich bin bereit. Also gehen wir in dieses … Sicherheitsbüro, sagten Sie, nicht wahr? Ich werde mich nur noch rasch frisch machen. Ich will vermaledeit sein, wenn die Leute mich in derart heruntergekommenem Zustand zu Gesicht bekommen!« Sie erhob sich vom Bett und ging mit majestätischer Grandezza zum Schminktisch.

Das Sicherheitsbüro wäre einem gewöhnlichen Döblinger Wachzimmer natürlich vorzuziehen. Ein Streifenpolizist würde mit Beweismitteln, die chemisch untersucht werden müssten, nicht viel anfangen können. Im schlimmsten Fall würden sie die beiden Frauen für meschugge halten und stundenlang für nichts und wieder nichts dabehalten. Im Sicherheitsbüro würde ihr Major

Raab wenigstens richtig zuhören, und wenn sie ihm ihre Beweise und sogar ein Geständnis präsentierte, würde er auch handeln, daran zweifelte sie nicht. Nur ob er samstagnachts dort sein würde, war überaus fraglich. Sie betrachtete die alte Dame, wie sie mit einem filigranen Pinsel ihre Augenbraue nachzog, und fasste einen Entschluss.

»Ich stehe am Montag um acht Uhr vor Ihrer Tür und begleite Sie zum Sicherheitsbüro. Dort werde ich Sie persönlich an einen Beamten übergeben, zu dem ich höchstes Vertrauen habe. Er ist diskret. Und gerecht. Bis dahin haben Sie Zeit, um Ihre Sachen in Ordnung zu bringen.«

Vielleicht könnte sie noch ihre Finanzen regeln, sich darum kümmern, was mit Haus und Personal zu geschehen habe. Vielleicht würde sie es schaffen, ihrer Nichte und ihrem Ziehsohn alles zu erklären und sich gebührend zu verabschieden.

Die Gräfin ließ den Pinsel sinken und sah Frau Ehrenstein im Spiegel an. Sie hob eine Augenbraue. »Warum tun Sie das? Warum erweisen Sie mir noch diese letzte Gnade?«

Frau Ehrenstein richtete ihre Hochsteckfrisur und strich ihren Faltenrock glatt. Sie spürte die Anstrengungen des Tages in jedem Knochen und sehnte sich nach ihrem Zimmer in der Ehrenstein'schen Villa, einem Glas Whisky und einer Zigarette auf dem Balkon. Vorher müsste sie aber Marie in dem nahe gelegenen Beisl abholen. Noch harrte ihre Gefährtin dort aus, doch in ungefähr einer Stunde würde sie sich Zutritt zur Villa verschaffen, um nach dem Verbleib der gnä' Frau zu forschen.

»Warum ich das tue? Ich nehme an, am besten könnten Sie es nachvollziehen, wenn ich sage, es wäre das *Christliche*, es zu tun. Aber Fakt ist: Ihre Geschichte lässt mich nicht unberührt. Und ich finde, es ist das Richtige, Ihnen diese Möglichkeit zu geben. Trotz allem.«

»Danke.«

Frau Ehrenstein nickte der Gräfin nur noch knapp zu und verließ das Zimmer. Unten wartete niemand mehr, um ihr die Tür zu öffnen. Sie war für die kalte Nachtluft dankbar und nahm einen tiefen Atemzug, während sie ihren Hut festhielt.

Sie konnte nur hoffen, dass sie tatsächlich das Richtige getan hatte.

32

Ein Brief, ein Siphon,
ein kluges Dienstmädchen

Gnä' Frau? GNÄ' FRAU?«
Frau Ehrenstein blickte verdutzt in das grinsende
Gesicht von Marie.

»I wollt frag'n, ob i vielleicht an Fußball herschaffen
solltat. Oder wolln'S eher gegen die Maschin' treten? Die
hintere hättat's eh nötig!«

Die gnä' Frau schmunzelte, als sie begriff, worauf ihr
Dienstmädchen hinauswollte.

»Nein danke, das wird nicht nötig sein. Diesmal bin ich
nicht grantig. Jedenfalls nicht so.«

Erneut studierte sie das Schreiben von Major Raab, das
sie schon so oft gelesen hatte. Am Anfang und am Ende
stand jeweils eine Entschuldigung. Der Text dazwischen
war ausufernder als nötig, aber sie hatte das Gefühl, der
junge Polizist wollte ihr auch damit zeigen, wie leid ihm
alles tat.

»Ist die hintere Waschmaschine etwa kaputt?«

Marie hievte einen Pulk feuchter Wäsche aus besagter
Maschine und verzog das Gesicht.

»No, ja, richtig hinig is net, oba g'scheit laufen tut's a
nimma.«

»Sollten wir da nicht vielleicht einen Handwerker rufen?«

»Wenn, dann macht des die Berkovics, und solang's no
irgendwie geht, wird's des net tun. Gnä' Frau?«

»Ja?«

»Versuchen'S, sich mit der Waschmaschin von was ab-zulenken?«

»Ich denke schon.«

Die beiden lachten, und Marie begann, weiße Unterlei-berl auf der großen Wäschespinne in der Mitte des Raums aufzuhängen. Frau Ehrenstein faltete den Brief sorgfältig zusammen und steckte ihn in die Tasche ihres Blazers. Be-hielte sie ihn in der Hand, würde sie ihn noch ein Dut-zend Mal lesen. Sie wusste, dass es sinnlos war, grantig zu werden oder sich groß zu empören. Es würde auch nichts mehr ausrichten.

Sie lehnte sich im Sitzen an die Ziegelwand des Keller-raums und sog den Duft von Waschmittel und frischer Wäsche ein. Die Feuchtigkeit in dem Raum brachte ihre Haare zum Kräuseln, doch sie hätte vor dem Abendessen noch genug Zeit, um sich darum zu kümmern.

»Wenn Sie sich weiter ablenken woll'n, dazähl ich no was übers Wäschewasch'n. Ansonsten kann i Ihnan das Neu-este vom Butler berichten. Oiso was warat Ihnen lieber?«

»No, was glauben'S, Marie?«

Es war das neueste Tratschthema im Beisl in Döbling, das die junge Frau immer noch gerne frequentierte. Sie pochte darauf, dass sie das tat, um noch weitere Informa-tionen über den Fall zu bekommen. Aber Frau Ehrenstein merkte, dass sie dort wirkliche Freunde gefunden hatte, und freute sich für sie.

Als Frau Ehrenstein vor zwei Wochen an der Tür der Villa Bárány geklingelt hatte, hatte ihr nur eines der älte-ren Dienstmädchen geöffnet. Der Butler hatte das Haus da bereits verlassen. Es war Montag, fünf Minuten vor acht, gewesen, und sie hatte der gnä' Frau mitgeteilt, dass sie sie schon erwartet hatte. Nicht die Gräfin. Nicht Martha.

Nein, das Dienstmädchen hatte die gnä' Frau schon erwartet. Frau Ehrensteins Alarmglocken bimmelten wie die Pummerin zu Silvester. Das Dienstmädchen redete in einem Singsang, als ob es sich die Sätze eingeprägt hatte, und erzählte, was in den letzten vierundzwanzig Stunden im Haus geschehen war. Dann überreichte sie der gnä' Frau eine Nachricht. Es war das gleiche verdammte Papier, und es waren nur vier Worte daraufgeschrieben. Mit derselben verdammten Schreibmaschine.

Es tut mir leid. Aufrichtig.

Sie widerstand dem Impuls, den Wisch zu zerreißen, und eilte an dem Dienstmädchen vorbei in die Bibliothek. Die Schreibmaschine war verschwunden, ebenso wie ein Großteil der Bücher. Das war auf groteske Art nachvollziehbar für die gnä' Frau. Sie würde auch als Erstes ihre Bücher mitnehmen, wenn sie sich aus dem Staub machen müsste.

Das Dienstmädchen war ihr gefolgt und wiederholte ihre Worte im exakt gleichen Tonfall: »Die werte Gräfin Bárány hat sich mit dem jungen Fräulein auf eine längere Reise begeben und wünscht Ihnen alles Gute und hofft, dass Sie ...«

»Marandjosef, sparen Sie sich's!«

»Ich denke, sie hat es beim ersten Mal verstanden. Danke, Else.«

Eduard Klerger war hinter dem Dienstmädchen aufgetaucht und betrachtete Frau Ehrenstein, als wäre sie ein Schädling, der die Zierblumen im Garten zerstörte. »Sehr wohl, gnädiger Herr.« Das Dienstmädchen verschwand im Vorzimmer, wo ihre Kolleginnen in den strengen Uniformen aufgeregt umherwuselten. Eine trug einen Staubwedel, die andere einen Kübel, die dritte eine Kiste, die nicht leicht aussah.

»Das heißt wohl, Sie sind jetzt der gnädige Herr in diesem Haus.«

»Nein, das heißt es nicht. Die zukünftigen Herrschaften dieser Villa werden noch ermittelt.«

»Was soll das heißen?«

»Dass ich damit beauftragt wurde, die rechtmäßigen Besitzer ausfindig zu machen. Die jüdische Familie, die vor dem Krieg hier gelebt hat, ehe der Graf sich die Villa einverleibt hat … Oder ihre Nachfahren. Sobald ich sie gefunden habe, wird ihnen alles überschrieben.«

Er ging zur Bar und goss sich aus einer Kristallkaraffe etwas ein, das nach Cognac roch.

Frau Ehrenstein fasste sich an die Stirn, wie um die vielen neuen Informationen nicht herauspurzeln zu lassen. Sie wusste nicht, ob sie froh oder enttäuscht darüber sein sollte, dass es hier keinen Whisky gab. Es war nicht sehr damenhaft, schon um acht Uhr morgens zu trinken, aber bei Gott, sie hätte jetzt einen Single Malt vertragen können.

»Die Angestellten räumen das Haus weitestgehend aus, reinigen es und werden sich dann einen neuen Posten suchen müssen. Selbstverständlich werde ich ihnen gute Zeugnisse ausstellen, ich bin zuversichtlich, dass sie keine Schwierigkeiten haben werden …«

»Herrgott noch mal, das ist mir alles blunz'n! Wo ist sie? Wo ist die Gräfin?«

»Meine Güte, wie gewöhnlich Sie sich aufführen. Ich bitte Sie, sich nicht so gehen zu lassen.«

Wutentbrannt stapfte Frau Ehrenstein auf den zwei Meter großen Mann zu, und er wich erschrocken zurück. Was ihr eine gewisse Genugtuung verlieh.

»Lassen Sie das Naserümpfen, Herr Klerger! Ich weiß

zu viel über die Vorgänge in diesem Haus und in dieser Familie, als dass es mich beeindrucken würde. Wohin hat sie sich abgesetzt? Hat sie tatsächlich Martha mitgenommen?«

Klerger nahm einen Schluck von dem Cognac, ohne die gnä' Frau anzusehen.

»Hören Sie, ich gehe nicht von hier weg, ehe ich Antworten auf meine Fragen habe. Vielleicht ist Ihnen schon aufgefallen, dass ich ziemlich penetrant sein kann. Reden Sie! Und wenn es nur ist, um mich loszuwerden!« Frau Ehrenstein war laut geworden und bot ihre strengste Mutter-Oberin-Stimme dar. Klerger ging zum Fenster, vermutlich, um den Abstand zu ihr zu vergrößern, und antwortete, während er hinaussah:

»Natürlich hat sie Martha mitgenommen. Die beiden kleben ja aneinander wie … zwei Kletten. Die Gesundheit der Gräfin war in letzter Zeit nicht die allerbeste, und deshalb begibt sie sich auf eine ausgedehnte Reise in wärmere Gefilde.«

»So ein Schmarrn! Das ist die Geschichte, die Sie der Öffentlichkeit auftischen werden. Aber ich nehme einmal an, dass sie Ihnen die Wahrheit erzählt hat.«

Klerger schleuderte das Glas in eine Ecke und machte einen Schritt auf die Dame zu. Sie griff instinktiv nach der nächstbesten Waffe, was der Siphon war, und hielt ihn bereit zum Zuschlagen. Das Adrenalin schoss ihr durch die Adern, und plötzlich war sie hellwach. Jetzt war sie froh, sich nicht mit Alkohol benebelt zu haben.

Selten hatte sie jemand so hasserfüllt angesehen, wie es Klerger gerade tat. Er war stehen geblieben, doch seine zu Fäusten geballten Hände zitterten. Frau Ehrenstein berechnete den Fluchtweg zur offen stehenden Tür und wusste, sie könnte sie vor ihm erreichen.

»Ja, sie hat mir erzählt, dass sie ihretwegen weggehen muss. Dass sie vermutlich nie wieder zurückkommen kann. Ihretwegen.«

Seine tiefe Stimme brodelte. Es erinnerte sie an ihre erste Begegnung, als er Otto Prenz bedroht hatte.

»Es ist ein wenig komplizierter als das. Und ich denke, das wissen Sie auch.«

»Nein, nein. Es ist wirklich einfach. Wir hatten uns ein gutes Leben eingerichtet, nachdem Friedrich tot war. Und Sie haben sie vertrieben. Ich wollte sie begleiten. Zwei Frauen auf so einer weiten Reise – jemand muss doch auf sie aufpassen, hab ich gesagt.«

Frau Ehrenstein war für einen Augenblick zum Lachen zumute. Sie fand die Vorstellung, dass die Gräfin einen Beschützer bräuchte, mittlerweile unglaublich amüsant. Noch dazu mit Martha an ihrer Seite.

»Ich nehme an, sie brauchte jemanden, der sich hier um alles kümmert. Das Haus und das Geld und die rechtlichen Angelegenheiten, hab ich recht?«

»Ja, so war es. Sie meinte, sie wäre … hilflos ohne mich. Hier. Sie vertraut mir unumwunden, müssen Sie wissen.«

»Wann ist sie weg? Wo wollte sie hin?«

»Am Abend haben sie einen Flieger genommen. Südamerika. Mehr werden Sie nicht über ihren Aufenthaltsort erfahren. Gestern hat sie mich hergerufen und mir alles erzählt. Es ist mir schleierhaft, warum, aber sie hat Sie sogar in Schutz genommen. Sie hält große Stücke auf Sie.«

»Wie konnte sie einfach so verschwinden? Sie kann doch nicht ihr ganzes Hab und Gut innerhalb von ein paar Stunden zusammenpacken und in einem fremden Land ein neues Leben anfangen?«

»Warum nicht? Das hat sie doch schon einmal getan. Damals ist sie in Wien mit zwei Koffern angekommen und hat von vorn begonnen. Ganz alleine. Wenigstens hat sie jetzt Martha.«

Er sah sich unschlüssig im Zimmer um. Betrachtete zunächst lange das halb leere Bücherregal, dann das Glas am Teppichboden. Schließlich drehte er sich wieder um und lehnte sich an den Rahmen des großen Fensters. Es war ein kalter Tag, aber die Sonne schien freundlich. Frau Ehrenstein fragte sich, ob die Gräfin wohl schon die Hitze Südamerikas auf ihrer Haut spürte.

»Ich nehme an, Sie wissen, dass ich trotzdem zur Polizei gehen werde? Hier sind zwei Morde geschehen, das ist kein Kavaliersdelikt.«

Ohne Sie anzusehen, zuckte er mit den Schultern.

»Adele hat das schon vorausgesehen. Ich habe die Nummer ihres Anwalts, falls Sie die benötigen. Sie meinte, ich sollte mich wappnen für die Befragungen und die Schlammschlacht. Aber dass es bald vorbei sein würde, weil sie ja nicht mehr da sei. Sie hoffte nur, dass die Frau Kommerzialrat keine Schwierigkeiten bekommen würde. Immerhin ist ihr Mann nicht verbrannt worden.«

»Wie unvorsichtig von der Frau Kommerzialrat.«

»Ihren Sarkasmus können Sie sich sparen. Gehen Sie jetzt bitte, hier gibt es noch genug für mich zu tun.«

Der riesenhafte Mann wirkte verloren in diesem verlassenen Haus. Dennoch schaffte es Frau Ehrenstein nicht, so etwas wie Mitleid für ihn aufzubringen. Ihr wurde klar, dass sie hier nichts mehr ausrichten konnte. Also stellte sie den Siphon wieder an seinen Platz, verabschiedete sich knapp und verließ die Villa Bárány zum letzten Mal.

Marie hängte das letzte Unterleiberl auf und wischte sich die Hände an ihrer Schürze ab.

»Oiso, kaner waß so recht, wo der Butler abblieb'n is, oba es heißt, er is zu Verwandten nach Graz gangen. Wenn der Wiener Tratsch net bis dort reicht, kriegt er vielleicht sogar a Anstellung. Die andern krieg'n den Lohn no bis zum Ende des Monats. Die schau'n sich alle scho nach was Neichen um. Ah, gnä' Frau? Is Ihnen aufg'falln, dass Sie scho wieder den Brief in der Hand ham?«

»Oh. Nein. Tatsächlich war mir das nicht bewusst.«

Frau Ehrenstein betrachtete überrascht das Papier in ihren Händen. So chaotisch wie das Büro des jungen Majors sah auch seine Handschrift aus. Sie hatte etwas Zeit gebraucht, ehe sie alles hatte entziffern können.

Er hatte ihr geschrieben, was nach ihrem Besuch bei ihm weiter geschehen war. In Ermangelung eines richtigen Beweismittelbeutels hatte sie den Punschkrapfen und die Reste des Tees in ein Tiefkühlsackerl geschüttet. Ohne ihre Täterin war sie um 9 Uhr morgens bei ihm im Sicherheitsbüro eingefallen. Nach anfänglichem Zögern hatte er sich ihre Ausführungen angehört, dabei nur kurze Zwischenfragen gestellt und dann das Sackerl samt Brief und blauen Fläschchen an sich genommen. Bei ihrem Bericht über den Samstag hatte er große Augen bekommen und sie gescholten, sich in solche Gefahr begeben zu haben. Er war nicht herablassend oder amüsiert gewesen. Und er hatte ihr versichert, dass er ihr glaubte und dass die neuen Informationen tatsächlich Grund für eine genauere Untersuchung wären. Ärgerlich war er geworden, als sie ihm von der Flucht der Gräfin erzählt hatte. Einen Tatverdächtigen zu warnen und dann allein zu lassen wäre ein erschreckender Anfängerfehler.

»No, ja, dann hat er gesagt, er lässt alles untersuchen und unternimmt selbst ein paar Nachforschungen. Und nach zwei Wochen ist dann der Brief angekommen. Der im Grunde darauf hinausläuft, dass er alles bestätigen kann, was ich herausgefunden habe. Und dass trotzdem nichts geschehen wird, weil ihm der Hofrat aufs Dach gestiegen ist.«

Die Frau Kommerzialrat hatte nicht nur nicht gestattet, ihren Mann zu exhumieren, sie hatte sich auch beim Hofrat beschwert. Und dieser hatte die Beweise und Aussagen, die der Major mit Frau Ehrensteins Hilfe gesammelt hatte, für nichtig erklärt. Wenn sich die Hauptverdächtige außerhalb der Gerichtsbarkeit befand, würde er sich aufgrund von Indizien nicht mit Kommerzialratswitwen und Großindustriellen wie Eduard Klerger anlegen.

»Solange sich an der derzeitigen Lage nichts ändert, sind mir die Hände gebunden. Es tut mir leid, dass ich nicht früher auf Sie gehört habe«, las Frau Ehrenstein vor. »Beinahe lustig, wie es allen leidtut. Nur ändern tut's nichts.«

Marie schaltete die Waschmaschine ein, die mit einem lauten Knacken startete und dann rhythmisch rumpelnd ihre Arbeit aufnahm.

»Guat, i muss wieder rauf. Die Badezimmer san dran.«

Frau Ehrenstein wäre nur zu gerne sitzen geblieben, um ihren Gedanken nachzuhängen. Die Geräusche der Waschmaschine hatten etwas Hypnotisierendes, und in den Waschkeller verirrte sich niemand, also hatte sie ihre Ruhe. Allerdings würde sie sich nur das Hirn zermartern und den Brief des Majors noch zehn Mal lesen. Er hatte ihr geglaubt. Und ihre Schlussfolgerungen bestätigt. Wenigstens das war tröstlich.

»Ja, ich denke, ich sollte auch wieder hinaufgehen. Vielleicht mach ich noch einen Spaziergang zur Gloriette. Oder trink einen Kaffee im Dommayer.«

»I kann heit dableib'n, wenn'S woll'n, gnä' Frau. I wollt ma eigentlich mit der Mama die Lottoziehung anschau'n, oba des is net dringend.«

»Nein, Marie. Danke, aber nein. Gehn'S zu Ihrer Mutter.

Mir geht es gut. Wirklich. Ich war in letzter Zeit hin- und hergerissen zwischen Wut und Frustration und Selbstvorwürfen. Ich mein, es ist unfassbar, dass ich tatsächlich meine Naivität derart unter Beweis stellen musste! Aber der Brief schließt das alles jetzt ab, und es ist gut. Wirklich.«

Die gnä' Frau war Marie zur Tür gefolgt, doch diese blieb abrupt stehen, sodass sie zusammenstießen.

»Wissen'S, gnä' Frau. Jetzt bin i ma gar nimma sicha, ob'S den Schmarrn a glaub'n, den'S da verzapfen. Oder ob'S nur mir was weismach'n woll'n.«

»Was ... was soll denn das bitte heißen?«

Marie hob den Blick zur Decke, wie um den Herrgott um Kraft zu bitten, und betrachtete ihre Chefin mit einem Kopfschütteln.

»Sie ham do scho früh glaubt, dass mit der G'schicht von der Gräfin was net passt, oder? Und kommen'S ma jetzt net mit Briefpapier, blauen Flascherln und verfärbten Fingernägeln. Was war's?«

»Ich glaub nicht ...«

»Irgendwas hat Sie von Anfang an stutzig g'macht, des hab i g'merkt. Oba Sie wollten net näher hinschau'n. Was war's?«

»Ich, also ich hab mir gedacht, das war halt nichts, was vor Gericht Bestand hätte, wissen'S? Meine Eltern haben erzählt, dass eine Einäscherung nichts für einen guten Katholiken wäre. Auch wenn der Papst es mittlerweile erlaubt hat, bleibt es umstritten. Und der Gräfin war ihr Glaube so wichtig und die Traditionen. Dass sie einfach so ihren Mann verbrennen lässt ... Es kam mir komisch vor. Ach, das macht's nicht besser, oder? Die ganze Zeit hab ich Offensichtliches ignoriert, weil es mir nicht gepasst hat.«

»I waaß net, ob's es besser macht. Aber verständlicher.

Menschlicher, wenn'S so woll'n. Deswegen ham'S sie auch gehen lass'n. Der Gedanke, dass die alte Dame im Gefängnis sitzt, hat Sie zu sehr mitgenommen.«

»Marie, bei allem nötigen Respekt, aber da irren Sie sich gewaltig! Ich hab diese Mörderin doch nicht absichtlich …«

»Sie können sich echauffieren, soviel Sie woll'n, gnä' Frau. Und Ihre G'schichtln dem Major und a sich selber dazähl'n. Oba i hab g'sehn, wie Sie verletzt und während einem Erdbeben noch Beweismittel sichern haben woll'n. I hab g'sehn, wie Sie mit einem Mörder um unser beider Leben 'kämpft ham. Sie woll'n ma do net weismach'n, dass Sie die Gräfin net der Polizei übergeb'n ham, weil's Nacht und Wochenend und vielleicht a bissl stürmisch draußen war.«

Frau Ehrenstein blickte in die klugen und überaus amüsierten Augen ihrer Gefährtin. Sie richtete ihre Halskette und ihre Frisur und beschloss, das unkommentiert zu lassen.

33

Oskar oder nicht Oskar?

Gnä' Frau, wir sind fertig für den Tag, falls Sie nix mehr brauchen.«

»Nein danke, Frau Berkovics. Wir sehen uns morgen. Gute Nacht!«

Mit wippender Feder am Hut marschierte die Haushälterin zum Ausgang und ließ die Tür hinter sich zufallen. Marie zog sich langsam ihren Mantel an und streifte die Handschuhe über. Frau Ehrenstein blickte nachdenklich auf die geschlossene Eingangstür.

»Ob Frau Berkovics wohl auch schon in Versuchung gekommen ist, unsere Familiengeheimnisse an ein Boulevardblatt wie das *Wiener Telegramm* zu verkaufen? Zu erzählen gäb's wahrscheinlich einiges.«

»Der is der Name *Ehrenstein* viel zu wichtig. Die tatat Sie eher die Trepp'n runterstess'n, wann's Sie loswerd'n will!«

»No, wie beruhigend! Kommen'S gut nach Hause, Marie! Und grüßen Sie Ihre Mutter!«

»Wissen'S, jetzt, wo's des *Wiener Telegramm* erwähnt hob'n ... Ham'S scho drüber nachdacht, dass er recht g'habt hat? Der Prenz?«

Die gnä' Frau runzelte die Stirn und musste an den ungustiösen Journalisten denken. Er hatte die Geschichte reißerisch aufgebauscht, hatte die Verwandten bis zum Leichenschmaus verfolgt und war nur an seiner Auflage interessiert. Doch im Kern hatte alles, was er behauptet hatte, gestimmt.

»*Die Reichen kommen mit allem durch.* So etwas in der Art hat er gesagt. Und dass es jemanden wie ihn braucht, um denen auf die Finger zu schauen.«

Ich bin da, damit'S ja net vergess'n, dass Sie net besser san als wir!

Frau Ehrenstein hatte seine hohe Stimme im Ohr, wie er ihr diesen Satz wütend entgegengeschleudert hatte.

»Na, viel bracht hat's erm nix. Oisdann, gute Nacht, gnä' Frau!«

Viel gebracht hatte es ihm nicht. Aber hätte er diese Artikel nicht geschrieben, wäre Frau Ehrenstein wohl nie auf den Fall aufmerksam geworden.

Die Dame schlenderte nachdenklich ins Wohnzimmer. Das knackende Feuer im Kamin wirkte einladend, ebenso wie der Ohrensessel und ein achtzehnjähriger Lagavulin. Sie war auf angenehme Art müde. Am Tag hatte sie über den Brief des Majors und das, was er für sie zu bedeuten hatte, nachgegrübelt. Als ihr klar geworden war, dass sie nichts weiter tun konnte und der Fall damit für sie abgeschlossen war, hatte sie Erleichterung verspürt.

Die Flammen ließen den Whisky in dunklen Braun- und Rottönen schimmern, das Glas lag warm und glatt in ihrer Hand. Lou Reed sang leise »Satellite of Love«, und in seiner Stimme schwang der Optimismus mit, den Frau Ehrenstein gerade empfand. Sie ließ den Kopf in das weiche Leder zurücksinken und schloss die Augen, um diesen Moment vollends zu genießen.

»Vermutlich wirst du es mir nicht glauben, aber irgendwie gefällt mir diese Platte.«

Die gnä' Frau riss die Augen auf und richtete sich so abrupt auf, dass der Whisky beinah aus dem Glas geschwappt wäre.

»Entschuldige, ich wollte dich nicht erschrecken!«

Oskar stand in weißem Hemd und Anzughose neben dem Plattenspieler und betrachtete die sich drehende Vinylscheibe. Sakko und Gilet musste er in seinem Arbeitszimmer gelassen haben.

»Du … du hast mich nicht erschreckt!«, sagte Frau Ehrenstein, wobei ihr klar war, wie absurd diese Aussage war, nachdem sie ganz offensichtlich zusammengezuckt war. »Ich meine, nicht wirklich. Schlimm oder so. Ich … Hab ich dich gestört? Ich meine … war die Musik zu laut?«

Ihr Mann ging zur Anrichte, auf der sich die Hausbar befand, und sagte: »Nein. Ich bin fertig für heute, und da hab ich die Musik gehört. Und mir gedacht, dass ich das eigentlich gar nicht so schlecht finde. Darf ich?«

Er hielt die Flasche Lagavulin hoch und sah sie fragend an. Frau Ehrenstein stammelte nur ein »Ja« und versuchte, mit ihren Gedanken hinterherzukommen.

Oskar schenkte sich einen Fingerbreit ein und setzte sich ihr gegenüber in den Ohrensessel. Sie richtete ihre Bluse, überlegte, ob sie die Beine übereinanderschlagen sollte, entschied sich dann doch dagegen und hielt ihr Glas mit beiden Händen vor sich auf dem Schoß. Diese Situation war so neu für sie, dass sie gar nicht wusste, wie sie sich verhalten sollte. Es musste an die acht, neun Jahre her sein, seit sie hier allein mit ihrem Mann gesessen hatte. Mit entnervender Regelmäßigkeit beschwerte er sich normalerweise über ihren Whiskykonsum und ihren Musikgeschmack, doch nun saß er hier und schien beides zu genießen. Er prostete ihr still zu und nippte am Glas.

»Verzeih, ich will dich gar nicht bremsen. Ich dachte nur, dass du Whisky nicht ausstehen kannst«, stellte sie schließlich fest, als sie ihre Sprache wiedergefunden hatte.

Wie aufs Stichwort verzog er das Gesicht und kniff die Augen zusammen. Das brachte sie zum Lachen. Schnell hielt sie sich die Hand vor den Mund und versicherte ihm, dass sie ihn nicht auslachen wollte. Doch er wirkte selbst amüsiert, schüttelte nur den Kopf und betrachtete misstrauisch das Glas in seiner Hand.

»Ich dachte, ich überprüfe, ob es mittlerweile etwas für mich ist, aber wie's ausschaut … Wohl eher nicht.«

»Vielleicht ist der Lagavulin auch etwas zu herb für dich. Du könntest mal einen Glenfiddich probieren oder überhaupt mal einen Blended Whisky. Red Label von Johnnie Walker hat eine hervorragende Qualität. Oder …«

Sie bemerkte Oskars skeptischen Blick und hob beschwichtigend eine Hand. »Oder du nimmst dir einfach das, was dir auch schmeckt.«

Er nickte mit einem schiefen Lächeln und holte sich ein deutlich volleres Glas Brandy, ehe er sich wieder hinsetzte. Frau Ehrenstein wusste immer noch nicht, worum es hier ging. Doch sie war entspannter, seit sie gemerkt hatte, dass ihr Mann nicht auf Streit aus war.

»Hattest du einen guten Tag?«

Der Satz klang so banal, dass er ihr am unverfänglichsten vorgekommen war. Allerdings musste sie sich eingestehen, dass es lange her war, dass sie ihren Mann so etwas zuletzt gefragt hatte.

»Ja, tatsächlich lief heute alles reibungslos. Und du?«

Wann hatte er sie das das letzte Mal gefragt? Sie wusste nicht recht, was sie darauf antworten sollte. Wollte er sie ausfragen? Hatte er etwas gehört, etwas mitbekommen? Sie hielt ihre Antwort kurz und stellte schnell eine Gegenfrage, um Zeit zu gewinnen.

»Ja, hatte ich. Und was genau hast du alles so gemacht heute?«

Er sah sie mit einem undeutbaren Gesichtsausdruck an. Jedenfalls war es einer, den die gnä' Frau von ihrem Gatten noch nicht kannte. Er hatte keine senkrechte Falte zwischen den Augen, kein irritiertes Flackern in den Augen, nicht den Mund missbilligend zusammengekniffen. Stattdessen war so etwas wie Interesse zu erkennen. Jetzt wurde Frau Ehrenstein auch klar, warum sie so verwirrt war. Es war, als würde hier ein anderer vor ihr sitzen. Könnte es sein, dass wie in *Botschafter der Angst* eine Gehirnwäsche an ihm vollzogen und er jetzt umgepolt worden war, um ein Attentat zu verüben? Aber an wem? Einer hochstehenden Persönlichkeit? Vielleicht sogar Richard Nixon? Aber der Deal war doch in die Hose gegangen?

»Helene!« Oskar lachte. Um seine Augen bildeten sich tiefe Falten, und sie sah seine weißen Zähne. »Helene, ich erzähl dir gerade von Wirtschaftsberichten und Quartalszahlen, Verzögerungen von Lieferungen und einer neuen Flotte für unsere Lastwagen. Und du bist so konzentriert und angespannt, dass ich fast glaub, du zerquetscht deinen Whisky! So spannend ist das nun wirklich nicht.«

Betroppezt blickte sie auf ihre Hände, die mit weißen Knöcheln ihr Glas umklammert hielten. Sie nahm einen großen Schluck, um sich zu beruhigen.

»Äh, na ja, schon. So wie du's erzählst, ist es unglaublich spannend!«

Er legte den Kopf schief und warf ihr einen zweifelnden Blick zu.

»Gut, Oskar, um die Wahrheit zu sagen: Es … es ist neu, dass wir hier so sitzen und … einfach reden. Verstehst du? Ich glaub, ich muss das erst sacken lassen.«

Er nickte ernst und betrachtete nachdenklich die Figuren auf dem Kaminsims. Vor knapp einem Jahr hatte Frau Ehrenstein die kleine Bronzeskulptur der Göttin Diana in die Mitte der anderen Götter gesetzt. Oskar war ein derartiger Pedant und i-Tüpfel-Reiter, dass ihm das aufgefallen sein musste. Er wusste in der Regel, wo alles seinen Platz hatte. Dennoch hatte er die Göttin der Jagd weder erwähnt noch sie wieder an ihren angestammten Platz am Rand zurückgestellt.

»Du hast recht. Das ist … ungewohnt. Ich weiß auch nicht, ich dachte, ich schau mal bei dir rein. Und mach mich noch mal schlau, wie der Sänger heißt. Ich hatte es schon wieder vergessen.«

»Lou Reed.«

»Hast du noch mehr Musik von ihm?«

»Nein … Aber vielleicht gefällt dir auch Janis Joplin, ach nein, du meintest, die schreit dir zu viel. David Bowie vielleicht?«

»Vielleicht.«

Die Musik war verklungen, und es war nur noch das Rauschen der Platte zu hören. Frau Ehrenstein hatte das Bedürfnis, die Stille mit Worten zu füllen, doch sie wusste nicht recht, wie. Es vergingen einige Minuten, ehe Oskar sprach.

»Ich habe gehört, dass deine Freundin fortgezogen ist. Die Gräfin Bárány. Das tut mir leid!«

Auf eine eigenartige Art machte das Frau Ehrenstein traurig. War die Witwe ihre Freundin gewesen? Sie hatte sie nicht so oft getroffen wie ihre anderen Freundinnen. Doch sie würde die Gespräche mit ihr vermissen. Ihr sanftes Lächeln und ihre klugen Augen, wenn sie ihre Hand tätschelte und ihr versicherte, dass alles gut werden würde. Für einen Moment schnürte das der gnä' Frau die Kehle zu. Sie musste schlucken, ehe sie leise antwortete:

»Ja, das ist sie. Danke. Das ist lieb von dir.«

Er räusperte sich. »Die Geschichte mit Aqua Tofana.

Hat sich da noch irgendwas ergeben? Hast du, ich meine, hast du das noch weiterverfolgt?«

Die Erwähnung des Namens brachte sie aus dem Konzept. Sie beäugte ihn argwöhnisch. Wollte er einfach an ihr letztes Gespräch anknüpfen, oder führte er mehr im Schilde? Doch sie konnte keine Arglist bei ihm erkennen. Sie schalt sich dafür, dass sie die Freundlichkeit ihres Mannes nur mit unlauteren Beweggründen erklären konnte. In den letzten Monaten hatte sich viel für sie beide verändert. Es war nicht verwerflich, dass er ihr etwas entgegenkommen wollte.

»Nein. Diese Geschichte hat sich … hat sich in Luft aufgelöst, könnte man sagen. Danke dir für deine Hilfe!«

»Nichts zu danken. Insbesondere da ich nicht weiß, wie genau ich dir dabei geholfen habe.«

»Nun, du hast mir einen neuen Blickwinkel auf das Ganze gegeben. Das war schon hilfreich.«

Er brummte zustimmend und betrachtete den Brandy, den er im Glas schwenkte. Der Flüssigkeitshöhe nach zu urteilen hatte Oskar noch nicht viel davon getrunken, während ihr Whisky nur noch knapp den Boden bedeckte.

»Helene, ich weiß nicht genau, wie ich das formulieren soll. Und normalerweise habe ich mit solchen Dingen keine Probleme. Aber … im letzten Jahr warst du oft verschwunden, und keiner wusste, wo du warst oder was du gemacht hast. Du verbringst viel Zeit in der Bücherei. Schleppst Papiere und Zeitungen in dein Zimmer. Tuschelst mit dem Dienstmädchen. Es geht dir viel im Kopf herum, das merke ich. Gleichzeitig merke ich aber, dass du so viel da warst wie schon seit Jahren nicht. Also, wie soll ich's ausdrücken, geistig da, irgendwie … anwesend. Du verbringst viel Zeit mit Willi und unterhältst dich auch

richtig mit ihm. Du bietest meinen Eltern Paroli und versuchst, mich in Schutz zu nehmen.«

Bei der Erinnerung lachte er ungläubig.

Frau Ehrenstein war äußerlich wie versteinert. Doch
ihre Gedanken rasten. Sie legte Gegenargumente bereit,
Ausreden und logische Erklärungen für alles, was sie in
den vergangenen Monaten getrieben hatte. War er ihr tatsächlich auf die Schliche gekommen, oder mutmaßte er
vielleicht, dass sie eine Affäre hatte? Oder würde er doch
wieder auf die verfluchte Geschichte mit kommunistischen Umtrieben kommen?

Oskar lehnte sich auf seine Oberschenkel und rollte das
Glas zwischen seinen Händen. Die Haltung hatte so gar
nichts mit dem korrekten und verschlossenen Mann ge-
mein, den sie zu kennen glaubte. Ein paar Strähnen hatten
sich aus seinen zurückgegelten Haaren gelöst, und seine
Stirn war in Falten gelegt, als sich sein Blick zu ihr hob.

»Ich hab versucht draufzukommen, was da los ist. Im
Speziellen hat mich dieser ruchlose Artikel alarmiert. Ich
denke, das brauche ich dir nicht zu sagen. Nein, bitte
lass mich ausreden. Sonst verlier ich meinen Gedanken
wieder.«

Er sagte das so sanft und entschuldigend, dass Frau Ehrenstein ihre Proteste tatsächlich hinunterschluckte.

»Es ist viel passiert im letzten Jahr. Mit den Immobilien
hab ich was Eigenes aufgebaut. Es ist nicht viel. Aber es
ist meins. Das mit den Amerikanern ist nicht zustande gekommen, obwohl mein Vater das so forciert hat, und …
die Welt ist nicht untergegangen. Das war irgendwie, wie
soll ich sagen, beruhigend. Ich denke, worauf ich hinaus-
will, Helene …« Er seufzte und lachte nervös.

Frau Ehrenstein hielt die Luft an und lehnte sich etwas
nach vorne.

»Du brauchst mir nicht zu sagen, was los ist. Du scheinst etwas gefunden zu haben, das dich belebt, und mehr muss ich nicht wissen. Jeder von uns hat das Recht, seine Geheimnisse zu haben.«

Die gnä' Frau schüttelte den Kopf, als ob sie nicht richtig verstanden hätte. Sie wartete, dass da noch ein *Aber* käme. Doch ihr Mann lehnte sich nur wieder zurück und nippte an seinem Brandy.

»Oskar. Willst du mich verarschen?«

»Ich bitte dich, Helene. Solche Ausdrücke kann ich nicht leiden.«

»No, das erleichtert mich jetzt aber. Für einen Moment hab ich gedacht, da sitzt ein Fremder vor mir!«

Das brachte ihn zum Schmunzeln. Doch Frau Ehrenstein war noch zu sehr auf der Hut, um mitzulachen.

»Oskar, ganz ehrlich. Es freut mich. Und ich bin erleichtert. Aber auch verwirrt, weil … also g'radraus gesagt, das klingt so gar nicht nach dir.«

»Mag sein. Aber vielleicht, wie soll ich sagen, wollte ich mal etwas Neues ausprobieren. Vielleicht habe ich gedacht, es wäre an der Zeit, einen Schritt auf dich zuzugehen. Vielleicht könnten wir dann sogar eine Form von … freundschaftlichem Zusammenleben bewerkstelligen. Was meinst du?«

Frau Ehrenstein sah ihren Mann lange an, ehe sie leise antwortete:

»Wer weiß. Vielleicht kriegen wir das ja sogar hin. Wenn wir dabei versuchen, den anderen nicht zu verbiegen.«

»Und jedem seine Geheimnisse lassen …«

Beide lachten unsicher, dann prosteten sie einander zu, um ihre Vereinbarung zu besiegeln.

Da ihr Glas jetzt ganz leer war, hatte Frau Ehrenstein eine gute Ausrede, um aufzustehen und zur Hausbar an der hölzernen Anrichte zu gehen. Die unterschiedlichsten Gefühle tobten in ihr. Und sie wollte nicht, dass ihr Gatte jedes einzelne von ihrem Gesicht ablesen konnte, denn dazu hatte er eine Begabung. Sie war gerührt und froh. Ein friedliches Zusammenleben mit Oskar wäre eine Bereicherung. Dennoch ließ sich der Instinkt der Detektivin nicht ganz ausschalten. Er hatte zweimal erwähnt, dass jeder seine Geheimnisse haben sollte. Die gnä' Frau würde nur zu gern wissen, welches er wohl verstecken wollte.

Letztendlich beschloss sie, dass dem nicht unbedingt jetzt nachgegangen werden musste. Bestärkt durch diesen Entschluss, schenkte sie sich großzügig ein, startete Lou Reeds *Transformer* von vorne und setzte sich wieder ihrem Mann gegenüber in den Ohrensessel.

»Wie wär's …«

Beide hatten gleichzeitig gesprochen, doch diesmal war das darauffolgende Lachen nicht mehr unsicher, sondern viel gelöster. Mit einer übertrieben großzügigen Geste gab Frau Ehrenstein ihrem Mann den Vortritt.

»Also wie wär's, wenn wir einfach miteinander reden? Über Unverfängliches. Du magst doch Filme gern. Welcher ist eigentlich dein liebster?«

Frau Ehrenstein antwortete mit gespielter Empörung und einem Augenzwinkern. »Um Himmels willen, Oskar, wenn ich mich da für einen entscheiden müsste … Aber wir könnten mal mit meinen liebsten zehn beginnen, die ich dieses Jahr gesehen habe. Na, vielleicht doch nur fünf. Immerhin musst du morgen arbeiten.«

»Das klingt ja … ausufernd. Also gut: Klär mich auf!«

Glossar

Ausg'steckt is *Heuriger hat geöffnet*

Baba *Tschüss, Ciao*

Beisl *kleines, einfaches Wirtshaus*

betroppezt *bestürzt, überrascht*

Blitzgneißer *Schnellmerker*

Budel *Ladentisch*

bumpern *klopfen, pochen*

Euzerl *ein Stückchen, ein klein wenig*

Ezzes *Tipps, Ratschläge*

Fiaker *Pferdedroschke, Kutsche*

Föhrenbuschen *gebündelte Föhrenzweige*

gefinkelt *schlau, durchtrieben*

Gemotschker *Gejammer, Nörgelei*

G'frast *unangenehmer Mensch, Nichtsnutz*

G'frastsackl *Abwandlung von G'frast*

Grant *Übellaunigigkeit, Unmut*

grindig *eklig*

g'schamig *verschämt*

G'schamster Diener *Begrüßungs-, Verabschiedungsformel*

G'spusi *Liebschaft*

G'stettn *ungepflegte, verwilderte Grünanlage*

g'stopft *reich, vermögend*

Gupf *Gipfel, Spitze*

Haberer *Freund*

Hack'n *Arbeit*

haklich *heikel*

Heurigen *Lokal, in dem Wein ausgeschenkt wird*

Käsekrainer (auch: Eitrige) *Grillwurst mit Käseanteil*

Kieberer *Polizist*

krawutisch *zornig, ungehalten*

kudern *kichern, (kindisch) lachen*

leiwand (auch: leinwand) *großartig, toll*

Lercherlschas *Kleinigkeit, Geringfügigkeit*

Luster *Kronleuchter, Lüster*

malträtiert *misshandeln*

marod *kränklich, unpässlich*

Ordination *Arztpraxis*

Parte *Todesanzeige*

pflanz'n *zum Narren halten*

piperl'n *zechen, saufen*

Pompfüneberer *Leichenbestatter*

Pummerin *eine im Nordturm des Stephansdoms hängende Glocke*

schmähstad *sprachlos, verblüfft*

Schrammelmusik *Wiener Volksmusik*

sierig *geizig*

speiben *sich übergeben*

Springinkerl *Springinsfeld*

Tatschkerl *ein leichter Schlag*

Tschecherant *Säufer*

Tschick *Zigarette*

ungustiös *unappetitlich*

verkutzen *sich verschlucken*

vermaledeit *verdammt*

versumpern *verwahrlosen*

Wappler *Trottel*

wengerl *bisschen*

wüd *wild*

zach *zäh, mühsam*

OKTOPUS VERLAG

Eberhard Michaely
Frau Helbing und der tote Fagottist
Kriminalroman

So charmant und resolut wurde noch
kein Mörder dingfest gemacht.

Ein allergischer Schock durch drei Wespenstiche? Frau
Helbing ist sich sicher, dass ihr freundlicher Nachbar, der
namhafte Fagottist Henning von Pohl, einem Verbrechen
zum Opfer gefallen ist. Die pensionierte Fleschereifach-
verkäuferin mag zwar von klassischer Musik ebenso wenig
verstehen wie von moderner Technik, aber mit Mordfällen
kennt sie sich aus: Seit dem Tod ihres Mannes Hermann,
mit dem sie vierzig Jahre lang eine Metzgerei im Hambur-
ger Grindelviertel geführt hat, liest sie in ihrer Freizeit am
liebsten Kriminalromane. Leider hält nicht nur ihre exzen-
trische Freundin Heide ihren Verdacht für ein Hirngespinst,
sondern auch die hochnäsige Kommissarin Schneider. Nur
der Schneider Herr Aydin hat ein offenes Ohr für Frau
Helbing und ermutigt sie, ihrem Instinkt zu folgen. Allerdings birgt so ein Kriminalfall im echten Leben auch einige
Gefahren …

»Frau Helbing hat durchaus das Potential eine
Miss-Marple-Hommage mit Ausbeinmesser zu werden.«
Cathrin Brackmann / WDR

OKTOPUS VERLAG

Josephine Tey
Alibi für einen König

Kriminalroman
Aus dem Englischen von Maria Wolff

Schon Shakespeare wusste: Richard III.
war ein Schurke. Inspector Alan Grant von Scotland Yard
ist da allerdings ganz anderer Meinung.

Inspector Alan Grant von Scotland Yard muss mit einem gebrochenen Bein das Bett hüten – und fühlt sich wie im Gefängnis. Erbärmlicher noch, denn im Krankenhaus ist Haftverkürzung selbst bei guter Führung ausgeschlossen. Beinahe so demütigend wie die Erinnerung an seinen lächerlichen Sturz ist der schroffe Ton der Krankenschwestern. Am schlechtesten aber erträgt Grant die Langeweile. Eine Freundin rät ihm, sich an einem der vielen ungelösten Rätsel der Kriminalgeschichte zu versuchen, und versorgt ihn mit Porträts berühmter Verbrecher. Beim Anblick von Richard III., der seine Neffen ermordet haben soll, muss Grant stutzen: Keineswegs die Visage eines Mörders, befindet der erfahrene Polizist. Mit der Unterstützung eines unterbeschäftigten Historikers geht Grant der Sache nach und stellt fest: Die Beweislage ist äußerst dürftig. Grant kann der Versuchung nicht widerstehen: Vom Krankenbett aus rollt er einen über vierhundert Jahre zurückliegenden Mordfall ganz neu auf.

»Josephine Tey gilt in der englischsprachigen
Welt auch siebzig Jahre nach ihrem Tod als ungekrönte
Königin des Kriminalromans.«
Hannes Hintermeier / FAZ

OKTOPUS VERLAG

Christos Markogiannakis
Mord unter griechischer Sonne

Kriminalroman
Aus dem Englischen von Sepp Leeb

Eine griechische Trauminsel, ein Urlaubsparadies.
Und auch Schauplatz eines perfekten Verbrechens?

Ein spätes Frühstück, ein Sprung ins türkisblaue Meer, eine
Siesta am Mittag, Partys in der Nacht: Auf der griechischen
Trauminsel Nissos will der Athener Kriminalkommissar
Christophoros Markou gefühlte zwölf Monate Schlaf-
mangel nachholen, verstörende Fälle und eine gescheiterte
Liebesaffäre hinter sich lassen. Markous Sommertraum en-
det jäh, als auf einer Party die Leiche einer englischen Jour-
nalistin entdeckt wird. Noch dazu zieht ein Sturm auf, kein
Helikopter kann auf der Insel landen, kein Schiff anlegen.
Markou weiß: Auch der Mörder kann die Insel nicht verlassen. Und als Täter kommen nur die fünfzehn Partygäste
infrage: wohlhabende Jetsetter aus aller Welt. Viele von ihnen hatten ein Interesse daran, Lucy Davis aus dem Weg
zu räumen. Denn sie schrieb gerade an einem Enthüllungs-
roman, in dem es um sie alle ging – und ihre dunkelsten
Geheimnisse. Wobei auf einer kleinen Insel ein Geheimnis
nie lange ein Geheimnis bleibt.

»Christos Markogiannakis verbindet die Landschaft des
griechischen Sommers mit dem speziellen Flair des Genres.
Geheimnisse, Kunst, ein rasantes Tempo und Markogiannakis' ganz eigene Ästhetik fesseln seine Leser.«
Literature